THE CHRONICLES OF NARNIA

納尼亞傳奇

Prince Caspian: The Return to Narnia | The Voyage of the Dawn Treader

《凱斯賓王子》、《黎明踏浪號的遠航》

C. S. 路易斯◉著 鄧嘉宛◉譯
Clive Staples Lewis

經典全譯版

合輯二

凱斯賓王子

Prince Caspian

獻給
瑪麗·克雷爾·哈沃德

目次

01 小島

從前，有四個小孩，名叫彼得、蘇珊、愛德蒙和露西，在另一本叫做《獅子、女巫和魔衣櫥》的書中，已經說過他們非凡的冒險故事。他們打開了一個魔衣櫥的門，發現自己進入一個與我們大不相同的世界，並且在那個異世界裡，在一個叫做納尼亞的王國中成為國王和女王。他們似乎在納尼亞統治了許多年，但是當他們穿過衣櫥的門發現自己又回到英格蘭時，那場冒險似乎沒有用掉任何時間。至少沒有人注意到他們離開過，除了一位睿智的成年人，他們從來沒有告訴過任何人。

那已經是一年前的事了。現在，他們四個人正坐在火車站的長椅上，周圍堆放著行李箱和玩具盒。事實上，他們在返回學校的途中。他們一路同車來到這個火車站，這是個中轉站，幾分鐘後會有一列火車抵達，將女孩載往她們的學校；大約半小時後，會有另一列火車抵達，把男孩送往另一所學校。旅程的前半段，他們四個人還在一起，總感覺似乎還在假期裡，但現在他們即將告別彼此，前往不同的學校，每個人才覺得假期真的過完了，上學好像坐牢的感覺又開始了。他們全都很沮喪，想不出該說什麼。露西這是第一次上寄宿學校。

這是個鄉下火車站，既空蕩又安靜，月臺上除了他們四個，沒有什麼人。突然，露西像被黃蜂叮了似的，輕輕尖叫了一聲。

「怎麼了，露露？」愛德蒙說，接著突然發出「噢！」的一聲大叫。

「怎麼回事……」彼得才開口，也突然改變了原來要說的話，說出來的變成：「蘇珊，快放手！你在幹什麼？你要拉我去哪裡？」

「我根本沒碰你。」蘇珊說：「有人在拉**我**。噢……噢……噢……住手！」

每個人都注意到另外三人的臉都嚇白了。

「我也有同樣的感覺。」愛德蒙幾乎喘不過氣來，說：「好像有人要把我拖走。是一種最嚇人的拖法……呃！又來了。」

「我也是。」露西說：「噢，我受不了了。」

「小心！」愛德蒙喊道：「大家快把手牽起來，不要放開。這是魔法……我可以感覺得出來。快！」

「對。」蘇珊說：「手拉緊。噢，我真希望它能住手……噢！」

下一刻，行李、長椅、月臺、火車站，全都消失不見了。四個孩子緊握著彼此的手，喘著氣，發現自己站在一片樹林裡——這片樹林非常稠密，樹枝直接戳到他們身上，幾乎沒空間讓他們轉身。他們揉揉眼睛，深吸了一口氣。

「噢，彼得！」露西大聲喊道：「你想，我們有沒有可能又回到了納尼亞啊？」

「有可能是任何地方。」彼得說：「這些樹長得這麼密，我連一碼遠的地方都看不見。我們試著鑽到空地上去——如果有空地的話。」

他們費了不少勁才艱難地離開那片密林，身上挨了不少蕁麻和荊棘的尖刺。接著他們又吃了一驚。周圍每樣東西都變得更亮了，再走幾步，他們來到了樹林的邊緣，往下望著一片沙灘。幾碼之外是一片極其平靜的大海，海水湧向沙灘所泛起的陣陣細浪，幾乎悄無聲息。放眼望去，沒有陸地，天空也沒有雲。從太陽在天空的位置來看，這時應該是上午十點，海水藍得耀眼。他們站在那裡，嗅著大海的氣息。

「天啊！」彼得說：「這可真不錯啊。」

五分鐘後，他們全都赤著腳踩在清涼又清澈的海水裡玩耍了。

「這可比坐著沉悶的火車返回學校去上拉丁文、法文和代數好多了！」愛德蒙說。

接下來好長一陣子都沒人說話，他們只顧著潑濺水花和尋找蝦蟹。

「不過，」蘇珊過了一會兒還是說：「我想我們還是得做點計畫。再過不久，我們就會想吃東西了。」

「我們有媽媽為我們準備帶在路上吃的三明治。」愛德蒙說：「至少我帶著我的那一份。」

「我沒帶。」露西說：「我的放在我的小包包裡。」

「我的也是。」蘇珊說。

「我的放在外套口袋裡，就在那邊沙灘上。」彼得說：「四個人只有兩份午餐，這情況可不太妙。」

「現在，」露西說：「我更想找點喝的而不是吃的。」

她這麼一提，大家都覺得口渴了。通常，在大太陽下到海中蹚水玩一陣子後，都會口渴的。

「這就像遇到海難，」愛德蒙評論道：「書裡都說，他們會在島上找到清澈的泉水。我們最好去找找吧。」

「這意思難道是我們還要再回到那片密林裡？」蘇珊說。

「那倒不必，」彼得說：「如果有溪流，它們一定會流到海裡，我們只要沿著海邊走，就一定可以碰到。」

他們涉水往回走，先走過平滑潮濕的沙子，再走到乾燥的細沙上，每個人的腳趾上都沾滿了沙，然後他們開始穿鞋襪。愛德蒙和露西想把鞋襪扔在這沙灘上，赤腳去探險，但蘇珊說這麼做太瘋狂。「扔了我們很可能就再也找不回來了。」她指出：「如果天黑了我們還留在這裡，晚上會變冷，我們就會需要鞋襪了。」

穿戴整齊後，他們沿著海岸出發了。大海在他們左手邊，樹林在右邊。這地方安靜無比，只偶爾聽見一、兩聲海鷗叫聲。那片樹林十分茂密，枝葉糾纏交錯，他們完全看不清林子裡的狀況；林裡毫無動靜——沒有鳥，甚至連一隻昆蟲也沒有。

貝殼、海草、海葵或岩石上小水坑裡的螃蟹都很好玩，但如果你口很渴，很快就會不想玩了。離開了清涼的海水，四個人的腳變得又熱又重。蘇珊和露西還得拿著自己的雨衣。愛德蒙在魔法攫住他們之前才剛把他的大衣放在車站的椅子上，現在他和彼得輪流拿著彼得厚重的大衣。

不久，海岸開始向右彎。大約十五分鐘之後，他們越過了一道朝海中延伸並形成岬角的石脊，這時，海岸轉了一個大彎。原先他們走出樹林時所面對的那片海域，這時在他們正後方了，他們朝前看，可以看見一水之隔有另一處海岸，同樣樹林密布，就像他們正在探索的這片地方。

「不知道那是個島呢，還是我們等一下可以順著走到的地方？」露西說。

「不知道。」彼得說，然後他們又繼續不發一語地拖著腳慢慢往前走。

他們走的這片海岸與對面的海岸愈來愈近，每轉過一個岬角，四個孩子都期望看見兩岸會合的地方，但是他們失望了。他們來到一堆岩石前，不得不爬上去。在岩石頂端，他們清楚看見了前方的路——「噢，真討厭！」愛德蒙說：「太不妙了。我們完全沒辦法走到那片樹林了。我們是在一座島上！」

沒錯。在這裡，橫在他們和對岸之間的這道海峽只有大約三十或四十碼寬；現在他們知道，這就是兩岸距離最窄的地方了。過了這裡，他們這邊的海岸再次向右轉，腳下的島嶼和對面大陸之間的海面變得開闊。他們顯然已經繞著小島走了大半圈。

「看！」露西突然指著一條橫在海灘上、銀閃閃、長蛇狀的東西說：「那是什麼？」

「是小溪！一條小溪！」其他人大喊道。雖然他們都很累了，卻沒耽誤任何時間，很快爬下岩石，奔向清新的淡水。他們知道，遠離海岸，再往溪流上游走一點的水才會好喝，所以直接奔向溪流剛出樹林的地方。這裡的樹林也非常稠密，不過溪流已經在地上切出一條很深的水渠，兩邊河岸青苔滿布，因此只要弓著身子穿過一條由枝葉構成的隧道，循溪而上就可以了。他們在遇到的第一個棕色小水塘邊跪下來，大口痛飲，然後把臉浸到水裡，接著又把雙臂伸進水中，一直浸到手肘。

「好啦，」愛德蒙說：「那些三明治要怎麼辦？」

「噢，留著它們不是比較好嗎？」蘇珊說：「晚一點我們可能會更想吃呢。」

「現在我們已經不渴了，」露西說：「真希望我們能夠還是像**口渴的時候**那樣不覺得餓。」

愛德蒙又重複了一次：「但是那些三明治怎麼辦？留著等它們餿掉可不是好辦法。你們別忘了，這裡比英格蘭熱多了，而我們把它們放在口袋裡已經走了好幾小時了。」於是，他們拿出那兩份三明治，分成四份，誰也沒吃飽，不過總比什麼都沒得吃好。接著，他們討論下一餐怎麼辦。露西想回到海邊去捉蝦子，但有人指出他們沒有網子。愛德蒙說他們必須從岩石上搜集海鷗蛋，但他們仔細考慮時，才發現誰也不記得見過海鷗蛋，而且就算他們找到了，也沒辦法把蛋煮熟。彼得心想，除非運氣好，否則有生蛋吃他們就會很高興了，不過他覺得沒必要把這一點說出來。蘇珊一直很後悔他們那麼快就把三明治吃掉了。這時候，他們當中有一、兩個人幾乎要發脾氣了。最後愛德蒙說：

「聽著。只有一件事我們該做。我們必須去探索這片樹林。隱士、遊俠騎士或像他們這類的人總是能在森林裡找到活路。他們會找到根莖類和漿果等等的東西來吃。」

「什麼根莖類？」蘇珊問。

「我一直以為是指樹木的根。」露西說。

「拜託，」彼得說：「愛德說得對。我們必須設法做點什麼。這總比再到外面去曬太陽來得好。」

於是，他們全都起身，開始沿著溪流往樹林裡走。這麼做很吃力。有時他們必須彎腰屈身鑽過樹枝底下，有時必須從樹枝上攀爬過去。他們磕磕絆絆地穿過一大片像杜鵑花的樹叢，衣服勾破了，腳也在溪水裡弄濕了。然而，周遭依舊靜悄悄的，只聽見潺潺的溪水聲，還有他們自己發出來的聲響。就在所有人開始覺得又煩又累的時候，他們突然嗅到了一股香甜的氣味，接著便看見溪流右岸上方閃過一道明亮的色彩，就在他們頭頂的上空。

「哎呀！」露西大聲喊道：「我相信那是一棵蘋果樹。」

沒錯，是蘋果樹。他們喘著氣爬上很陡的河岸，奮力穿過一些荊棘叢，最後站在一棵老蘋果樹下，樹上沉甸甸掛滿金色的蘋果，正如你所期望的，個個結實又多汁。

「這裡不是只有這棵蘋果樹。」愛德蒙嘴裡塞滿了蘋果，說：「你們看那邊……還有那邊。」

「嘿，這裡有十幾棵蘋果樹。」蘇珊說著，一邊扔掉她的第一個蘋果核，摘了第二個：「很久很久以前，這地方荒蕪和長滿野樹之前，一定是個果園。」

「這麼說來，這座島上曾經有人住過。」彼得說。

「那是什麼？」露西指著前面說。

「老天，是一堵牆。」彼得說：「一堵古老的石牆。」

他們在結實纍纍的樹枝間奮力前進，來到了牆邊。牆非常古老了，有幾處已經破敗垮塌，牆上長滿青苔和桂竹香。牆很高，只有幾棵最高的樹比它高。他們來到牆根前，發現牆上有個好大的拱門，從前這裡一定有一扇大門，但現在幾乎被最大的一棵蘋果樹塞滿了。他們必須折斷一些樹枝才能穿過去。一穿過拱門，突如其來的燦亮光線照得他們直眨眼睛。他們發現自己置身在一片非常寬闊、圍牆環繞的地方。這裡沒有樹，只有平整的青草、雛菊、長春藤和灰色的牆壁。這是個明亮、神祕、幽靜卻又令人感到悲傷的地方。他們四人走出拱門，來到草地中央，很高興自己終於能夠挺直背脊，自由地活動四肢了。

02 古老的藏寶庫

「這不是花園。」蘇珊過了一會兒說：「這是一座城堡，這裡以前一定是院子。」

「我明白你的意思，」彼得說：「沒錯。那是殘存的塔樓。那裡是可以登上城牆頂的階梯。還有，看看那些臺階——那些又寬又矮的臺階——通向那個門口。門裡面以前一定是個大廳。」

「看這樣子，恐怕是很久以前了。」愛德蒙說。

「對，很久以前了。」彼得說：「希望我們能查出來以前住在這座城堡的是什麼人，還有那是多久以前的事。」

「這裡給我一種很奇怪的感覺。」露西說。

「是嗎？露露。」彼得轉過身來緊盯著她，說：「因為我也有同樣的感覺。這感覺，是這怪異的一天裡最怪異的事。我很納悶我們在哪裡？還有這一切究竟有什麼意思？」

說話之間，他們已經穿過庭院，走過另一道門，進入以前曾是大廳的地方。這裡現在也很像庭院，因為屋頂早就不見了，變成另一個長滿青草和雛菊的空間，只不過比較短也比較窄，四面的牆比較高。在大廳遠處，有一片比地面高出三英尺多的平臺。

「奇怪，這真的是個大廳嗎？」蘇珊說：「那片像平臺的東西是什麼呢？」

「唉，你真笨，」彼得說（他不知為何激動了起來）：「你還看不出來嗎？那是『高臺』，是擺設國王和大臣座椅的地方。你難道忘了，我們也曾當過國王和女王，曾經在我們的殿堂裡端坐在這樣的高臺上。」

蘇珊以一種空幻、猶如唱歌一般的聲音接續道：「就在納尼亞大河的河口，在我們的凱爾帕拉維爾城堡裡。我怎麼可能忘記？」

「往事全都回來了！」露西說：「現在我們可以假裝是在凱爾帕拉維爾。這個大廳一定很像以前我們舉行盛大宴會的大廳。」

「可惜現在沒有那樣盛大的宴會。」愛德蒙說：「天已經快黑了，你們注意到了吧。看看那些影子有多長。還有，你們注意到沒有，現在已經不那麼熱了。」

「如果我們要在這裡過夜，我們需要生個火。」彼得說：「我帶了火柴。我們去看看能不能搜集一些乾柴過來。」

他們全都明白這話有道理，接下來半小時都在忙這件事。他們進入這廢墟之前所經過的那個果園不是找乾柴的好地方，於是他們到城堡的另一頭去找。他們從大廳旁的一個小門走出去，來到一個石堆和空地交錯分布、宛如迷宮的地方。從前這裡一定是許多過道和小房間，但現在長滿了荊棘和野玫瑰。再往前走，他們發現城堡的牆壁上有一道大裂縫，穿過裂縫，就來到一片更幽暗、樹木更大的樹林。他們在這裡找到許多枯枝敗葉和朽木，還有許多樅樹的毬果。他們來回不停搬了一捆又一捆，直到在大廳的高臺上堆起很大一堆柴。在第五趟搬運時，他們在靠近大廳旁的野草叢中發現了一口水井，把野草清除後，他們發現井很深，井水清澈可口。井邊還保留著半圈殘存的鋪石走道。隨後女孩又出去摘更多蘋果，男孩留下負責生火。他們在平臺靠著兩面牆的角落前選定生火位置，認為這裡是最合適也最溫暖的地方。他們費了很大的勁，用了不少火柴，最後才成功把火生起來。終於，四個人背靠著牆、面向火堆坐下來了。他們試著用木棍叉著蘋果在火上烤，但沒有放糖的烤蘋果味道不好，而且用手拿著吃也太燙，等到放涼了又不好吃了，因此，他們不得不接受只吃生蘋果，就像愛德蒙說的，這讓人明白學校的伙食也不是那麼糟糕——「我不介意這時候來一片抹上奶油的厚麵包。」他又加了一句。不過，這時候他們的冒險精神已經完全復活了，沒有人真的想回學校去。

吃完最後一個蘋果不久，蘇珊走出去，到井邊喝水。她回來時手裡拿著一樣東西。「你們看，」她說，聲音聽起來有些哽咽：「我在井邊找到這個。」她把東西遞給彼得後坐下。她的聲音和表情讓其他人以為她要哭了。愛德蒙和露西迫不及待傾身向前，想看彼得手裡那個在火光下閃閃發亮的小東西是什麼。

「呃，怎麼……怎麼有這種事！」彼得的聲音聽起來也很異樣。然後他把那東西遞給其他人。

現在所有人都看到它了——一個小巧的西洋棋武士，大小和普通棋子一樣，但出奇的重，因為它是純金的。武士所騎的馬，馬頭上的眼睛是兩粒小小的紅寶石，或者該說一粒，因為另一粒已經磕沒了。

「哎呀！」露西說：「這和我們在凱爾帕拉維爾當國王和女王時所玩的金棋子完全一樣。」

「別難過，蘇珊。」彼得對另一個妹妹說。

「我情不自禁啊。」蘇珊說：「它讓我回想起……噢，那麼美好的時光。我還記得跟人羊和巨人下棋的情景，還有人魚在海裡唱歌，還想起我那匹美麗的馬……和……和……」

「好啦，」彼得用很不一樣的聲音說：「該是我們四個人用點腦子的時候了。」

「用腦子幹嘛？」愛德蒙說。

「你們難道沒有人猜出來我們是在哪裡嗎？」彼得說。

神祕氣氛。」

「快說，快說，」露西說：「幾個小時以來，我一直覺得這地方籠罩著一種奇妙的

「有話快說啊，彼得，」愛德蒙說：「我們都在聽呢。」

「我們就在凱爾帕拉維爾城堡的廢墟裡。」彼得說。

「可是，我說，」愛德蒙回應道：「我的意思是，你是怎麼得出這答案的？這地方已經荒廢不知多少年了。你看那些一直長到大門口來的大樹，再看看那些石頭。誰都可以看出來，這地方已經有幾百年沒人住過了。」

「我知道。」彼得說：「這正是令人難以明白的地方。不過我們暫時先別管這一點，先讓我一件一件說給你們聽。首先，這個大廳的形狀和大小，和凱爾帕拉維爾的大廳一模一樣。只要想像一下上方有屋頂，腳下是鋪著彩石的地面而不是雜草，牆上掛著織錦，你就回到我們的王宮宴會大廳了。」

眾人靜默無語。

「第二，」彼得繼續說：「這個城堡的水井，和我們王宮的水井是在同一個位置，在大廳南邊一點的地方；井的大小和形狀也一模一樣。」

再次沒有人答腔。

「第三，蘇珊剛剛撿到一顆我們的舊棋子——或者說，一顆和我們以前玩的一模一

樣的棋子。」

依舊沒有人出聲。

「第四，你們難道忘了——就在卡羅門國王的使者來到的前一天，我們在凱爾帕拉維爾的北門外種了一片果園，你們難道忘了嗎？森林中最偉大的女神波蒙娜本人還到果園裡唸了吉祥的咒語。真正動手為我們挖土坑的是那些非常正派的小鼴鼠。你們不會忘了那個鼴鼠首領——滑稽的老力力格羅夫斯——倚著鏟子說：『陛下，請相信我，有一天你會很高興有這些蘋果樹的。』哎呀，果然讓他說中了。」

「我記得！我記得！」露西拍著手說。

「可是看看這個地方，彼得，」愛德蒙說：「你肯定是瞎扯。首先，我們並沒有在大門口開闢果園。我們不會那麼傻啊。」

「當然不會，」彼得說：「但是樹長著長著就長到大門那裡去了啊。」

「還有另外一件事。」愛德蒙說：「凱爾帕拉維爾不是在島上。」

「對，我也一直在想這件事。不過，它本來是在……那叫什麼……哦，半島上。那和島差不多啊。有沒有可能在我們那個時代之後，它變成一座島了。例如有人開鑿了一條運河之類的。」

「等等，等等！」愛德蒙說：「你一直說在**我們那個時代**之後，但是我們從納尼亞回去才一年啊。在短短的一年裡，你就讓城堡坍塌了，樹木長成大森林，我們親眼看著種下的小樹都長成大而古老的果園，天知道還有些什麼事。這全都是不可能的啊。」

「還有一件事，」露西說：「如果這裡是凱爾帕拉維爾，那麼，在這個高臺的這一頭應該有一扇門。事實上，我們現在就背靠著門坐著。你們都知道，那扇門是通到地下藏寶庫去的。」

「我想這裡**並沒有**門。」彼得說著站了起來。

他們背後的牆爬滿了一大片常春藤。

「我們馬上就能知道了。」愛德蒙說著，拿起一根他們準備添到火裡的木棍，開始敲打那堵爬滿常春藤的牆。木棍敲在牆上，發出「橐橐」聲；再敲，還是「橐橐」聲；然後突然變成很不一樣的「澎澎」聲，一種空洞的、敲在木頭上的聲音。

「我的天！」愛德蒙說。

「我們必須清掉這些常春藤。」彼得說。

「噢，我們先別動它吧。」蘇珊說：「我們可以明天早上再試。如果我們必須在這裡過夜，我可不想要背後有一扇打開的門，有個黑漆漆的大洞，除了散發出冷風和濕氣，說不定還會有什麼東西跑出來。天很快就要黑了。」

「蘇珊！你怎麼能說這種話？」露西用責備的眼神看著她說。不過兩個男孩早就興奮得聽不進任何蘇珊提出的忠告了。他們用雙手加上彼得的折疊小刀，拉扯切割常春藤，直到小刀斷了，然後改用愛德蒙的。不久，他們原來坐的地方就堆滿了常春藤。最後，他們總算把門清出來了。

「鎖著的，當然。」彼得說。

「可是木頭都朽爛了。」愛德蒙說：「我們可以很快就把它砸成碎片，這樣還可以多些柴火。來吧。」

拆門花的時間遠比他們預期的長，門還沒拆完，大廳已經變得一片幽暗，頭頂已經有一、兩顆星星出來了。當兩個男孩站在破木板堆上，一邊搓掉手上的塵土，一邊往他們砸出來的那個陰森黑暗的洞口裡張望時，忍不住打寒顫的可不只蘇珊一個人。

「好了，來支火把吧。」彼得說。

「噢，這麼做**有什麼**好處？」蘇珊說：「就像愛德蒙說的……」

愛德蒙打斷她說：「現在我可不那麼說了。我還是不明白，不過我們可以晚一點再討論。彼得，我想你也打算下去，對吧？」

「我們必須下去。」彼得說：「振作點，蘇珊。我們既然回到納尼亞來了，就別再像個小孩了。你在這裡是女王啊。再說，有這麼一個謎團擺在心裡，誰也睡不著的。」

他們嘗試用長樹枝當火把，但行不通。如果豎著拿，火很快就熄了；如果倒過來拿，火又會燒到手，煙還會熏到眼睛。最後他們只好使用愛德蒙的手電筒。幸好，愛德蒙得到這件生日禮物還不到一星期，電池幾乎還是全新的。愛德蒙打著手電筒走在最前面，接著是露西、蘇珊，彼得殿後。

「我來到樓梯口了。」愛德蒙說。

「數一下有多少級樓梯。」彼得說。

「一……二……三……」愛德蒙一邊數，一邊小心翼翼往下走，一直數到十六，他才回頭喊：「我已經走到底了。」

「有十六級樓梯，」露西說：「這裡肯定是凱爾帕拉維爾了。」接下來沒有人說話，直到他們走完樓梯，四個人緊挨著站在樓梯底下。然後，愛德蒙緩緩移動手電筒，照向四周圍。

「噢……噢……噢……噢！」四個孩子立刻驚呼出聲。

現在，他們都知道，這裡確實是凱爾帕拉維爾的古老藏寶庫，他們曾以納尼亞國王和女王的身分統治過這裡。寶庫中央有一條通道（就像溫室一樣），兩旁每隔一段距離就立著一套華麗的盔甲，就像武士守護著珍寶。在盔甲與盔甲之間，通道兩旁是擺滿珍寶的架子——項鍊、手鐲、戒指、金碗金盤、長長的象牙、胸針、王冠、金項鍊，還有一堆堆尚未鑲嵌的寶石像大理石或馬鈴薯般任意堆放著——鑽石、紅寶石、石榴石、翡翠、黃玉和紫水晶等。架子下方擺著巨大的橡木箱子，箱子外都用鐵條加固，上了沉重的鎖。寶庫裡十分寒冷，而且非常寂靜，他們都能聽見自己的呼吸了。那些珍寶上全覆著厚厚的灰塵，若不是他們知道自己身在何處，也記得絕大部分的東西，根本不會知道這是一間藏寶庫。這個地方令人感到悲傷，又讓人有一點害怕，因為它似乎在很久很久以前就遭遺棄了。這也是為什麼至少有一分鐘的時間，他們全都沒有出聲。

當然，接下來他們開始四處走動，拿起一些東西來看，就像和闊別已久的老朋友會面一樣。你要是在場，就會聽到他們這麼說：「噢，看！我們加冕時戴的戒指……你們還記得第一次戴的情景吧？……哎呀，這是我們都以為搞丟了的那枚小胸針……我說，這是不是你在『孤獨群島』參加比武時穿的那套盔甲？……你還記得是矮人幫我打造的嗎？……你還記得你用那個號角喝過酒吧？……你還記得吧？你還記得吧？」

這時，愛德蒙突然說：「聽著，我們不能浪費電池，天知道我們會不會常常需要用它。我們最好拿一些我們要的東西，然後就出去，好吧？」

「我們必須把禮物帶上。」彼得說。他說的是很久以前在納尼亞的一個耶誕節裡，他和蘇珊和露西得到的贈禮，他們將這些禮物看得比整個王國還貴重。愛德蒙沒有得到禮物，因為那時候他沒有和他們在一起。（這是他自己的錯，你可以在另一本書中得知原因。）

所有人都同意彼得的提議，於是沿著通道走到寶庫盡頭的那面牆前，果然，那些禮物都還掛在那裡。露西的禮物最小，只是個小瓶子，但那瓶子是鑽石而不是玻璃做的，而且瓶子裡還有大半瓶的甘露，那是能夠治療幾乎所有創傷和疾病的甘露。露西不發一言，神情肅穆地把瓶子從牆上取下來，將背帶背到肩上，再次感覺到瓶子垂掛在身側，就像從前一樣。蘇珊的禮物是一把弓、一筒箭和一個號角。弓還在，象牙箭筒裡也裝滿了羽箭，但是……「噢，蘇珊，」露西說：「號角哪裡去了？」

蘇珊想了一會兒，說：「噢，糟糕！糟糕！糟糕！現在我想起來了。最後一天，也就是我們去狩獵白雄鹿那天，我帶著它。它一定是在我們跌回另一個世界——我是指英格蘭——的時候弄丟了。」

愛德蒙吹了一聲口哨。這確實是個重大的損失，因為那是一支魔法號角，無論任何時候，無論在什麼地方，只要你吹響它，就一定會得到援助。

「那正是你來到這種地方時能派上大用場的東西。」愛德蒙說。

「算了，」蘇珊說：「我還有弓。」她把弓取下來。

「蘇珊，看看弓弦壞了沒有？」彼得說。

不過，不知道是不是因為寶庫裡的空氣具有魔力，這把弓依舊充滿彈性。游泳和射箭是蘇珊的拿手本事。她立刻彎弓測試，接著輕輕拉了一下弓弦。嘣地一聲，整個房間裡都迴盪著弓弦的嗡嗡響。這麼一個小小的聲音，比到目前為止所發生的任何事都更讓孩子們在心裡回想起昔日的情景。所有的戰鬥、狩獵、宴會，一瞬間全湧進了他們的腦海裡。

接著，她再次將弓弦放鬆，把箭筒背在身側。

接下來，彼得取下他的禮物——一面有一隻巨大紅獅子的盾牌和皇家寶劍。他先吹了吹氣，又在地上輕輕敲擊了幾下，除去上面的灰塵。他將盾牌扣在手臂上，將寶劍掛在身側。原本他還擔心寶劍可能會生鏽，卡在劍鞘裡拔不出來，不過他多慮了。他伸手一拔，寶劍便脫鞘而出。他將劍高高舉起，它在手電筒照射下閃爍著寒光。

「這是我的『林登』寶劍。」他說：「我用它殺了那匹惡狼。」他的聲音裡帶著一種嶄新的語調，其他人都感覺到，他再次成為最高王彼得了。稍做停頓後，所有人想起他們必須節省電池的用量。

他們又爬上樓梯，回到大廳，把火生旺起來。為了取暖，他們緊挨著彼此躺下。地面很硬很不舒服，但他們終究還是睡著了。

03 矮人

在戶外過夜最糟糕的是會醒得特別早。醒了之後你就不得不起來，因為地面太硬，躺著會很不舒服。如果早餐除了蘋果沒有其他東西可吃，而昨天的晚餐也只有蘋果，那就會讓整個情況變得更加悲慘。當露西說這個早晨十分燦爛美好時，這話倒是真的，除此之外似乎沒有其他好事可說了。愛德蒙說出了所有人內心的感覺：「我們必須離開這座小島。」

他們到井邊喝了水，又捧水洗了臉，然後再次順著溪流往下走到海邊，站在岸上盯著那道將他們和陸地隔開的海峽出神。

「我們只能游過去了。」愛德蒙說。

「對蘇珊來說，不是問題。」彼得說（蘇珊在學校的游泳比賽裡曾多次得獎）：「但我們幾個我就不知道了。」他說的「我們幾個」，實際上是指愛德蒙和露西。愛德蒙在學校的游泳池裡連游來回一趟都辦不到，露西則是完全不會游泳。

「不管怎樣，」蘇珊說：「水底下可能有暗流。爸爸說過，在不熟悉的地方游泳，絕對不明智。」

「可是，彼得，」露西說：「你聽我說。我知道我在家——我是說在英格蘭——不會游泳，但是在很久以前——如果那真是很久以前的話——我們在納尼亞當國王和女王的時候，不是都會游泳嗎？那時候我們也會騎馬，還會做各種事。你不覺得……？」

「但那時候我們是大人啊，」彼得說：「我們統治了很多很多年，學會做各式各樣的事。我們現在不是才回到我們該有的年齡嗎？」

「噢！」愛德蒙驚呼了一聲，這聲音讓所有人停止交談，全靜下來聽他說。

「我剛剛想通了。」他說。

「想通什麼？」彼得問。

「想通這整件事啊。」愛德蒙說：「你們都知道昨晚大家在困惑什麼，我們離開納尼亞才一年，但種種跡象卻顯示凱爾帕拉維爾好像已經幾百年沒有人住過了。嗯，你們還不明白嗎？你們都知道，無論我們在納尼亞住多久，當我們穿過衣櫥回去，時間卻似一點也沒變過，對吧？」

「繼續說，」蘇珊說：「我想我開始有點懂了。」

「這意思是，」愛德蒙繼續說：「一旦你離開納尼亞，你就不知道納尼亞的時間是怎麼過的了。我們在英格蘭只過了一年，為什麼在納尼亞不能是幾百年呢？」

「天啊，愛德，」彼得說：「我相信你說對了。這樣說來，我們住在凱爾帕拉維爾真的是幾百年前的事了。現在，我們回到納尼亞來，就像我們是十字軍或盎格魯－撒克遜人或古代的不列顛人回到了現代的英格蘭一樣，對吧？」

「他們見到我們，該有多興奮啊……」露西剛開始說，其他人也同時開口說：「噓！」或「快看！」因為這時有怪事發生了。

在對面那片陸地稍微靠近他們右邊的地方，有一塊凸出且長滿樹木的岬角，他們都很確定，岬角的另一邊一定就是大河的出海口。這時，有一艘小船彎過岬角，出現在他們眼前。小船繞過岬角後掉了個頭，開始沿著水道向他們划過來。船上有兩個人，一個划船，一個坐在船尾，手裡緊緊抓著一團東西，那東西不停扭動，看起來像是活的。那兩個人似乎是士兵。他們戴著頭盔，穿著輕便的鎖子甲，臉上長滿鬍子，神情冷酷。四個孩子立刻從海邊退回樹林裡，動也不動地注視著眼前的情況。

「這樣就可以了。」坐在船尾的士兵說。這時船正對著孩子們駛來。

「在他腳上綁塊石頭怎麼樣？軍士？」另一個倚著槳說。

「囉唆！」另一個吼道：「我們用不著這麼做，再說我們也沒帶石頭來。只要我們繩子捆得夠緊，不綁石頭也保證淹死他。」說完話，他起身把那包東西拎起來。這時彼得看見那東西真是活的，而且是個矮人，手腳都被捆住了，但一直在死命掙扎。接著他聽到耳邊「咚」的一聲，只見那士兵雙臂往上一揚，失手將矮人摔在船板上，自己則翻落水裡。落水的士兵掙扎著趕緊朝對岸游去，彼得知道蘇珊的箭射中了他的頭盔。他轉過頭，看見蘇珊臉色蒼白，但已經把第二枝箭扣上了弓弦。不過這枝箭沒再用上。另一個士兵看見同伴落水，驚得大叫一聲，立刻從船的另一頭跳入水中，同樣拚命亂划水（水顯然只有他身高那麼深）逃回去，然後消失在對面陸地的樹林裡。

「快！免得船漂走了！」彼得喊道。他和蘇珊兩人立刻和衣涉入水中，在水還沒淹到他們肩膀前抓住了船沿。不久，他們兩人就把船拖上了岸，並把矮人抬了出來，愛德蒙連忙用小折刀割斷他身上的繩索。（彼得的劍比小刀更鋒利，但是用長劍做這種事很不方便，因為沒法握住劍柄以下的位置，也就無法使力。）最後，矮人掙脫繩子，坐起身來，揉揉雙臂和雙腿，驚叫道：

「哎呀，不管他們怎麼說，你們都不**像**鬼嘛。」

就像大多數矮人一樣，他長得非常粗壯結實，胸肌發達。他如果站起來，大概有三英尺高，濃密的鬍子和亂蓬蓬的頭髮幾乎遮住整張臉，能看見的只剩他鳥喙般的尖鼻子，還有兩隻閃閃發亮的黑眼睛。

「無論如何，」矮人繼續說：「不管是不是鬼，你們救了我的命，我對你們真是感激不盡。」

「可是，我們為什麼會是鬼呢？」露西問。

「我從小就聽人說，」矮人說：「沿海這邊的林子裡充滿了鬼魂，多得像樹木一樣。他們就是這麼說的。這也是為什麼他們想除掉某人時，通常會把人帶到這裡來（就像他們把我帶來這裡），然後說他們把人留給鬼怪處置了。可是我總是懷疑，他們其實是把人淹死了，或割斷人的喉嚨。我從來不信有鬼。不過剛才你們用箭射的那兩個懦夫卻信得很。把我帶到這裡處死，他們比我還害怕！」

「噢，」蘇珊說：「難怪他們拚命逃跑了。」

「啊？你說什麼？」矮人說。

「他們逃跑了。」愛德蒙說：「逃回那片陸地去了。」

「我沒打算射死他們，你懂吧。」蘇珊說。她不願意別人說她連這麼近的距離都射不中。

「嗯，」矮人說：「那可不妙。恐怕以後會有麻煩。除非他們為了保命或面子問題，對這事一聲不吭。」

「他們為什麼要淹死你？」彼得問。

「噢，我是個危險的犯人，真的。」矮人滿心愉快地說：「不過這事說來話長。此時此刻，我在想你們會不會請我一起吃早餐？你們絕對想不到，一個要被處死的人胃口會有多好。」

「這裡只有蘋果。」露西鬱悶地說。

「總比沒有好，不過沒有鮮魚來得好。」矮人說：「看來反而是我來邀請你們吃早餐了。我看到船上有些捕魚的漁具。不管怎樣，我們都得把船划到島的另一面去。我們可不想那邊陸地上有人出現時看見它。」

「我早該想到的。」彼得說。

四個孩子和矮人來到水邊，費了一番力氣把船推進水裡，再翻身上船。矮人馬上主導整個情況。船槳太大不適合他用，因此由彼得來划船，矮人指導他們沿著水道朝北走，不久朝東繞過了島嶼的尖端。孩子們從這裡可以正面看見河口，以及河口再過去所有的海灣和海岸上的岬角。他們以為自己可以認出一小部分地形，但是從他們那個時代之後長起來的蓊鬱森林，讓一切都變了樣。

他們划到小島東側靠海的那一邊後，矮人開始釣魚。他們釣了許多漂亮的彩虹魚，也想起自己從前在凱爾帕拉維爾吃過這種魚。釣夠了以後，他們把船划進一個小港灣，然後把船繫在一棵樹上。這矮人非常能幹（事實上，雖然老是有人碰到壞矮人，我卻從來沒聽說有哪個矮人是笨蛋），他把魚剖開，清洗乾淨，然後說：

「好啦，接下來我們需要一些柴火。」

「我們在城堡那裡有些柴火。」愛德蒙說。

矮人低聲吹了一聲口哨。「我的老天爺啊！」他說：「這麼說來，這裡真的有一座城堡？」

「現在只剩下廢墟了。」露西說。

矮人以一種非常好奇的表情逐一打量他們四人。「那麼到底……？」他剛開口，馬上又打住了，改口說：「沒事。先吃早飯吧。不過，吃早飯前還有一件事。你們能不能把手按在胸口，告訴我說我還活著？你們確定我沒有被淹死，我們不是幾個湊在一起的鬼魂？」

他們一一向他保證，接下來的問題是要怎麼把這些魚帶走。他們沒有繩子能把魚串起來，也沒有簍子可裝魚。最後他們只好用愛德蒙的帽子裝魚，因為其他人都沒戴帽子。愛德蒙要不是餓極了，這時肯定要大呼小叫一番。

回到城堡，矮人一開始似乎很不自在。他不停東張西望，嗅來嗅去，說：「嗯哼，看起來還是有點鬼裡鬼氣的，聞起來也是。」不過，火生起來後他就來勁了，他教他們如何在餘燼裡烘烤新鮮的彩虹魚。吃滾燙的烤魚沒有叉子，而且是五個人共用一把小折刀，那真是一團混亂，一頓飯還沒吃完，已經有好幾根手指被燙傷。不過，這是早上九點了，而他們是五點鐘醒來的，想也知道，沒人會在意燙不燙。等到所有人吃完魚，又到井邊喝過水，再吃上一兩個蘋果以後，矮人掏出一根和他手臂一樣大小的菸斗，塞滿菸草，點燃，吐出一大團和雲一樣的芬芳白煙，這才說：「好了。」

「你先告訴我們你的故事。」彼得說：「然後我們會告訴你我們的。」

「嗯，」矮人說：「你們救了我的命，照你們說的做挺公平。可是我真不知道要從何講起。首先，我是凱斯賓國王的使者。」

「他是誰？」四個人異口同聲問。

「納尼亞的國王凱斯賓十世，願他的統治長長久久！」矮人回答說：「也就是說，他應該是納尼亞的國王，而且我們都希望他是。目前，他只是我們這些古納尼亞人的國王……」

「請問，你說的**古**納尼亞人是什麼意思？」露西問。

「哎呀，就是我們啊，」矮人說：「我想，我們就是被稱為叛徒的人。」

「我明白了。」彼得說：「凱斯賓是古納尼亞人的領袖。」

「嗯，可以這麼說。」矮人搔了搔腦袋說：「不過，他自己是個新納尼亞人，他是泰爾馬人，你懂吧。」

「我不懂。」愛德蒙說。
「這比『玫瑰戰爭』[1]還難懂。」露西說。
「噢，親愛的，」矮人說：「是我說得亂七八糟的。這樣吧，我想我應該從凱斯賓如何在他叔叔的宮廷裡長大，又怎麼會來站在我們這一邊講起。不過，這會是個很長的故事。」
「愈長愈好。」露西說：「我們很愛聽故事。」
於是，矮人坐穩了，開始講他的故事。我不打算按他原來的敘述方式告訴你們這個故事，那得把四個孩子問的問題和各種打岔都寫下來，故事會拖得很長，而且會很混亂，還會遺漏一些孩子們後來才知道的內容。接下來就是這個故事的梗概，也是孩子們最後得知的一切。

1 玫瑰戰爭又稱薔薇戰爭（Wars of the Roses; 1455~1485），英國歷史上漫長複雜的內戰，主因是蘭開斯特王朝和約克王朝爭奪英格蘭王位。這一連串長達三十年的戰事充滿腥風血雨，削弱了許多貴族的勢力，後來雙方以聯姻方式終結對立，繼之而起的是強勢統治的都鐸王朝。

04 矮人講述凱斯賓王子的故事

凱斯賓王子從小和叔叔嬸嬸住在納尼亞中部一座宏偉的城堡裡。他叔叔米拉茲是納尼亞的國王，嬸嬸是一頭紅髮的普娜菩莉絲米亞王后。凱斯賓父母早逝，他最愛的人是他的保母。身為王子，雖然他有許多能玩出許多花樣的玩具（它們只差不會說話而已），但他最喜歡的，仍是每天晚上所有玩具都收回櫃子後，保母在臨睡前為他說故事。

他和叔叔嬸嬸並不親，不過每星期叔叔會召見他兩次，他們會在城堡南邊的露臺上來回散步半小時。有一天他們在散步的時候，國王對他說：

「嗯，孩子，不久我們就要教你騎馬和使劍。你知道我和你嬸嬸沒有孩子，因此，看來你會在我走了之後當國王。你覺得怎麼樣啊？」

「我不知道，叔叔。」凱斯賓說。

「不知道，呃？」米拉茲說：「嘿，我真想知道一個人除此之外還能有什麼奢望！」

「我**確實**還有奢望。」凱斯賓說。

「你奢望什麼?」國王問。

「我奢望……我奢望……我奢望我能生活在『古代』。」凱斯賓說。(他那時還是個很小的孩子。)

在這之前,米拉茲國王一直用某些成人會有的那種無聊語氣說話,一聽就知道他們對你說的一點興趣也沒有,可是這時他突然嚴厲地看了凱斯賓一眼。

「啊?你說什麼?」他說:「你說的古代是什麼意思?」

「噢,叔叔,你不知道嗎?」凱斯賓說:「那時候一切都和現在不一樣。那時候所有的動物都會說話,河流和樹林裡都住著很好的人,大家叫他們水精靈和樹精靈。還有矮人。所有的森林裡都有可愛的小人羊,他們有山羊一樣的腳。還有……」

「胡說八道,那全是哄小孩的,」國王嚴厲地說:「只適合小娃娃聽,你聽見了嗎?你已經長大了,不能再聽那些騙小孩的話。你這年紀應該思考打仗和冒險,不是去想那些童話故事。」

「噢,但是那時候**也有**打仗和冒險的事啊,」凱斯賓說:「很神奇的冒險故事。從前有個白女巫,自稱是整個納尼亞的女王,也當上了女王,然後讓納尼亞永遠都是冬天。後來,從某個地方來了兩個男孩和兩個女孩,他們殺了那個女巫,並被推舉為納尼亞的國王和女王，他們的名字叫做彼得、蘇珊、愛德蒙和露西。他們統治了很久很久，每個人都過著快樂美好的生活，這都是因為阿斯蘭……」

「他是誰？」米拉茲說。如果凱斯賓再大個幾歲，就能聽出叔叔的語氣是在警告他，夠聰明的話最好是閉嘴。可是他還是繼續往下說：

「噢，你不知道嗎？」他說：「阿斯蘭是偉大的獅子，是從大海的那一邊過來的。」

國王大吼，聲音像打雷似地：「這些胡說八道的事是誰告訴你的？」凱斯賓嚇壞了，一句話也不敢說。

「殿下，」米拉茲國王放開原本一直握著的凱斯賓的手，說：「我堅持要你回答。你看著我，這些謊話是誰告訴你的？」

「保……保母。」凱斯賓吞吞吐吐地說，接著放聲哭了出來。

「閉嘴，不准哭。」他叔叔伸手抓著他的兩個肩膀使勁地搖，說：「不准哭。別再讓我聽到你講——也不准**想**——所有那些荒謬的故事。從來就沒有那些國王和女王。怎麼可能同時有兩個國王呢？還有，沒有阿斯蘭這個人，也沒有獅子這種東西。從來就沒有會說話的動物。你聽明白了嗎？」

「明白了，叔叔。」凱斯賓說。

「那好，以後再也別說這些。」國王說。接著，他召喚站在露臺另一端的一名侍從，以冰冷的語氣說：「送王子殿下回他的住處，並要王子殿下的保母立刻來見我。」

第二天，凱斯賓才發現自己做了很可怕的事，保母被送走了，甚至無法來和他道別。他還被告知他會有個家庭教師。

凱斯賓很想念他的保母，並為此流了許多眼淚。也因為太悲傷了，他比以前更常去想納尼亞的老故事。他每天晚上都夢見矮人和樹精靈，又想盡辦法要讓城堡裡的貓狗和他說話，可是狗只會對他搖尾巴，貓只會對他打呼嚕。

凱斯賓覺得自己一定會討厭這個新的家庭教師，沒想到，大約一個星期後，新的家庭教師來了，那竟然是個你沒辦法不喜歡的人。他是凱斯賓見過個子最小也最胖的人。他銀白的鬍子又長又尖，直垂到腰際。他褐色的臉龐布滿皺紋，看起來很有智慧，非常慈祥，不過也很醜。他的聲音很嚴肅，雙眼卻充滿歡樂，因此，除非你跟他熟了，否則很難知道他是在開玩笑還是很認真。他叫做柯尼留斯博士。

凱斯賓向柯尼留斯博士學習的所有課程中，他最喜歡的是歷史。到目前為止，除了保母說的那些故事，他對納尼亞的歷史一無所知，因此，當他知道現在的王室是這片土地上的新來者時，驚訝無比。

「是殿下你的祖先凱斯賓一世首先征服了納尼亞，」柯尼留斯博士說：「讓納尼亞成為他的王國。是他把你們整個民族的人帶到納尼亞來。你們不是土生土長的納尼亞人，你們是泰爾馬人——也就是說，你們全是從西部山脈另一頭遙遠的泰爾馬國來的。這也是為什麼凱斯賓一世被稱為『征服者凱斯賓』。」

有一天，凱斯賓問：「博士，請問在我們離開泰爾馬到這裡來之前，是誰居住在納尼亞呢？」

「在泰爾馬人占領它之前，沒有人——或者說只有很少的人——居住在納尼亞。」柯尼留斯博士說。

「那麼，我的祖先征服的是誰？」

「殿下，是**哪些人**，不是單單是**誰**。」柯尼留斯博士說：「也許現在該放下歷史，改上文法課了。」

「噢，求求你，再多說一點嘛！」凱斯賓說：「我是說，那時候打過仗嗎？如果當時沒人和他打過仗，他為什麼會被稱為『征服者凱斯賓』？」

「我說了，當時納尼亞只有很少的**人**。」博士說，從他那副大眼鏡後面以非常奇怪的眼神看著小男孩。

凱斯賓困惑了一會兒，接著突然心頭一動，倒吸一口氣問：「你是說，那時還有其他生靈？你是說，就像故事裡講的那樣？是不是還有……」

「噓！」柯尼留斯博士出聲制止，並把頭湊近凱斯賓說：「別再說了。你難道不知道，你的保母就是因為告訴你古代納尼亞的故事才被送走的？國王不喜歡那些故事。如果他發現我告訴你這些祕密，你會挨鞭子，我會掉腦袋。」

「可是，為什麼呢？」凱斯賓問。

「現在我們該上文法課了。」柯尼留斯博士大聲說：「殿下，請翻開保維魯藍塔斯・西卡斯的文法書第四頁『語法園地』，好嗎？」

接下來一直到吃午飯為止，他們上的全是名詞和動詞的用法，但我認為凱斯賓沒聽進多少。他太興奮了。他很確定，柯尼留斯博士遲早會告訴他更多的事，否則不會對他說那些話。

關於這一點，他倒是沒有失望。幾天之後，他的家庭教師說：「今天晚上，我要為你上一堂天文學。今天深夜，有兩顆高貴的行星——塔爾瓦星和阿拉姆比爾星——會交錯而過，而且只相差一度的距離。這樣的交會已經有兩百年沒發生了，殿下的有生之年也不會再見到這樣的天象。所以今晚你最好早點睡，當星體會合的時間快到時，我會去叫醒你的。」

這似乎和古代的納尼亞沒有任何關係，可是那才是凱斯賓真正想聽的。不過，三更半夜起床向來是有趣的事，所以他也相當開心。那天晚上他上床睡覺時，原本以為自己會睡不著，不過沒多久就進入了夢鄉。等他感覺有人輕輕搖醒他時，好像才過了幾分鐘而已。

他在床上翻身坐起，只見滿室月光。柯尼留斯博士裹著一件有兜帽的長袍，手裡握著一盞小燈，站在他床邊。凱斯賓立刻想起他們要去做的事。他連忙起床穿上衣服。雖然這是夏夜，他還是覺得比預期的冷，因此他很高興博士幫他披上一件相同的長袍，又給他一雙溫暖、柔軟的半筒靴。片刻之後，師生二人出了門，裹著那樣的長袍，在黑暗的走廊上幾乎不會被人認出來，兩人的軟底靴也幾乎不會發出聲音。

凱斯賓跟著博士穿過許多通道，爬上好幾座樓梯，最後穿過塔樓上的一扇小門，來到樓頂的平臺。平臺的一邊是城垛，另一邊是一面陡斜的屋頂；在他們下方，是暗影朦朧中閃著微光的城堡花園；在他們上方，是滿天繁星與一輪明月。他們隨即走到另一扇門前，這門通向整座城堡的中央巨塔。柯尼留斯博士打開門鎖，兩人開始爬上塔裡那道盤旋而上的黑暗樓梯。凱斯賓開始興奮起來；在這之前，他從未獲准爬上這道樓梯。

樓梯又長又陡，不過，等他們鑽出塔頂，凱斯賓喘過氣來後，他覺得爬這一趟是值得的。右邊遠方，他隱約看得見西部山脈。在他左邊，是波光粼粼的大河，萬籟俱寂中，他甚至可以聽見一英里外海狸水壩傳來的瀑布聲。他們毫不費力就找到要觀看的那兩顆行星。它們低垂在南方天際，亮得差不多像兩個小月亮，而且彼此靠得很近。

「它們會撞在一起嗎？」他以一種既敬畏又驚奇的聲音問。

「不會的，親愛的王子，」博士也悄聲回答說：「高天之上的偉大諸神太清楚它們的舞步了。好好看著它們吧。它們的交會是吉兆，表示納尼亞這片悲傷的土地將有大喜的事要發生。勝利之神塔爾瓦向和平女神阿拉姆比爾致敬。它們快要到達彼此最靠近的地方了。」

「可惜那棵樹擋住了。」凱斯賓說：「西邊塔樓雖然沒有這裡高，我們卻可以看得更清楚。」

大約有兩分鐘時間，柯尼留斯博士一句話也沒說，只是靜靜站著，雙眼緊盯著塔爾瓦和阿拉姆比爾兩顆星。之後，他才深深吸一口氣，轉過來看著凱斯賓。

「你瞧，」他說：「你已經看見如今活著的人不曾見過也不會再見到的景象。你說得對。從那座小塔樓上我們可以看得更清楚。我帶你到這裡來，有另一個原因。」

凱斯賓抬頭看他，但博士的兜帽遮住了他大半張臉。

「這座塔的好處，」柯尼留斯博士說：「是在我們下方有六個空房間和一道長樓梯，而且樓梯底部的那扇門是鎖上的。我們不必擔心隔牆有耳。」

「你要告訴我那天你沒說的事，是嗎？」凱斯賓說。

「是的。」博士說：「但是你要記住，除了在這裡——在這座巨塔的塔頂，你我絕不能談論這些事。」

「好。我答應你。」凱斯賓說：「請你快點說吧。」

「聽著，」博士說：「所有你聽過有關古代納尼亞的事都是真的。納尼亞不是人類的領土，它是阿斯蘭的王國，是清醒的樹木、看得見的水精靈、人羊和薩堤爾、矮人和巨人、諸神和人馬以及各種能言獸的王國。凱斯賓一世打仗的對手就是他們。是你們泰爾馬人讓百獸、群樹和所有泉源沉寂無聲，是你們殺戮和驅逐了矮人與人羊，現在還想把他們從大家的記憶中抹去。國王不許任何人談論這件事。」

「噢，我真希望我們沒有那樣做。」凱斯賓說：「我**也**很高興這些事是真的，雖然都已經過去了。」

「你們泰爾馬族當中很多人都懷著這種想法。」柯尼留斯博士說。

「但是，博士，」凱斯賓說：「為什麼你說『你們泰爾馬人』？畢竟，我想你也是泰爾馬人啊。」

「我是嗎？」博士說。

「嗯，無論如何你是人類啊。」凱斯賓說。

「我是嗎？」博士用更深沉的聲音重複說，同時把自己的兜帽往後一掀，好讓凱斯賓在月光中看清楚他的臉。

凱斯賓突然明白過來，同時覺得自己早該明白這個真相。柯尼留斯博士那麼矮小，那麼胖，還留著那麼長的鬍子。他腦中同時冒出兩個想法。一個很可怕：「他不是真正的人類，完全不是人類，他是個**矮人**，他把我帶到這裡是為了殺了我。」另一個很愉快：「現在仍然有真正的矮人，我總算見識到了一個。」

「看來，你終於猜到了。」柯尼留斯博士說：「或大致猜到了。我不是純種矮人，我身上也有人類的血統。許多矮人在那場大戰中逃出來並且活了下來，他們剃了鬍子，穿上增高的鞋，假裝是人類。他們混居在你們泰爾馬人當中。我就是其中之一，我只是半個矮人，如果我的族人，也就是真正的矮人還活在世界某處的話，毫無疑問，他們會鄙視我，說我是叛徒。不過，在這漫長的歲月裡，我們從來沒有忘記自己的族人，沒有忘記納尼亞其他快樂的生靈，更沒有忘記早已失去的自由歲月。」

「我……我很抱歉，博士。」凱斯賓說：「你知道，這不是我的錯。」

「親愛的王子，我說這些事不是要責怪你。」博士答道：「你也可以問我為什麼要提起這些往事。我有兩個理由。第一，因為我這顆衰老的心承載這些祕密的記憶太久了，疼痛難當，如果不悄悄告訴你，它就要炸裂了。第二，等你成為國王以後，你也許會幫助我們，因為雖然你是泰爾馬人，我知道你也喜愛古老的事物。」

「我會的，我會的，」凱斯賓說：「但是我要怎麼幫助你們呢？」

「你可以善待像我這樣的矮人族殘存的後裔。你可以召集有學問的魔法師，嘗試找到方法再次喚醒樹木。你可以搜尋這片土地上所有隱匿的角落和荒涼的地區，看看是否還有人羊、能言獸或矮人還活著，只是躲了起來。」

「你想還有活著的嗎？」凱斯賓急切地問。

「我不知道……我不知道。」博士深深歎了口氣說：「有時候，我擔心沒有了。我這輩子都在找尋他們的蹤跡。有時候，我會以為自己聽見深山裡傳來矮人的鼓聲。有時候，在夜晚的森林裡，我會以為自己瞥見人羊和薩堤爾在遠處跳舞。可是等我趕到那些地方，卻又什麼都沒有。我常常很絕望，但是總會發生某些事讓我又重新燃起希望。我不知道。不過，至少你可以試著成為最高王彼得那樣的國王，而不要像你叔叔。」

「所以，有關兩個國王和兩個女王，還有白女巫的事，都是真的？」凱斯賓說。

「當然是真的。」柯尼留斯說：「他們統治的時期是納尼亞的黃金時代，這片土地從未忘記他們。」

「博士，他們住在這座城堡裡嗎？」

「不，親愛的，」老人說：「這座城堡是你的高祖父興建的，相比之下就像是昨天才有的新東西。可是，兩個亞當之子和兩個夏娃之女由阿斯蘭親自冊封為國王和女王的時候，他們住在凱爾帕拉維爾的城堡裡。如今活著的人沒人見過那塊福地，也許現在它連廢墟都不存在了。不過，我們相信它距離這裡很遠，就在海岸邊，在大河河口。」

「呃！」凱斯賓打了個寒顫說：「你是說在黑森林裡？就是……就是……你知道，那個很多鬼怪住的地方？」

「殿下，你說的是別人告訴你的，」博士說：「但那全是騙人的。那裡沒有鬼怪。那都是泰爾馬人捏造出來的故事。你們前幾代的國王都怕死了大海，因為他們忘不了所有的故事都說阿斯蘭是從大海那邊來的。他們自己不願意接近大海，也不希望任何人靠近它。因此，他們任由樹林大片大片地生長，阻斷他們的人民前往海岸。可是，因為他們曾經和樹木起過衝突，因此他們也懼怕那些樹林。又因為他們懼怕樹林，於是他們想像樹林中充滿了鬼怪。歷代國王和大臣都厭惡大海與森林，他們一方面自己相信這些故事，一方面也要別人相信這些故事。在納尼亞，如果沒有人敢走到海邊眺望大海另一邊的阿斯蘭的領土，眺望早晨，眺望世界的東端，他們便感覺安全得多。」

兩人都一語不發，沉默了好幾分鐘。然後，柯尼留斯博士說：「來吧，我們已經在這裡待得夠久了。該下去回床上睡覺去了。」

「我們一定要回去嗎？」凱斯賓說：「我還想繼續談這些事，談多久都願意。」

「如果我們再不回去，就會有人開始到處找我們了。」柯尼留斯博士說。

05 凱斯賓的山中歷險

　　這次談話之後，凱斯賓和他的家庭教師又在巨塔的塔頂密談過許多次，每一次談話，都讓凱斯賓得知更多有關古代納尼亞的事。就這樣，他幾乎將所有閒暇時間都拿來思索和夢想古代的情景，並渴望往日重現。不過，這時他當然沒有那麼多閒暇時間了，因為他的課程愈來愈重了。他學習劍術、騎術、游泳、潛水，學習如何射箭、吹豎笛、彈魯特琴、獵鹿，以及鹿死後如何宰割剝皮。除了學習宇宙學、修辭學、紋章學、詩律，還有理所當然的歷史外，他還學了一點法律、醫學、煉金術和天文學。至於魔法，他只學了理論，因為柯尼留斯博士說，王子不適合學習實際使用魔法。「我自己呢，」他補充說：「也只是一個很普通的魔法師，只會幾套最簡單的小魔術。」關於航海（博士說：「這是一門高貴又充滿英雄氣概的藝術。」），博士什麼也沒教他，因為米拉茲國王反對所有和船舶與海洋相關的事物。

他也用自己的眼睛和耳朵學了許多事。他還很小的時候，就經常對自己不喜歡嬸嬸普娜菩莉絲米亞王后感到很納悶。這時他明白了，那是因為她不喜歡他。他也開始明白，納尼亞是個不快樂的國家。這裡稅收很重，法律嚴苛，而且米拉茲國王是個殘酷的人。

光陰飛逝，倏乎幾年過去。有一段時間，王后似乎生病了，城堡裡亂哄哄的，為了她騷動不已，醫生們來來去去，朝臣們竊竊私語。這是初夏時分，有一天晚上，就在這些紛亂擾攘依舊持續不斷時，剛入睡幾小時的凱斯賓突然被柯尼留斯博士叫醒。

「博士，我們要去觀察天文嗎？」凱斯賓問。

「噓！」博士說：「相信我，照我告訴你的話去做。穿上你所有的衣服；你有一段很長的路途要走。」

凱斯賓大吃一驚，但是他已經懂得要相信自己的老師，並立刻按照他的話去做。等他穿好衣服，博士說：「我為你準備了一個旅行袋。我們要到隔壁房間去，把殿下晚餐桌上的食物裝進袋子裡。」

「我的侍從會在那裡。」凱斯賓說。

「他們都睡熟了，不會醒的。」博士說：「我雖然是個小魔法師，但我至少**能**施展一點讓人睡著的魔法。」

他們走到前廳，果然，兩名侍從正癱在椅子上呼呼大睡，鼾聲如雷。柯尼留斯博士迅速切了一塊冷雞肉和幾片鹿肉，連同麵包、一兩顆蘋果、一小瓶好酒，一起放進旅行袋裡，然後遞給凱斯賓。旅行袋有一條背帶，凱斯賓揹在肩上剛剛好，很像你上學時揹的書包。

「你的劍帶了嗎？」博士問。

「帶了。」凱斯賓說。

「那把這件斗篷披上，可以遮住劍和旅行袋。就是這樣。現在，我們必須去巨塔的塔頂談談。」

他們來到那座塔樓頂（那是個烏雲滿布的夜晚，完全不像他們來看塔爾瓦星和阿拉姆比爾星交會的那個晚上），柯尼留斯博士說：

「親愛的王子，你必須馬上離開這座城堡，到廣大的世界裡去尋找你的機運。你留在這裡會有生命危險。」

「為什麼？」凱斯賓問。

「因為你是納尼亞真正的國王：凱斯賓十世，是凱斯賓九世的親生兒子和繼承人。陛下萬歲！」這個矮小的人突然單膝跪下，拉起他一隻手親吻，令凱斯賓大吃一驚。

「這是怎麼一回事？我不明白。」凱斯賓說。

「奇怪，你以前從來也沒問過我，」博士說：「身為凱斯賓國王的兒子，怎麼至今還不是凱斯賓國王？除了陛下自己，所有的人都知道米拉茲篡奪了王位。他剛開始統治時還不敢自稱為王，自稱護國公。不過，後來陛下的母親去世了——她是個好王后，也是唯一善待我的泰爾馬人——接下來，一個接一個，所有認得你父親的王公貴族不是死亡就是失蹤。那也不是偶然，是米拉茲將他們除掉的。貝利沙和尤維拉斯是在一場狩獵中被箭射死，卻聲稱是意外。尊貴的帕沙里德家族全家被他派去和北方邊境上的巨人作戰，直到他們一個接一個戰死沙場。阿利安、伊利蒙和其他十多人被誣告，以叛國罪處決。海狸水壩的兩兄弟被當成瘋子關了起來。最後，他說服泰爾馬人中最不怕海的七個貴族航行出海，去東海外找尋新大陸，而且如他所料，他們再也沒有回來。等到能為你說話的人一個都不剩之後，那些諂媚的佞臣就出來（其實是他授意的）請求他登基為王。當然，他欣然接受。」

「你的意思是，他現在連我也要殺了？」凱斯賓說。

「這幾乎是確定無疑的事了。」柯尼留斯博士說。

「可是為什麼還這時候？」凱斯賓說：「我是說，如果他想殺我，為什麼沒有早點動手？我做了什麼不利於他的事嗎？」

「兩個小時前發生了一件事，讓他改變了對你的打算。王后生了一個兒子。」

「我不明白這和我有什麼關係。」凱斯賓說。

「你不明白！」博士驚喊了一聲，說：「難道我給你上的那些歷史課和政治課講得還不夠清楚嗎？聽著，只要他沒有自己親生的孩子，他多少還願意讓你在他死後繼承王位。他也許沒那麼喜歡你，但他寧可讓你繼承王位，也不願傳給外人。現在，他有了兒子，當然想把王位傳給自己的兒子，而你擋了他的路，他自然要把你除掉。」

「他真有那麼壞嗎？」凱斯賓說：「他真的會謀害我嗎？」

「他謀害了你父親。」柯尼留斯博士說。

凱斯賓內心覺得很不對勁，卻什麼也沒說。

「我可以告訴你整件事，」博士說：「但不是現在。沒時間了，你必須馬上逃走。」

「你和我一起走嗎？」凱斯賓問。

「我不敢，」博士說：「那會增加你的危險。兩個人比一個人目標大，更容易追蹤。親愛的王子，親愛的凱斯賓國王，你必須非常勇敢。你必須獨自啟程，立刻就走。設法越過南方邊界，前往阿欽蘭王國內恩國王的宮廷，他會善待你的。」

「我再也見不到你了嗎？」凱斯賓顫抖著聲音說。

「親愛的國王，我希望還會見面。」博士說：「在這個大千世界，除了陛下，我哪裡還有朋友？而且我會一點點魔法。不過，現在速度才是最重要的事。在你走之前，我有兩樣禮物要給你。這是一小袋金子，唉，這座城堡中的所有珍寶，按理都應該是你的。

另外這件是個更好的東西。」

他把一樣東西放在凱斯賓手上，凱斯賓看不清楚那是什麼，但是他一摸之下知道那是一支號角。

「這個，」柯尼留斯博士說：「是納尼亞最偉大也最神聖的寶物。我還年輕時，為了尋找這件寶貝，忍受了許多艱險，唸過許多咒語。這是蘇珊女王的魔法號角，是黃金時代結束前她從納尼亞消失時遺留下來的。據說，無論是誰吹響這支號角，都會得到奇特的協助——誰也不知道究竟有多奇特。也許它有力量能將露西女王、愛德蒙國王、蘇珊女王和最高王彼得從過去召喚回來，他們會讓一切歸回正軌。說不定它還能召喚阿斯蘭本人呢。收下它，凱斯賓國王，不過非到萬不得已，不要輕易使用它。好了，現在快走、快走、快走。塔樓底下那扇通向花園的小門已經打開了。我們到那裡就必須分手。」

「我可以騎我的馬戴斯特里爾走嗎？」凱斯賓問。

「戴斯特里爾已經套好馬鞍，正在果園的角落裡等著你呢。」

在從很長的螺旋梯走下來的這段時間裡，柯尼留斯又低聲給了他許多指導和忠告。凱斯賓的心一直往下沉，但是他盡力把所有的話都聽進去。接著，花園的新鮮空氣撲面而來，他悲切地與博士握手道別，奔過草地，聽見戴斯特里爾發出一聲歡迎的嘶鳴。就這樣，國王凱斯賓十世離開了他先祖的城堡。回頭凝望，他看見煙火衝上天空，慶祝新王子的誕生。

他徹夜向南疾奔，在他熟悉的鄉野中選擇偏僻的小路和馬道穿過樹林；之後他便一直在大道上奔馳。對於這趟異乎尋常的旅途，戴斯特里爾和牠的主人一樣興奮。凱斯賓在和柯尼留斯博士道別時雖然噙著眼淚，但一想到自己是騎馬出去冒險的凱斯賓國王，左腰掛著寶劍，右側背著蘇珊女王的魔法號角，他便覺得勇敢，並感到某種程度的快樂。不過，白晝來臨時下了一陣細雨，他環顧四周，發現每個方向都是陌生的森林、野生的石楠，還有蒼蒼的山脈，想到世界是多麼遼闊又奇異，自己是多麼渺小，不覺有些恐懼起來。

天色大亮後，他立刻離開大路，在林中找到一片敞開的草地，讓自己可以休息。他卸下戴斯特里爾的鞍具，讓牠去吃草，自己也吃了一些冷雞肉，喝了一點酒，隨後他很快就睡著了。等他醒來時，天色已近黃昏。他吃了幾口東西，接著繼續他的旅程，仍是向南騎行，走了許多人跡罕至的小徑。此時他來到一片丘陵地，不停地上上下下，但總是上的時候多，下的時候少。每爬上一個山脊，他都看見前方的山脈更巨大高聳，也更黑暗。傍晚來臨時，他正騎在較低的山坡上。山間突然起風了，隨即下起傾盆大雨。天空中雷聲隆隆，戴斯特里爾變得很不安。他們這時走進了一片幽暗又似乎沒有盡頭的松林，所有那些凱斯賓聽過的、樹木對人類不友好的故事，一下全湧進他的腦海裡。他想起自己畢竟是個泰爾馬人，他們這一族到哪裡都不停砍樹，並且與所有野外生靈為敵。雖然他不像其他泰爾馬人，但是不能指望樹木知道這一點啊。

它們也確實不知道。風勢增強變成暴風雨，樹木狂吼，在他們周圍嘎嘎作響。突然一聲巨響，一棵樹轟然橫倒在他們背後的路上。「安靜，戴斯特里爾，安靜！」凱斯賓拍撫著馬脖子說，但他自己嚇得渾身打顫，知道自己以分毫之差逃過一死。一道閃電掠過，一聲巨大的雷聲似乎要把頭頂的天空劈成兩半。戴斯特里爾驚得拔足狂奔起來。凱斯賓雖然善於騎馬，卻也沒有力氣拉住牠。他讓自己保持坐穩，知道自己在緊接而來的狂奔中猶如命懸一線。暮色中，一棵接一棵的大樹迎面撲來，他都只是勉強閃過。接著，事情發生得太過突然，因此他並沒感覺到痛（但還是讓他受了傷）。有個東西擊中了凱斯賓的前額，他頓時失去了知覺。

等他醒過來時，他發現自己躺在一個有火光照亮的地方，四肢傷痕累累，頭痛得不得了。附近有低聲說話的聲音。

「好了，」一個聲音說：「在這東西醒來以前，我們必須決定把它怎麼辦。」

「殺了它。」另一個聲音說：「我們不能讓它活著。它會出賣我們。」

「我們當時應該馬上打死它，否則就該讓它過去。」第三個聲音說：「我們不能現在打死它了。我們不能把它帶回來，包紮了它的頭以後，還把它打死。那就會變成謀害自己的客人了。」

「先生們，」凱斯賓用虛弱的聲音說：「不管你們打算怎麼處置我，我都希望你們善待我那匹可憐的馬兒。」

「你的馬早在我們發現你之前就跑得無影無蹤了。」第一個聲音說——凱斯賓這時注意到那聲音很怪，沙啞又粗獷。

「聽著，別讓它的花言巧語騙得你團團轉。」第二個聲音說：「我還是認為……」

「哎呀別胡說了！」第三個聲音喊道：「我們當然不能謀殺它。你真丟人，尼卡布瑞克。你怎麼說，松露獵手？我們該把它怎麼辦？」

「我要給它弄點水喝。」第一個聲音說，推測是松露獵手的聲音。一個黑影走近床邊。凱斯賓感覺有一條手臂輕輕伸到他肩膀下——如果那真是一條手臂的話。那形狀看起來不太對勁。那張俯視著他的臉似乎也不對勁。他隱約覺得這張臉毛茸茸的，鼻子很長，兩側還有幾條奇怪的白條紋。「這是某種面具吧，」凱斯賓心裡想：「要不就是我在發燒，產生了幻覺。」有一杯又甜又熱的東西湊到了他嘴唇邊，他張口喝了。這時，另外兩人中有一個把柴火撥了一下，火勢往上一衝，凱斯賓在突然亮起來的火光照映下看清了那張看著他的臉，嚇得險些大叫。那不是人臉，而是一張獾臉，不過這張獾臉比他所見過的獾臉都大，也更友善、更聰明。而且，它剛才確實在說話。他還看見自己是在一個山洞裡，躺在一張石楠鋪的床上。在火堆旁坐著兩個人，都是一臉鬍鬚的小個子，看起來比柯尼留斯博士更野蠻、更矮、更毛茸茸，也更胖壯，他立刻明白他們是真正的矮人，毫無半點人類血統的古代矮人。凱斯賓知道自己終於找到了古代的納尼亞人。接著，他的頭又開始昏沉迷糊了。

接下來幾天裡，他知道了他們的名字。那隻獾叫松露獵手，是這三者當中年紀最大也最仁慈的。那個想要打死凱斯賓的矮人，是個脾氣凶暴的矮人是黑矮人（也就是說，他的頭髮和鬍子都是黑的，而且像馬鬃一樣又粗又硬），叫做尼卡布瑞克。另一個是紅矮人，毛髮像狐狸一樣紅，叫做特朗普金。

凱斯賓康復到可以坐起來說話的第一個傍晚，尼卡布瑞克說：「現在，我們還是得決定要怎麼處置這個人類。你們兩個以為不讓我殺死他，是做了一件天大的好事。不過我想，到頭來我們還是得把他關一輩子。我肯定不會讓他活著離開這裡——回到他族人當中去出賣我們。」

「哎呀！尼卡布瑞克，」特朗普金說：「你為什麼老是說話這麼無禮？這小子的頭撞上我們洞口外的一棵樹，又不是他的錯。再說，我看他不像個叛徒。」

「我說，」凱斯賓說：「你們還不知道我**想不想**回去呢。我不想回去。我想跟你們待在一起——如果你們同意的話。我從小就在尋找你們這樣的人。」

「說得真像回事。」尼卡布瑞克吼道：「你是個人類，還是個泰爾馬人，對嗎？你當然想回到你的族人當中。」

「嗯，就算我想，我也不能回去。」凱斯賓說：「我是在逃命，才會意外撞上那棵樹。國王要殺我。如果你們殺了我，就正好順了他的心，合了他的意。」

「好了，」松露獵手說：「現在你不用這麼說了！」

「呃？」特朗普金說：「那是怎麼回事？人類，你做了什麼事，怎麼小小年紀就和米拉茲起了衝突？」

「他是我叔叔。」凱斯賓才剛說一句，尼卡布瑞克就跳起來，握住了自己的匕首。

「好哇！」他喊道：「你不但是泰爾馬人，還是我們的死敵的近親和繼承人。你們兩個還要再瘋狂下去，讓這傢伙活著嗎？」如果不是那隻獾和特朗普金及時上前攔阻，硬把尼卡布瑞克推回去按在他自己的椅子上，他已經把凱斯賓當場刺死了。

「現在，尼卡布瑞克，我說最後一遍，」特朗普金說：「你是要控制好自己，還是要我和松露獵手坐在你頭上來制止你？」

尼卡布瑞克悻悻然地保證守規矩，另外兩位才又請凱斯賓把整個故事說出來。凱斯賓說完後，大夥兒沉默了好幾分鐘。

「這是我聽過最怪異的一件事。」特朗普金說。

「我不喜歡。」尼卡布瑞克說：「我不知道人類當中還有人在談論我們的事。人類對我們知道得愈少愈好。現在，那個老保母最好已經把嘴閉上了。還有那個家庭教師，一個變節的矮人，把事情全攪得一團亂。我恨那些變節的矮人，我痛恨他們，更甚於痛恨人類。你們記住我的話——這事到頭來不會有好結果的。」

「你能不能別說那些你不懂的事，尼卡布瑞克。」松露獵手說：「你們矮人像人類一樣健忘又善變。我是一隻動物，我只是一隻獾而已，但我們不會反覆無常。我們始終如一。我說這件事會給我們帶來極大的好報。在我們面前的這位是真正的納尼亞國王，一個真正的國王，回到真正的納尼亞來了。就算矮人忘記了，我們動物都還記得，除非有一位亞當之子做國王，納尼亞永遠不會走在正軌上。」

「哎呀我的天！松露獵手，」特朗普金說：「你的意思該不會是你想把這個國家交給人類？」

「我可沒這麼說。」那隻獾回答：「這不是人類的王國（還有誰比我更清楚這一點），但它是一個要由人類做國王的國家。我們獾的記性夠好，所以能記住這件事。天佑眾生，最高王彼得不就是個人類嗎？」

「你相信所有那些古老的故事？」特朗普金說。

「我告訴你，我們動物不會三心二意，變來變去。」松露獵手說：「我們不會忘記。我堅信在凱爾帕拉維爾施行統治的最高王彼得還有其他的人，就像我堅信阿斯蘭的存在一樣。」

「**像**堅信阿斯蘭？我敢說，」特朗普金說：「今天還有誰相信阿斯蘭啊？」

「我就相信。」凱斯賓說：「如果我之前不相信，我現在也信了。就說在人類當中吧，那些會嘲笑阿斯蘭的故事的人同樣也會嘲笑能言獸和矮人的故事。有時候，我也會懷疑是不是真有阿斯蘭這麼個人物，但我同時也會懷疑是不是真有你們這樣的人物。然而你們就在這裡。」

「沒錯。」松露獵手說：「你說得對，凱斯賓國王。不管他人怎麼說，只要你一天忠於古老的納尼亞，你就一天是**我的**國王。陛下萬歲。」

「你這隻獾真令我噁心。」尼卡布瑞克吼道：「最高王彼得和其他人或許是人類，但他們是不同的人。這個人是該死的泰爾馬人。他**獵殺**動物只為了好玩。你有沒有這麼做過？」他突然轉過身對凱斯賓補上一句。

「嗯，實話實說，我幹過，」凱斯賓說：「但他們不是能言獸。」

「都一樣。」尼卡布瑞克說。

「不，不，不。」松露獵手說：「你知道那不一樣。你很清楚，今天生活在納尼亞的動物和我們不同，牠們就和你在卡羅門或泰爾馬發現的動物一樣，既不會說話，又沒有智慧。牠們的個頭也比較小。牠們和我們的差別，比你們和混血矮人的差別更大。」

他們又爭論了很久，不過最後一致同意，凱斯賓可以留下來，甚至答應只要他康復到可以出門，他們就會帶他去見特朗普金說的「其他人」。顯然，古納尼亞的所有百姓仍躲藏在這些荒野中過日子。

06 躲起來生活的百姓

現在，凱斯賓有生以來最快樂的時光開始了。在一個晴朗的夏天早晨，露珠還掛在草尖上，凱斯賓、獾和兩個矮人就出發了。他們穿過森林，爬上山脈高處的山坳，再往下走到陽光普照的南坡，從這裡可以望見阿欽蘭的綠色高原。

「我們要先去『三隻大胖熊』的家。」特朗普金說。

他們來到一片林間空地，走到一棵樹身長滿青苔的中空老橡樹前，松露獵手用爪子在樹幹上拍了三下，沒有回應。他又拍了三下，裡面才傳來一個模糊的聲音：「走開。還沒到起床的時間。」不過，等到他拍到第三次，裡頭便傳出一陣像是小地震的轟隆聲，接著一扇像門的東西打開來，三隻棕熊走了出來，確實非常胖大，並不停眨著他們的小眼睛。等到向他們清楚說明一切後（因為他們都還很睏，因此花了很長的時間），他們說的話就和松露獵手說過的一樣，納尼亞應該由一個亞當之子來做國王，接著他們分別親吻凱斯賓——一連串又濕又響的吻——並拿出蜂蜜招待他。凱斯賓在早晨這個時候並不想吃蜂蜜，尤其又沒有麵包搭配，但他出於禮貌還是接受了，然後花了好久的時間才把滿手黏糊的蜂蜜弄乾淨。

隨後他們繼續前進，直到來到一片高大的山毛櫸林中，松露獵手大聲喊道：「啪嗒推！啪嗒推！啪嗒推！」轉瞬之間，一隻凱斯賓見過最華麗的紅松鼠跳過一根又一根的樹枝，最後來到他們頭頂的枝上。他比凱斯賓從前在城堡的花園裡偶爾見到的尋常啞巴松鼠巨大多了，事實上他差不多有㹴犬那麼大，而且一看他的臉就知道他會說話。事實上，不讓他說話才是難事，因為他就像所有松鼠一樣，是個喋喋不休的傢伙。他立刻對凱斯賓表示歡迎，並問凱斯賓喜不喜歡吃堅果，凱斯賓向他道謝，回答說喜歡。啪嗒推跳回去拿堅果時，松露獵手立刻在凱斯賓耳邊低聲說：「別盯著他，看其他地方。在松鼠之間，觀看其他松鼠前往他的儲藏處，或看起來像想知道他的儲藏處，都是非常不禮貌的。」隨後，啪嗒推拿著堅果回來了，凱斯賓吃了堅果，然後啪嗒推問要不要他傳口信給其他朋友。「因為我可以腳不著地把消息帶到幾乎所有地方。」他說。松露獵手和兩個矮人認為這是很好的主意，於是叫啪嗒推帶口信給那些名字稀奇古怪的生靈，告訴他們，三天後的午夜，一同到「跳舞草坪」聚餐和議事。「你最好也告訴三隻大胖熊，」特朗普金說：「我們忘了跟他們提這件事了。」

他們下一個拜訪的是「戰慄森林的七兄弟」。特朗普金領他們回到之前的山坳，然後從山脈北坡朝東往下走，直到來到一處位於亂石與松林間的肅穆之地。他們靜悄悄地走著，不久，凱斯賓就感覺到腳下的地面在震動，彷彿底下有人用錘子在敲打一樣。特朗普金走到一塊水桶蓋大小的扁平石頭上，用力跺了跺腳，再靜候一旁。過了好一陣子，石頭才被底下的某個人或某種生物挪開，露出一個黑漆漆的圓洞，並冒出好大一股熱氣和水蒸氣，接著，洞中冒出一個矮人的頭，模樣很像特朗普金。他們談了很久，那個矮人似乎比松鼠和三隻大胖熊更多疑，不過，最後他們一行人還是受邀走下洞裡。凱斯賓感覺自己順著一道黑暗的樓梯來到地底，並在來到底部時看見了火光。那是熔爐發出的亮光。這整個地方都是鍛冶場。有一條地下溪流從洞底一側流過，有兩個矮人在拉風箱，另一個用火鉗夾著一塊燒紅的鐵塊放在鐵砧上，第四個矮人正在捶打那塊鐵，其他還有兩個矮人一邊用一塊油膩膩的布擦著他們長著厚繭的小手，一邊走上前來迎接客人。想讓他們相信凱斯賓是友不是敵，同樣花了許多時間，不過一旦他們相信了，便一同高喊道：「國王萬歲。」他們贈送給凱斯賓、特朗普金和尼卡布瑞克的禮物也很高貴——各自一套鎧甲、一頂頭盔和一把寶劍。如果那隻獾想要，他也同樣可以得到一套，但是他說身為動物，如果他的爪子和牙齒都不能保全自己的皮膚，那這身皮不要也罷。這套盔甲的做工十分精細，遠超過凱斯賓曾見過的。他很高興接受矮人打造的寶劍，取代自己原有的，相形之下，原來那把劍粗陋得像棍子，脆弱得像玩具。這七兄弟（全是紅矮人）都答應參加在跳舞草坪舉行的宴會。

他們告辭後又往前走了一小段路，來到一條布滿岩石的乾涸溪谷裡，抵達五個黑矮人居住的山洞。這些矮人都以懷疑的目光打量凱斯賓，不過，最後他們當中最年長的老大說：「如果他反對米拉茲，我們就擁護他做王。」接著老二說：「要不要我們陪你們往上走到上面峭壁？那裡住著一、兩個食人魔和一個老巫婆。我們可以介紹你們認識，就在那上面。」

「不必了。」凱斯賓說。

「我也這麼認為，確實沒必要，」松露獵手說：「我們不希望那類傢伙加入我們的陣營。」尼卡布瑞克不贊同這看法，但是特朗普金和獾駁回了他的意見。這令凱斯賓非常震驚。他這才意識到，原來古老故事中的那些恐怖生物和善良生物一樣，都在納尼亞留下了一些後代。

他們離開黑矮人的洞穴一段路以後，松露獵手說：「如果我們把**那些**壞傢伙也找進來，阿斯蘭就不會與我們為友了。」

「噢，阿斯蘭！」特朗普金愉快卻輕蔑地說：「更要緊的是你們沒有我為友。」

「**你**相信阿斯蘭嗎？」凱斯賓問尼卡布瑞克。

「不管是任何人或任何東西，」尼卡布瑞克說：「只要能把那些該死的泰爾馬蠻子砍成碎片或逐出納尼亞，我就相信。不管是任何人或任何東西，不管是阿斯蘭或白女巫。你明白嗎？」

「安靜，安靜。」松露獵手說：「你不知道自己在胡扯些什麼東西。白女巫是比米拉茲和他所有族人更糟糕的敵人。」

「她對我們矮人可不壞。」尼卡布瑞克說。

他們下一個拜訪的對象更令人開心。隨著他們繼續往下走，山脈開展成一片闊大的峽谷，林木茂密，谷底有一條湍急的河流奔騰而過。靠近河邊的空地上長著大片大片的毛地黃和野玫瑰，空氣中充滿蜜蜂嗡嗡飛舞的聲音。來到這裡，松露獵手再次大喊：「峽谷風暴！峽谷風暴！」片刻之後，凱斯賓聽見了馬蹄聲。蹄聲愈來愈響，直到整個山谷都震動起來，最後，灌木叢裡傳來一陣枝折葉斷的嘩啦響，幾隻凱斯賓見過最高貴的生物出現了，他們是人馬峽谷風暴和他三個兒子。他油亮的馬身是棗紅色的，覆蓋著寬闊胸膛的鬍鬚是金紅色的。他是個先知，也是個星象家，他早已知道他們的來意。

他高喊道：「國王萬歲！我和三個兒子已經準備好作戰。我們什麼時候出征？」

直到目前為止，無論是凱斯賓或其他人都沒真正考慮過戰爭的事。他們有一些模糊的想法，也許偶爾突襲某些人類的農莊，或襲擊一群膽敢深入到這南方野地裡來冒險的獵人，但是他們主要的想法，仍是自己要在森林裡或洞穴中生活，嘗試在隱匿中建立一個古老的納尼亞王國。峽谷風暴一說完話，所有人都覺得事態嚴重了。

「你是說，一場真正的戰爭，把米拉茲趕出納尼亞？」凱斯賓問。

「要不然呢？」人馬說：「陛下身穿盔甲，腰佩寶劍，若不為打仗，又為了什麼？」

「這有可能嗎？峽谷風暴。」獾說。

「時機已經成熟了。」峽谷風暴說：「我觀看天象，因為觀看天象是我的職責，獾啊，正如記憶是你的職責。在高天上，塔瓦爾星和阿拉姆比爾星已經在宮室中相會，在地上，也再次興起一個亞當之子來統治與命名萬物。時辰已到。我們在跳舞草坪召開的必須是一場軍事會議。」他說話的語氣，使凱斯賓和其他人毫不遲疑地相信：如今看來，他們很可能會打贏這場仗，還有，發動這一戰勢在必行。

由於時間已經過午，他們就與人馬一同休息，並吃了人馬提供的食物，有燕麥、蘋果、香草、酒和乳酪。

下一個他們要拜訪的地方雖然不遠，但為了避開人類居住的區域，不得不繞道走了很長一段路。等他們來到平坦的田野，走在溫暖的綠籬之間時，下午已經過了一大半了。松露獵手對著青綠土堤上的一個小洞喊了一聲，接著洞裡蹦出一隻凱斯賓最想不到的動物——一隻能言鼠。當然，他比普通老鼠大得多，用兩條後腿站起來時足足有一英尺多高，耳朵幾乎像兔子的一樣長（不過比兔耳朵寬）。他叫做銳脾氣，是一隻樂天勇武的老鼠。他身側掛著一把輕巧細長的寶劍，不時用手撚著他的長腮鬚，彷彿那是兩撇八字鬍一樣。他瀟灑又優雅地鞠躬說：「陛下，我們一共有十二位。我毫無保留地將全體人員交給陛下調遣。」凱斯賓強忍著（而且成功了）才沒有笑出來，但還是忍不住想，只要用一個洗衣籃，就可以輕輕鬆鬆將銳脾氣和他所有族人裝起來提回家去。

如果要一一提及凱斯賓這天會見的所有動物就太費時間了，在此只簡略敘述——鼴鼠克羅德斯利．快鏟、利牙三兄弟（他們和松露獵手一樣是獾）、兔子卡米羅，以及刺蝟哈格爾斯托克。最後，他們在一圈寬闊平坦草地邊的水井旁停下來休息，草地周圍都是高大的榆樹，這時已投下長長的影子，太陽快要下山了，雛菊已經合攏，白嘴鴉也回巢歇息了。他們吃帶來的食物當晚餐，飯後特朗普金又點上菸斗（尼卡布瑞克不抽菸）。

「現在，」獾說：「要是我們可以把這些樹和這口井的精靈喚醒，我們這一天的工作就圓滿了。」

「我們辦不到嗎？」凱斯賓問。

「辦不到。」松露獵手說：「我們沒有那麼大的力量。自從人類進入這片土地，他們砍伐森林，汙染河流，樹精靈和水精靈就都沉睡不醒了。天知道他們還會不會再醒來。這是我方陣營的一大損失。泰爾馬人非常懼怕森林，一旦樹木發怒，行動起來，我們的敵人會嚇得瘋狂逃竄，人人只恨自己少生兩條腿，他們會被迅速逐出納尼亞的。」

「你們動物的想像力真是強大！」特朗普金說，他並不相信這類的事：「但為什麼說了樹精和水精以後就不說了呢？如果石頭能自己飛起來擲向老米拉茲，豈不更好？」

獾聽了這話只是哼了哼，沒有作聲，之後所有人一片靜默，靜得凱斯賓差點睡著了。就在將睡未睡之際，他覺得自己聽見後方森林深處傳來一陣微弱的音樂聲。他以為是自己在作夢，翻了個身想繼續睡；不料，他的耳朵一貼到地面，就感覺到或聽到（很難說到底是哪一種）一陣隱約的擊鼓聲。他抬起頭來。擊鼓聲立刻變弱了，但音樂重新響起，這次變得更清楚。它聽起來像長笛。他看見松露獵手坐起來，盯著樹林裡看。月光十分明亮；凱斯賓睡得比他自己以為的久。笛音愈來愈近，調子狂野激昂，卻又如夢似幻，同時許多輕巧的腳步聲也在接近，最後，從樹林裡出來踏入月光之下的，是一群凱斯賓盼了一輩子想見到的跳舞身影。他們比矮人高了許多，但是更纖細也更優雅。他們覆滿鬈髮的頭上有兩隻小角，赤裸的上半身在蒼白的月光下閃閃發光，但他們的雙腿和雙腳卻和山羊一模一樣。

「人羊！」凱斯賓大叫著一躍而起，不一會兒，他們就將他圍在中央。一行人還沒花時間向人羊解釋整個情況，他們當下已經接納了凱斯賓，而他也在不知不覺中加入了他們的舞蹈。特朗普金雖然笨重，動作像抽筋，也跟著跳，就連松露獵手也盡力蹦跳和挪動。只有尼卡布瑞克待在原地，一聲不吭地看著他們。人羊全都圍著凱斯賓，一邊吹著蘆笛一邊跳舞。他們那看起來既憂傷又快樂的臉，全都看著他；這十幾個人羊是門提烏斯和歐賓提努斯和唐姆努斯，還有沃魯恩斯、沃提努斯、吉爾比烏斯、尼米努斯、諾索斯和歐斯康斯等等。啪嗒推把他們全找來了。

第二天早晨，凱斯賓醒來以後，他幾乎相信那是一場夢，但是草地上布滿了許多小小的羊蹄印。

07 古納尼亞危險了

他們遇見人羊的地方，當然就是「跳舞草坪」了，凱斯賓和他的朋友在那裡一直待到召開大會的那天晚上。睡在星空下，只有井水喝，主要以栗子和野果維生，這對凱斯賓是個新奇的經歷。過去他在城堡裡住的是掛滿華美織錦的房間，睡的是鋪了絲綢床單的床，一日三餐在前廳裡享用金銀碗碟盛放的美食，侍從僕役更是隨傳隨到。可是他從來沒有像這時這麼快樂過。過去睡眠從未如此令人感到煥然一新，食物嚐起來也從未如此可口，而且他開始變得堅強，他的臉也顯出了君王之相。

那個偉大的夜晚終於到了，他那群各種各類奇奇怪怪的臣民，接二連三或三五成群地溜進了草坪——這晚的月亮散發出近乎滿月的光輝——他看見他們的數量，聽見他們的問候，他的心也振奮飛揚起來。他見過的大胖熊三兄弟、紅矮人和黑矮人、鼴鼠和獾、野兔和刺蝟，全都來了。其他他沒見過的還有五個紅得像狐狸的薩堤爾，一整隊全副武裝、用刺耳喇叭開道的能言鼠，幾隻貓頭鷹，以及渡鴉崖的老渡鴉。最後（這位可真叫凱斯賓大吃了一驚）和人馬一同到來的，是一名個頭還小但貨真價實的巨人，來自「死人山」的溫布利威德，他揹著一個背簍，裡面裝著一滿簍被晃得像要暈船的矮人，這些矮人接受他載他們一程的提議，但這時都很後悔，情願是自己走過來的。

三隻大胖熊都急著想先享用盛宴，等吃完飯再開會，最好是延到明天再開。銳脾氣和他的老鼠們都說，宴會和會議都可延後，建議今晚就前往城堡突襲米拉茲。啪嗒推和其他松鼠說，他們可以同時吃東西和說話，所以為什麼不同時進行會議和宴會？鼴鼠們提議先在草坪周圍挖一道壕溝當作防護，然後再談其他的事。人羊認為最好先以一場莊嚴的舞蹈來開場。老渡鴉雖然同意三隻大胖熊的觀點，認為先開會會花掉太多時間，不知幾點才能吃飯，卻要求大家容他先向全體人員做一場簡短的演說。然而，凱斯賓、人馬和矮人否決了所有這些提議，堅持立刻舉行一場真正的軍事會議。

好不容易所有動物都被說服了，安靜圍坐成一個大圓圈，同時（更不容易地）也讓來回奔跑不停嚷嚷「安靜！大家安靜聽國王演說」的啪嗒推停了下來，隨後，凱斯賓站起來，心裡感到有點緊張，開口說：「納尼亞的子民們！」但在這句開場白之後，他再也沒機會往下說，因為就在同一時刻，野兔卡米羅說：「噓！這附近有個人類。」

他們全是在野外活動的生物，習慣被追獵了，這時一下全都靜止不動，像雕像一樣。

所有的動物都把鼻子轉向卡米羅所指的方向。
「聞起來像人類，可是又不完全像人類。」松露獵手低聲說。
「它愈來愈近了。」卡米羅說。
「兩隻獾和你們三位矮人，帶著你們的弓，把箭搭上，放輕腳步走過去看看。」凱斯賓說。
「我們會解決他們的。」一個黑矮人凶狠地說，一邊把箭扣上了弓弦。
「如果只有單獨一個，就別放箭。」凱斯賓說：「活捉它。」
「為什麼？」那個矮人問。
「照你聽見的去做。」人馬峽谷風暴說。
所有人都默不作聲等待著，那三個矮人和兩隻獾悄悄朝草坪西北方的那片樹林小跑過去。接著傳來一聲矮人尖銳的叫喊：「站住！是誰在那裡？」隨後弓弦突然一響。片刻之後，凱斯賓聽見一個很熟悉的聲音響起，說：「好吧，好吧，我投降。可敬的獾兄弟們，你們高興的話，可以咬住我的手腕，但是別咬穿。我有話要和國王說。」
「柯尼留斯博士！」凱斯賓歡喜地大叫，衝上前去迎接自己的老師。所有人也跟著圍了過來。
「呸！」尼卡布瑞克說：「一個變節的矮人。一個雜種！我是不是該用劍刺穿他的喉嚨？」

「安靜，尼卡布瑞克。」特朗普金說：「這傢伙的祖先那麼做，不能怪到他頭上。」

「這是我最好的朋友，我的救命恩人。」凱斯賓說：「如果有誰不喜歡與他為伍，可以馬上離開我的軍隊。最親愛的博士，我真高興能再見到你。你是怎麼找到我們的？」

「使用一點簡單的小魔法，陛下。」博士說，他因為急行趕來，還呼哧呼哧不停喘著粗氣：「不過現在沒時間說這些了。我們必須馬上離開這個地方。你被出賣了，米拉茲已經採取行動。明天中午以前，你們就會被包圍了。」

「出賣！」凱斯賓說：「被誰？」

「毫無疑問，是被另一個變節的矮人。」尼卡布瑞克說。

「是你的馬戴斯特里爾。」柯尼留斯博士說：「那匹可憐的畜生不知好歹，你被撞昏後，牠自然晃回城堡，回牠的馬廄去了。這麼一來，你逃亡的祕密就敗露了。我不想在米拉茲的刑訊室遭到拷問，於是趕緊潛逃。我從我的水晶球得知該到哪裡來找你，但是前天一整天，我都看見米拉茲的偵緝隊在森林裡搜索。昨天，我得知他的軍隊出動了。我猜你們——嗯——純種矮人對森林的知識不如預期的豐富。你們到處留下痕跡，實在太大意了。總之，米拉茲已經從某種跡象得到警覺，古納尼亞沒有如他期望的徹底滅亡，因此，他採取行動了。」

「好哇！」博士腳旁某處傳來一個非常尖細的聲音，說：「讓他們來吧！我只請求國王派我和我的族人打頭陣。」

「怎麼回事啊？」柯尼留斯博士說：「陛下的軍隊裡難道有蚱蜢……還是蚊子？」接著他彎下腰，透過眼鏡仔細看了看，不禁哈哈大笑起來。

「我以獅子發誓，」他發誓說：「是一隻老鼠。老鼠先生，我渴望和你交個朋友。我很榮幸能遇見如此英勇的動物。」

「我願意交你這個朋友，飽學的先生，」銳脾氣尖聲說：「在這支軍隊裡，要是有任何矮人——或巨人——敢對你出言不遜，我就用我的寶劍懲罰他。」

「還有時間說這些蠢話嗎？」尼卡布瑞克問：「我們有什麼計畫？打還是跑？」

「若有必要就打，」特朗普金說：「但是我們還沒準備好啊，而且這裡也不是一個容易防守的地方。」

「我不喜歡逃跑這個主張。」凱斯賓說。

「贊成！贊成！」大胖熊們說：「不管我們要幹什麼，都別**跑**。尤其別在吃飯前跑，而且吃過飯後也不能馬上跑。」

「那些最先跑的，不一定最後能逃掉。」人馬說：「我們為什麼要讓敵人選擇我們作戰的陣地，而不是由我們自己來選？讓我們去找一個堅固的陣地吧。」

「這個辦法好，陛下，這是明智之舉。」松露獵手說。
「但是，我們要去哪裡呢？」好幾個聲音問。
「陛下，」柯尼留斯博士說：「以及各種各類動物們，我認為我們必須朝東走，順著大河往下走進那片大森林。泰爾馬人憎惡那片區域。他們向來懼怕大海，懼怕會有某種東西渡海而來，因此他們任由大森林生長。如果古代的傳說是真的，那麼古老的凱爾帕拉維爾就在大河的河口，那整個區域對我們都會很友善，也同樣痛恨我們的敵人。我們必須前往『阿斯蘭的迷宮』。」
「阿斯蘭的迷宮？」好幾個聲音說：「我們不知道那是什麼東西。」
「它位在大森林的邊緣，是一個很大的土丘，是納尼亞百姓在遠古之時在一個具有魔法的地點堆築起來的，那個地點立有一塊具有魔法的岩石——也許今天還矗立在那裡呢。那個土丘整個是空的，裡面布滿通道和洞穴，那塊岩石就在中央洞穴裡。土丘裡有足夠的空間容納我們所有的物資，我們當中最需要隱蔽和最習慣地底生活的朋友可以居住在洞穴裡，其他的可以睡在森林裡。到了危急關頭，我們全體人員（除了這位可敬的巨人之外）可以撤進土丘裡。在那裡面，除了飢餓，我們不會遭遇任何危險。」
「有個飽學之士在我們當中真是好事。」松露獵手說，但特朗普金低聲咕噥道：「村夫愚婦！我希望我們的領袖能少想那些老太婆的鄉野傳說，多想想糧食儲備和武器。」

不過所有人都贊成柯尼留斯的提議，當天晚上，也就是半個小時之後，他們就出發了。日出之前，他們就抵達了阿斯蘭的迷宮。

那果然是個令人讚歎敬畏的地方，是一個位於另一個丘陵頂部的綠色圓丘，早已長滿了樹木，有一道低矮的小門通往裡面。在你熟悉其中的通道之前，它們就是一個完美的迷宮。通道的壁面和頂部都是平滑的岩石，從照進來的朦朧光線中，凱斯賓看見那些岩石上有奇怪的文字和蛇一般的圖案，還有許多圖畫，畫中不斷重複出現一隻獅子。這一切似乎全都屬於一個古老的納尼亞，比保母告訴他的納尼亞更加古老。

等他們在迷宮內或四周紮營安頓下來之後，他們的運氣開始變壞了。米拉茲國王的偵察兵很快發現了他們的新營地，米拉茲也率領軍隊到達，駐紮在森林的邊緣。情況一如經常可見的，敵人比他們預料的更強大。眼見敵軍一隊接一隊抵達，凱斯賓的心直往下沉。雖然米拉茲的人馬懼怕進入森林，但更懼怕米拉茲，因此在米拉茲的指揮下，他們深入森林作戰，有幾次幾乎打到了迷宮旁邊。凱斯賓和將領們當然也多次出擊，打到了林外的曠野裡。於是，幾乎每個白天都在打仗，有時晚上也打，但凱斯賓一方基本上都吃敗仗。

終於，有一天晚上，一切糟到不能再糟。那天下了一整天的大雨，直到入夜才停，卻只是讓森林變得更加寒冷刺骨。那天清晨，凱斯賓策劃了一場截至此時為止最大的戰事，所有人都把希望寄託在這場戰役。他在拂曉時分率領大多數矮人撲向米拉茲王的右翼，等雙方戰況激烈打得難分難解時，巨人溫布利威德率領人馬和那些最凶猛的野獸，從另外一個地方衝出來，奮力切斷米拉茲的右翼，讓他們得不到其他軍隊的援助。不過這個計畫完全失敗了。沒有人警告凱斯賓（因為這些後來的納尼亞居民都不記得從前的事），巨人們一點也不聰明。可憐的溫布利威德雖然勇猛如獅，在頭腦方面卻是個地地道道的巨人。他發動攻擊的時間和地點都不對，導致他和凱斯賓的隊伍都受到重創，敵人卻沒多大損失。大胖熊當中最善戰的一隻受了傷，一名人馬受了重傷，凱斯賓的隊伍幾乎個個掛彩。這支沮喪的敗軍挨擠在滴著水的樹林底下，吃著他們少得可憐的晚餐。

這當中最沮喪的是巨人溫布利威德。他知道這一切全是他的錯。他不發一聲獨自坐著，大顆大顆的眼淚滾出來，匯集在鼻尖，再如潑水般灑落在老鼠大軍的營地裡，老鼠們才剛剛感覺暖和，處於昏昏欲睡的狀態，這淚水一潑，他們全跳了起來，一邊把水甩出耳朵，一邊擰乾他們的小毛毯，同時以尖厲有力的聲音質問巨人，是不是認為他們濕得不夠，還要朝他們潑水。這就吵醒了其他人，他們告訴老鼠扮好他們偵察兵的角色，而不是擔任樂隊，並質問他們為什麼不能安靜點。溫布利威德躡手躡腳走開，想找一個可以安靜傷心的地方，卻不小心踩到了某位仁兄的尾巴，這位仁兄（事後他們說是一隻狐狸）咬了他一口。就這樣，所有人全都發火了。

不過，在迷宮中心那間隱密又神奇的房間裡，凱斯賓國王、柯尼留斯、那隻獾、尼卡布瑞克和特朗普金正在一起商議大事。由古代工藝打造的巨大石柱支撐著屋頂。房間中央是那塊岩石——一張從中裂開的石桌，上面曾經寫滿某種文字，但在石桌仍屹立在山丘頂、土丘還沒蓋起來之前的古老時光，長年累月的風霜雨雪已經把那些文字都磨損剝蝕了。他們沒使用那張石桌，也沒圍著它坐，它太神奇了，不能拿來做任何一般用途。他們坐在離它不遠的幾塊木頭上，圍著一張粗陋的木頭桌子，桌上放著一盞粗陶燈，燈光照著他們蒼白的面孔，把巨大的影子投射在牆上。

「如果陛下打算使用那支號角，」松露獵手說：「我想現在是時候了。」幾天之前，凱斯賓告訴他們自己有這個寶物。

「我們確實非常危急了，」凱斯賓回答：「但是很難說這是不是我們最危急的時候。萬一我們還有更危急的情況，可是我們已經用過它了，要怎麼辦？」

「照這麼說的話，」尼卡布瑞克說：「陛下將永遠不會使用它，等你想用時也已經太遲了。」

「我同意這看法。」柯尼留斯博士說。

「特朗普金，你認為呢？」凱斯賓問。

「噢，我啊，」一直漠不關心聽著的紅矮人說：「陛下知道的，我認為那個號角——

還有那邊那塊破石頭，還有你偉大的彼得國王，以及你那隻獅子阿斯蘭——全都是捕風捉影荒誕不經的事。陛下你吹不吹那支號角，對我來說都一樣。我只堅持別對軍隊說這些事。我認為，讓大家對注定會令人失望的魔法援助產生希望，完全沒有好處。」

「那麼，我以阿斯蘭的名字發誓，我們會吹響蘇珊女王的號角。」凱斯賓說。

「陛下，還有一件事我們或許該先辨好。」柯尼留斯博士說：「我們不知道援助會以什麼形式來到。也許它會召喚阿斯蘭渡海而來。不過，我認為更有可能是將最高王彼得和他強大的同伴從古代召喚過來。無論哪一種，我都認為我們不能確定援助會正好來到這個地方……」

「你這話說得太對了。」特朗普金插嘴說。

「我認為，」這位博學之士繼續說：「他們——或他——回到納尼亞來時，會回到幾個古代地點當中的一個，而我們現在坐著的這個房間是最古老也最具有魔法的地方，我認為回到這裡的可能性最大。不過還有另外兩個地方也有可能。一個是『燈野地』，位在大河上游『海狸水壩』西邊，按照記載，那裡是王族孩子們第一次在納尼亞出現的地方。另一個是在大河河口，那是他們的凱爾帕拉維爾城堡曾經屹立之地。如果阿斯蘭親自前來，那也是會見他的最佳地點，因為每個故事都說他是『陸上君王』之子，他將渡海而來。我非常希望能派使者去這兩個地方，到燈野地和河口去迎接他們——或迎接他，或它。」

「果然如我所料，」特朗普金喃喃抱怨道：「這件傻事的第一個結果不是為我們帶來幫助，而是讓我們失去兩名戰士。」

「柯尼留斯博士，你認為派誰去好？」凱斯賓問。

「要穿過敵人的陣地又不會被抓到，松鼠最適合不過。」松露獵手說。

「**我們**所有的松鼠（我們沒多少松鼠了）都很浮躁。」尼卡布瑞克說：「這件工作我只信任帕噠推。」

「那就讓帕噠推去吧。」凱斯賓國王說：「另一個使者要派誰呢？我知道你——松露獵手——願意去，但是你的速度不夠快。你也不行，柯尼留斯博士。」

「我**不去**。」尼卡布瑞克說：「周圍有那麼多人類和野獸，這裡必須要有一個矮人坐鎮，確保我們所有矮人都獲得公平的對待。」

「這是什麼混帳藉口！」特朗普金憤怒地喊道：「你怎麼能這樣對國王說話？陛下，派我去，我願意去。」

「可是我以為你不相信那支號角啊，特朗普金。」凱斯賓說。

「我是不相信，陛下，但是這和我去當使者有什麼關係呢？死於這裡，或死於追逐無益之事，都一樣是死。你是我的國王。我了解提出忠告和接受命令的差別。你已經聽了我的忠告，現在該由我來聽你的命令了。」

「我永遠不會忘記你的話，特朗普金。」凱斯賓說：「你們誰去把帕噠推找來。還有我該什麼時候吹響號角？」

「我會等到日出之際，陛下。」柯尼留斯博士說：「那個時刻，有時候對『白魔法』的施展能有助益。」

幾分鐘後，帕噠推來了，他們向他說明了任務。他就像許多松鼠一樣充滿勇氣、活力、精力、興奮和淘氣（更不用說還有自負），還沒聽完全部說明就急著想出發了。他們的安排是他要全速奔往燈野地，而特朗普金前往距離較近的河口。匆匆吃過飯後，他們就帶著國王、獾和柯尼留斯熱切的感激和祝福出發了。

08 離開小島

「就這樣，」特朗普金說（這下你們應該明白了吧，坐在凱爾帕拉維爾大廳廢墟裡的草地上，為四個孩子講故事的，就是他）：「就這樣我在口袋裡裝了一兩片麵包皮，留下所有的武器，只帶著匕首，在清晨天濛濛亮的時候走入森林。我苦苦跋涉了好幾個小時，然後突然聽到一種我這輩子從來沒聽過的聲音。呃，我永遠不會忘記它。整個空氣中都充滿了那聲音，像打雷一樣大聲，但持續得更長；清涼、甜美如水上傳來的音樂，但夠強烈，足以撼動樹林。我對自己說：『如果這不是那支號角的聲音，那就叫我兔崽子吧。』片刻之後，我忍不住感到奇怪，為什麼他不早點吹號啊……」

「那是什麼時間？」愛德蒙問。

「大約在九點到十點之間吧。」特朗普金說。

「就是我們在火車站的時候！」四個孩子異口同聲說，互望的眼睛都閃閃發亮。

「請繼續說下去。」露西對矮人說。

「嗯，正如我剛才說的，我心裡很納悶，但是我繼續拚命趕路。我走了一整夜，然後，就在今天早上天快亮時，我就像巨人一樣沒腦子，冒險抄近路，穿過一片開闊的田野，而不去繞很長的河灣，然後就被逮住了。不是被軍隊逮到，而是被一個自大的老傻瓜逮到，他管理一座小城堡，那是米拉茲設在靠海岸這邊的最後一座堡壘。不用說，他們從我嘴裡得不到一句實話，但是我是個矮人，這一點就夠他們處置我了。不過謝天謝地，還好那個總管是個傲慢自大的笨蛋，換了別人，我早就當場沒命了，但他非得搞一場盛大的行刑：用一套完整的儀式送我去『餵鬼怪』。後來，這位小姑娘……（他朝蘇珊點點頭）展現了一下她的箭術——我告訴你，她射得真棒——然後我們就在這裡了。不過我的盔甲沒了，當然是被他們拿走了。」他把菸斗裡的渣敲出來，重新裝填菸絲。

「我的天啊！」彼得說：「所以昨天早上把我們四個人從月臺的椅子上拉過來的，是那支號角——蘇珊，你的那支號角！我真不敢相信；不過一切都說得過去了。」

「我不明白這有什麼不敢相信的，」露西說：「你要是相信魔法，就該相信號角召喚我們來啊。不是有一大堆說到魔法把人從一個地方——一個世界——變到另一個地方去的故事嗎？我是說，在《一千零一夜》裡，魔法師召喚惡魔[2]，惡魔就一定會出現。我們的情況就像那樣，必須要來。」

「是的。」彼得說：「我想，讓人覺得古怪的是在故事裡，通常是我們世界裡的人發出召喚的。誰也不會真的去想惡魔是**從哪裡**召喚來的。」

「現在我們知道當惡魔是什麼感覺了。」愛德蒙咯咯笑著說：「要命！知道**我們**可以這樣被人一召就來，感覺還真有點不舒服。這比爸爸說任由電話擺布的生活還糟糕。」

「但是我們想要來這裡，不是嗎？」露西說：「如果是阿斯蘭要我們來的話。」

「現在，」矮人說：「我們該怎麼辦？我想我最好還是回去見凱斯賓國王，告訴他沒有救兵。」

「沒有救兵？」蘇珊說：「可是號角**的確**起作用了啊。我們來到這裡了。」

「嗯……嗯……對，確實如此。我明白。」矮人說，他的菸斗好像堵住了（總之他讓自己忙著清理菸斗）：「但是……嗯哼……我是說……」

「你還不明白我們是誰嗎？」露西嚷了起來：「你**真**笨。」

「我想你們就是那些古老故事裡的四個孩子吧，」特朗普金說：「我當然很高興見到你們，而且確實非常有意思。但是……別見怪好嗎？」他又吞吞吐吐起來。

「你就有話直說吧，別猶豫。」愛德蒙說。

---

2 在《一千零一夜》，被魔法師召喚來的Jinn（過去也有人譯為「精靈」）有善有惡，但大部分是惡的。

「嗯，那麼……真的別見怪啊，」特朗普金說：「就是，你們知道的，國王、松露獵手和柯尼留斯博士，都期望來的是……嗯哼，你們明白我的意思吧……救兵。換個說法就是我想他們想像你們都是魁偉的戰士。實際上——我們非常喜歡小孩，只要是小孩都喜歡——但是在現在這種時候，在戰爭期間，我想你們一定明白吧。」

「你是說，你覺得我們沒用。」愛德蒙說，臉逐漸漲紅了。

「請別見怪啊，」矮人打斷他的話說：「我親愛的小朋友，我跟你保證……」

「從你口裡說出**小**這個字，真是太過分了。」愛德蒙說著跳了起來：「我想，你不相信我們打贏了貝魯納戰役是吧？好吧，你愛怎麼說就怎麼說吧，因為我知道……」

「我們生氣也沒用。」彼得說：「先讓我們從寶庫裡找一套新盔甲讓他穿上，並且我們自己也穿上，然後再來談。」

「我不懂為什麼要……」愛德蒙才開口，露西就在他耳邊低聲說：「我們照彼得的話做比較好吧？你知道的，他是最高王。我想他有他的道理。」於是愛德蒙同意了。所有人（包括特朗普金）借助他的手電筒，再次沿著石階走下黑暗陰冷、被灰塵掩蓋了光華的藏寶庫裡。

矮人見到那些擺放在架子上的寶物（雖然他得踮起腳尖才看得見），不禁兩眼發光，自言自語道：「絕對不能讓尼卡布瑞克看到這些。絕對不能。」他們很容易就為他找到一件鎖子甲、一把劍、一個頭盔、一面盾牌、一張弓和一筒箭，全都是適合矮人的尺寸。頭盔是銅製的，上面鑲了紅寶石，寶劍的劍柄上飾有黃金，特朗普金一輩子沒見過這麼貴重的東西，更別說佩戴使用了。四個孩子也都穿上鎖子甲，戴上頭盔。愛德蒙挑了一把寶劍，一面盾牌；露西挑了一張弓；彼得和蘇珊當然也各自帶上他們的禮物。隨著他們踏上石階返回地面，身上的鎖子甲也叮噹作響，看起來和感覺起來都更像納尼亞人，不再那麼像小學生了。兩個男孩走在最後，顯然在討論某種計畫。露西聽見愛德蒙說：「不，讓我來吧。如果我贏了，他會更不痛快，如果我輸了，也不會讓我們太沒面子。」

「好吧，愛德。」彼得說。

他們回到外面的天光下後，愛德蒙非常有禮貌地轉身對矮人說：「我有事想要請教你。像我們這樣的毛頭小子，很難有機會遇到你這麼偉大的戰士。你願意和我切磋一下武藝嗎？這對我是非常體面的事。」

「可是，小伙子，」特朗普金說：「這些寶劍很銳利啊。」

「我知道，」愛德蒙說：「但是我絕對近不了你的身，你肯定也夠聰明，能夠解除我的武裝卻不傷到我。」

「這是個危險的遊戲。」特朗普金說：「不過，既然你這麼說，我就試個一、兩回合吧。」

頃刻之間，兩把劍都出鞘，另外三人跳下臺站著遠觀。這場比試很值得一看。這不是那種你在戲臺上看的拿著闊劍互相砍殺的可笑比試，甚至不是你有時候會見到的精彩劍擊。這是劍拔弩張的激烈對決。最重要的是揮劍砍向敵方的腿和腳，因為那些部位沒有甲冑保護。每次對方朝你揮劍劈來時，你必須雙腳騰空躍起，靈活閃避，使他一劍劈空落在腳下。這種戰法令矮人大占便宜，因為愛德蒙比他高得多，必須一直躬著身子才能進行攻擊。如果愛德蒙是在二十四小時前和特朗普金比試的話，我想他沒有機會贏，但是自從他們來到島上以後，納尼亞的空氣就在他身上發揮作用，他昔日的戰鬥經驗全回來了，他的手臂和手指都記起從前的技巧。他再次成為愛德蒙國王。兩個戰士一回合接一回合，繞著圓圈你來我往，一劍接一劍，而蘇珊（她向來就不喜歡這類的事）大喊著：「噢，**千萬**小心。」接著，電光火石之間，沒有人（除非他們像彼得一樣）看清發生了什麼事，愛德蒙閃電出劍，以獨特的手法一翻一絞，矮人的劍登時脫手飛出，特朗普金揉搓著自己空了的手，就像你被板球拍打到時一樣。

「我親愛的小朋友，我希望你沒受傷吧？」愛德蒙說，一邊喘著氣把劍插回劍鞘。

「我明白了。」特朗普金乾澀地說：「你會一種我從來沒學過的技巧。」

「一點也沒錯。」彼得插話說：「世界上最好的劍客，也可能被他沒見過的技巧打敗。我想，只有給特朗普金機會試試別的技藝才算公平。你願意和我妹妹比賽射箭嗎？

射箭比賽沒有什麼花招可耍，你知道的。」

「啊，你們都很會開玩笑，真的。」矮人說：「我開始看出來了。在今天早上發生過那樣的事以後，你還說得好像我不知道她的箭術有多好似的。沒關係，我還是願意試一試。」他粗聲粗氣地說，但雙眼閃閃發亮，因為他在自己的族人當中是有名的射手。

他們五個人全走到院子裡。

「要拿什麼當靶呢？」彼得問。

「我想，可以用牆頭樹枝上掛的那顆蘋果當靶。」蘇珊說。

「好極了，小姑娘。」特朗普金說：「你是說靠近拱門中央的那顆黃蘋果嗎？」

「不，不是那顆。」蘇珊說：「是上面那顆紅的——在城垛上方那顆。」

矮人臉色一沉。「那看起來不像蘋果，比較像顆櫻桃。」他咕噥著，不過沒有大聲說出來。

他們擲銅板決定誰先射（從來沒見過擲銅板的特朗普金大感興趣），蘇珊輸了。從大廳通到院子有幾級臺階，他們站在臺階最頂端射箭。所有人都能從矮人的站姿和拉弓的架勢看出他是個行家。

砰的一聲弦響。這一箭射得非常好。那顆小蘋果在箭矢掠過時晃了晃，一片葉子應聲落下。接著，蘇珊來到臺階頂端，張弓搭箭。對這場比試，她一點也不像愛德蒙那般高興；不是因為她懷疑自己能否射中蘋果，而是因為她的心腸向來很軟，討厭打敗一個已經失敗的人。矮人專注地看著她拉滿弓。片刻之後，在這個寂靜的院子裡，大家都聽見砰地一聲輕響，蘋果帶著蘇珊的箭落在草地上。

「哇，射得好，蘇珊。」另外三個孩子喊道。

「這一箭其實沒射得比你好。」蘇珊對矮人說：「我想你射箭的時候起了一點風。」

「不，沒有起風。」特朗普金說：「別對我說這種話。我敗得公平，我心裡有數。我甚至不會說，當我把手臂往後拉開時，我上一戰役受傷的傷口妨礙了我……」

「噢，你受傷了嗎？」露西問：「讓我看看吧。」

「小女孩不該看這種傷口，」特朗普金話剛出口，突然覺得自己這麼說不妥。「你看，我又像傻子一樣說話了。」他說：「我猜你大概是個偉大的醫生，就像你哥哥是個偉大的劍客，你姊姊是個偉大的弓箭手一樣。」他在臺階上坐下，先脫了身上的鎖子甲，再脫下裡面的小襯衫，露出他那條（相較之下）沒比小孩的粗多少但毛茸茸且肌肉像水手一樣結實的手臂。他肩上胡亂纏著一條粗陋的繃帶，露西解開繃帶，只見底下的傷口十分糟糕，並且腫得厲害。「噢，可憐的特朗普金，」露西說：「太嚇人了。」接著她拿出那個細頸瓶，小心翼翼地在傷口上滴了一滴甘露。

「喂。呃？你做了什麼？」特朗普金說，但是不管他怎麼扭過頭，怎麼斜眼去瞄，搞得鬍子左右來回擺動，他還是看不清自己的肩膀。於是他又努力伸手去摸，把手臂和手指伸向非常難碰到的位置，就像你試圖抓撓一個剛好搆不到的地方。然後他揮動手臂，舉起手臂，又試了試伸展肌肉，最後跳起來大喊道：「我的天啊！傷口好了！完好如初。」然後他哈哈大笑起來，說：「好吧，一個矮人能出多大洋相，我今天可辦到了。沒冒犯各位吧？我希望。我願為各位陛下謙卑地效勞——謙卑地效勞。謝謝你們救我一命，醫治我的傷，請我吃早飯——還給我了教訓。」

孩子們都說這沒什麼，不要客氣。

「現在，」彼得說：「如果你真的決定相信我們了……」

「我相信。」矮人說。

「那麼我們該做什麼就很清楚了。我們必須立刻去和凱斯賓國王會合。」

「愈快愈好。」特朗普金說：「為了我這個大笨蛋已經耽擱了差不多一個小時了。」

「你來的時候走的那條路必須花大約兩天的時間，」彼得說：「我是指由我們來走的話。我們無法像你們矮人一樣日夜趕路。」然後他轉向其他人說：「特朗普金說的阿斯蘭迷宮，顯然就是那張大石桌。你們記得吧，從那裡走下貝魯納渡口，大約要半天時間，或不到半天……」

「我們稱它貝魯納橋。」特朗普金說。

「我們那個時代那裡沒有橋。」彼得說：「從貝魯納往下走到這裡，要一天多一點的時間。如果輕鬆一點走，我們通常會在第二天差不多下午茶的時間到家。如果趕路，我們大概可以在一天半的時間走完全程。」

「但是別忘了這條路現在全是森林了，」特朗普金說：「而且路上還得避開敵人。」

「聽我說，」愛德蒙說：「我們有必要走『我們親愛的小朋友』來的時候走的那條路嗎？」

「陛下，如果你愛護我的話，千萬別再那麼取笑我了。」矮人說。

「好，」愛德蒙說：「那我能不能喊你DLF[3]？」

「噢，愛德蒙，」蘇珊說：「別這樣一直鬧他嘛。」

「沒關係，小姑娘……我是說，陛下。」特朗普金咯咯笑了一聲說：「嘲弄不會讓人起水泡。」（從那以後，他們常常喊他DLF，最後幾乎忘了這綽號是什麼意思。）

「正如我說的，」愛德蒙繼續說：「我們不需要走那條路。我們為什麼不划船往南走一點，等到達明鏡溪以後再逆流往上划？那能讓我們抵達石桌山丘的後方，而且在海上肯定安全。如果我們馬上出發，就能趕在天黑前抵達明鏡溪的源頭，睡幾個小時，明天一大清早就能和凱斯賓會合了。」

「瞭解海岸線多麼重要啊，」特朗普金說：「我們誰也不瞭解明鏡溪。」

「食物怎麼辦呢？」蘇珊問。

「噢，我們可以湊合著吃蘋果。」露西說：「我們行動吧。我們到這裡差不多兩天了，卻什麼都還沒做。」

「不管怎麼說，誰也別想再拿我的帽子去兜魚了。」愛德蒙說。

他們把一件雨衣拿來當袋子，放了許多蘋果在裡面，然後全到井邊儘量喝足了水（因為他們直到在明鏡溪的源頭上岸前都不會有淡水喝了），再到水邊上船。要離開凱爾帕拉維爾，四個孩子都很不捨，雖然這裡已經成為廢墟，卻再次讓他們開始有了家的感覺。

「最好由DLF來掌舵，」彼得說：「愛德和我來划槳。不過，先等一下。我們最好先脫掉身上的鎖子甲，否則還沒划到目的地就會熱得受不了了。兩個女孩最好坐到船頭去幫DLF指示方向，因為他不認識路。你們最好領我們朝海上多走一點，直到我們過了海島再說。」

很快的，小島那蒼翠蓊鬱的海岸在他們背後逐漸遠去，島上那些小海灣和陸岬也開始變得扁平。小船在輕柔的海浪裡不停上下起伏，他們周圍的海面逐漸寬闊起來，遠處

---

3 DLF就是「親愛的小朋友」（Dear Little Friend）的縮寫。

的海水愈來愈藍，但船的四周卻是綠的，泛著泡沫。一切都帶著鹹味，除了颯颯的水聲、海浪拍打船身的喀啦喀啦聲、船槳划動的濺水聲，以及槳架摩擦聲之外，什麼聲音也沒有。太陽愈來愈烈了。

坐在船頭的露西和蘇珊非常開心，她們彎身探出船舷，想把手伸進海水裡，卻總是差那麼一點。不過，她們可以看見海底大部分是純淨的白沙，偶爾可見大片大片的紫色海草。

「好像回到從前一樣。」露西說：「你還記得我們去泰瑞賓西亞……加爾馬……七島群島……和孤獨群島的那趟航行嗎？」

「記得。」蘇珊說：「還記得我們的那艘大船『璀璨琉璃號』，船頭雕刻成天鵝頭的形狀，那對雕刻出來的天鵝翅膀一直延伸到差不多船的中段位置，是不是？」

「還有光滑的船帆，以及船尾上那些大燈籠。」

「還有在船尾樓舉行的宴會，以及那些樂師。」

「你還記得嗎？我們要樂師爬到帆索上吹笛子，讓它聽起來像天外飄來的仙樂。」

不久之後，蘇珊接替愛德蒙划槳，愛德蒙到船頭和露西坐在一起。他們這時已經過了小島，慢慢朝林木密布、荒無人煙的海岸靠近了。要不是他們記得從前這裡一片開闊，微風吹拂，並且充滿了快樂的朋友，他們會覺得眼前這片海岸十分美麗。

「呼！這活兒真是累死人。」彼得說。

「可不可以讓我來划一會兒？」露西問。

「這些槳對你來說太大了，你划不動的。」彼得簡短地說，不是因為他生氣，而是因為他沒有多餘的力氣說話了。

09 露西所見

在他們繞過最後一個岬角進入最後一段上溯明鏡溪的行程之前，蘇珊和兩個男孩都已經疲累不堪了。露西也因為曬了兩小時的太陽，加上水面刺眼的反光而頭痛。就連特朗普金也渴望這次航行能快點結束。他掌舵的座位原本是為人類而不是為矮人設計的，所以他的腳搆不到船底的地板；所有人都會知道，哪怕只坐十分鐘，那會有多不舒服。他們愈來愈累，情緒也跟著低落。在這之前，四個孩子都只想著如何去和凱斯賓會合，這時他們開始思索，找到凱斯賓以後該怎麼辦，僅憑一小撮矮人和一群森林裡的生物，要如何打敗一支成年人類組成的軍隊。

他們沿著明鏡溪彎曲的河道緩緩往上划時，暮色降臨了。隨著河岸愈來愈近，暮色也愈來愈深，懸在上方的樹枝也開始逐漸垂到他們頭頂。隨著他們背後的海浪聲愈來愈弱，這裡顯得非常安靜；他們甚至可以聽見森林中涓涓細流潺潺匯入明鏡溪的水聲。

他們終於上岸了，全都累得連生火的力氣都沒有；儘管他們當中大多數人覺得再也不想見到蘋果，但是吃現成的蘋果當晚餐，似乎也比試著去獵捕什麼來得好。他們默默啃了一陣子蘋果後，便彼此靠在一起，在四棵大山毛櫸之間的苔蘚和枯葉上躺下了。

除了露西，所有人都立刻睡著了。露西沒他們那麼累，老覺得怎麼躺都不舒服。還有，她到這時才想起來，所有的矮人都打鼾。她知道，想讓自己睡著的一個好辦法是停止勉強自己入睡，因此她乾脆睜開雙眼。透過蕨類和樹枝間的縫隙，她正好可以看見一小片水灣和水灣上方的天空。然後，帶著回憶的興奮，在經過這麼多年之後，她再次看見明亮的納尼亞星辰。曾經，她對這些星辰遠比對我們世界裡的星辰的認識更深，因為身為納尼亞女王，她上床睡覺的時間遠比英格蘭的孩子晚得多。它們就在那裡——從她躺臥的位置，至少可以看見三個夏夜的星座：天船星座、鐵錘星座和獵豹星座。「親愛的老獵豹啊。」她快樂地喃喃自語道。

如此一來，她不但沒有昏昏欲睡，反而更加清醒——那是一種奇怪的、夜間的、夢幻般的清醒。水灣愈來愈明亮。這時，她知道月亮就在水灣上方，雖然她看不見月亮。這時，她開始感覺到整座森林都像她一樣蘇醒過來。她不知道為什麼，只是不由自主地迅速起身，離開宿營的地方，往外走了一小段距離。

「真美啊。」露西自言自語說。夜晚的空氣涼爽又清新，到處飄著芬芳的氣息。她聽見附近某處有一隻夜鶯開始唱歌，然後停下來，然後又開始唱。前方光線比較亮。她朝光亮處走去，來到一個林木稀疏的地方，這裡到處是一大團一大團或一小片一小片的月光，只是月光和陰影交織在一起，讓人乍看之下很難分辨什麼地方有什麼東西，也不知道那是什麼東西。就在這時，夜鶯終於滿意了自己調好的嗓音，放開嗓子，全心唱起歌來。

露西的雙眼開始適應這裡的光線，能夠把距離最近的樹木看得更清楚了。她突然非常懷念過去的日子，那時納尼亞的樹木會說話。她完全知道這裡每一棵樹說起話來是什麼樣子，以及它們會展現出什麼模樣的人類外觀，只要她能喚醒它們。她注視著一棵白樺樹：它的聲音柔和，宛如飄落的陣雨，而且看起來會像個苗條的姑娘，頭髮被風吹得遮住了臉龐，還喜歡跳舞。她又看看那棵橡樹：他是個乾瘦但熱忱的老人，有捲曲的鬍鬚，臉上和手上都長了疣，疣上還長著毛。她站在一棵山毛櫸樹下，她看看那棵山毛櫸：啊！她會是最棒的。她會是一位優雅的女神，雍容莊嚴，森林中的貴夫人。

「噢，樹啊，樹啊，樹啊。」露西雖然一點也沒打算開口，卻情不自禁說道：「噢，樹啊，醒來，醒來，醒來。你們忘記了嗎？你們忘了**我**嗎？樹精靈和樹神，出來吧，到我這裡來。」

雖然樹林裡沒有一絲風，但樹木都在她周圍晃動著。樹葉沙沙作響，幾乎像在說話一樣。夜鶯停止了歌唱，彷彿也在聆聽。露西感覺自己隨時可以明白這些樹木想要說的是什麼，但那一刻卻始終沒有到來。沙沙的響聲逐漸消失。夜鶯又繼續歌唱。就連月光下的這片樹林，也再次看起來再平凡不過。不過，露西有一種感覺（就像你有時努力去想一個名字或日期，但就在快想起來時它一下又消失了的那種感覺），覺得自己剛剛錯過了什麼：就好像她對樹說話時，開口早了一秒或遲了一秒，或者說的話裡用錯了一個字，或剛好多說了一個不該說的字。

突然間，她開始覺得累了。她返回營地，擠進蘇珊和彼得中間，沒幾分鐘就睡著了。

第二天早晨，他們又冷又鬱悶地醒來，樹林裡一片灰濛濛的（因為太陽還沒升起），每樣東西都顯得既潮濕又骯髒。

「吃蘋果嘍，嗨……唏。」特朗普金苦笑一下說：「我不得不說，你們這些古代的國王和女王，你們連自己的臣子都餵不飽！」

他們站起來，抖抖身子，再望向四周。樹林很濃密，無論朝哪個方向都只能看見幾碼遠。

「我猜，各位陛下都認識路？」矮人說。

「我不認得。」蘇珊說：「從前我從來沒見過這些樹林。事實上，我一直在想，我們應該沿著河走。」

「那我認為你當時就該說出來。」彼得回答，語氣尖刻，但情有可原。

「噢，別理她。」愛德蒙說：「她向來喜歡潑冷水。彼得，你帶了你的小羅盤，對吧？那好，我們會一切順利的。我們只要持續往西北走——越過那條小河，那條河叫什麼來著？……『急奔河』嗎？」

「我知道。」彼得說：「就是在貝魯納渡口——或我們的ＤＬＦ稱為貝魯納橋的地方——匯入大河的那條小河。」

「沒錯。渡過那條小河，再爬上山，我們就可以在八、九點左右抵達石桌——我是說，阿斯蘭迷宮。我希望凱斯賓國王會給我們來一頓豐富的早餐！」

「但願你們說的沒錯，」蘇珊說：「我一點也記不得了。」

「女孩子就這點最糟糕，」愛德蒙對彼得和矮人說：「她們腦子裡從來沒有地圖。」

「那是因為我們腦子裡裝了更重要的東西。」露西說。

起初一切似乎進行得很順利，他們甚至認為自己已經走上一條舊有的路。不過，如果你對森林有一點認識就會知道，人常常會走上自己想像是路的小路。這些小路可能在你走了五分鐘之後就不再有路了，接著你以為自己又找到了一條路（並滿心希望它是自己剛才走來的那一條而不是其他的路），然後走著走著，它也不見了。等你被誘離原來的方向好一段距離以後你才明白過來，剛才走的那些全都不是路。不過，還好兩個男孩和矮人對森林都不陌生，即使走錯了，也會很快就察覺。

他們艱難跋涉了大約半小時（有三個人因為昨天划船太累，這時還渾身僵硬，行動不靈活），突然特朗普金低聲說：「停。」他們全停下來。「後面有東西跟著我們。」他壓低聲音說：「或者是有東西想趕上我們，在左後方那裡。」他們全部一動也不動地站著，仔細聆聽，仔細觀看，直到他們的耳朵和眼睛都痠痛起來。「你跟我最好把箭都搭在弦上。」蘇珊對特朗普金說。矮人點點頭。等兩人都搭好箭之後，一行人才再次往前走。

他們走了幾十碼，穿過一片林間空地，持續保持著警戒。接著他們來到一個灌木叢密布的地方，他們必須從旁經過。就在經過那個地方時，突然有個東西咆哮著如閃電般從紛紛斷裂的細枝中竄出來，彷彿晴空落下一道霹靂。露西一下就被撲倒在地，胸腔裡的空氣全被擠了出來，同時耳中聽見弓弦砰地一響。等到她再次恢復注意力時，只見一隻面目猙獰的大灰熊倒在地上已經死了，胸側插著特朗普金的箭。

「DLF在**這場**比賽裡贏了你啦，蘇珊。」彼得勉強擠出笑容說。就連他都因為這場襲擊而受到驚嚇了。

「我……我動作太慢。」蘇珊尷尬地說：「我擔心牠可能是——你知道的——我們認識的那種熊，**能言**熊。」她厭惡殺生。

「這確實是個麻煩。」特朗普金說：「大部分的野獸都變成了敵人，也都啞了，但是另一種還是有存留下來的。你根本不知道，你也不敢等到弄清楚了才出手。」

「可憐的熊先生。」蘇珊說：「你認為他**不是**能言熊？」

「他不是。」矮人說：「我看到了他的臉，也聽到了他的咆哮。他只想把小姑娘當早餐吃掉。說到早餐，剛才各位陛下說到希望凱斯賓國王會給你們一頓好吃的，我不想掃大家的興，但在營地裡肉類太希罕了。一隻熊可有一大堆肉能吃。如果把他扔在這裡，不帶一點走，實在太可惜了，而且這最多只耽擱我們半小時而已。我敢說，你們兩位年少的——我該說，國王——知道怎麼剝熊皮吧？」

「我們到遠一點的地方坐一會兒吧。」蘇珊對露西說：「我知道**那個**場面會有多混亂嚇人。」露西打個寒顫，點了點頭。她們坐下後，露西說：「蘇珊，我腦子裡突然有個可怕的念頭。」

「什麼念頭？」

「如果有一天，在我們家的那個世界裡，人的內心開始瘋狂起來，就像這裡的野獸一樣，但是外表還是人，所以你始終無法分辨他是人是獸，那不是很可怕嗎？」

「我們現在在納尼亞，已經有夠多事得煩心了，」務實的蘇珊說：「別再去想那些有的沒的。」

等她們回去加入兩個男孩和矮人時，他們已經依照自己能攜帶的重量割下一堆最好的熊肉。生肉絕不適合直接放在口袋裡，因此他們用新摘的葉子包起肉，盡可能弄妥。他們都已經有足夠的經驗，知道所有人在走了很長的路、變得很餓時，這些又濕又軟、令人不愉快的包裹會讓他們產生截然不同的感覺。

他們再次蹣跚上路（在經過第一條溪流時停下來，把三雙需要清洗的手洗乾淨），直到太陽升起，鳥兒開始歌唱，蕨類植物中有許多蒼蠅在嗡嗡飛舞。昨天划船造成的僵硬痠痛正在逐漸消退，所有人的精神都振奮起來了。陽光愈來愈熱，他們都摘下頭盔，拿在手上。

過了大約一小時，愛德蒙說：「我猜，我們走的**是**對的路吧？」

「只要不是往左偏太遠，我想不出我們怎麼可能走錯路。」彼得說：「如果我們走得太偏右，最壞的結果也只是太快遇到大河，必須繞著河灣走而不是直接切過拐角，會多浪費一點時間。」

於是所有人繼續往前跋涉，除了沉重的腳步聲和鎖子甲的叮噹聲，沒有其他聲音。

又過了好一陣子，愛德蒙說：「那條見鬼的急奔河在哪裡啊？」

「我認為這時我們早該遇到它了，」彼得說：「但現在除了繼續往前走，沒有其他辦法。」他們倆都知道，那個矮人正焦急地看著他們，但是他一句話也沒說。

他們繼續往前跋涉，身上的鎖子甲開始變得又熱又重。

「怎麼回事？」彼得突然說。

他們竟在不知不覺間來到一座小懸崖旁，往下能俯瞰一座峽谷，峽谷的底部有一條河。對面的峭壁要高得多。除了愛德蒙（也許還有特朗普金）之外，沒有人是攀岩者。

「我真抱歉。」彼得說：「走到這條路是我的錯。我們迷路了。我這輩子從來沒見過這個地方。」

矮人咬著牙低低吹了一聲口哨。

「噢，那就讓我們回頭走其他路吧，」蘇珊說：「我早就知道我們會在這些樹林裡迷路的。」

「蘇珊！」露西以責備的語氣說：「別那樣抱怨彼得，這樣太差勁了。他盡力了。」

「你也別那樣對蘇珊大聲說話，」愛德蒙說：「我認為她說得對。」

「我的老天啊！」特朗普金叫道：「如果來的時候迷了路，我們還有機會找到回去的路嗎？如果我們要回到島上，從頭再來一次——就算我們可以重來——還不如整個放棄算了。我們在以那樣的速度趕到之前，米拉茲早已經把凱斯賓消滅了。」

「你認為我們應該繼續往前走？」露西說。

「我不確定最高王迷路了。」特朗普金說：「誰能說這條河不是急奔河？」

「因為急奔河不在峽谷裡啊。」彼得說，努力控制著脾氣不發火。

「陛下說急奔河**不在**峽谷裡，」矮人回答：「但您是不是該說『急奔河**從前不在**峽谷裡』？你認識的是幾百年前——甚至可能是幾千年前——的這個國家。它難道不會改變嗎？一次山崩就可能讓那座山丘塌掉一半，剩下光禿禿的岩石，而峽谷那邊就是你說的懸崖。然後，急奔河的河道一年又一年地往下切深，直到這一邊也成了小懸崖。也有可能是發生了一場地震或任何事。」

「我從來沒想到這點。」彼得說。

「總之，」特朗普金說：「就算這不是急奔河，它也大致是朝北流，因此它一定是匯入大河。我想，我在來的路上經過的河可能就是它。所以如果我們往下游走，靠我們的右邊走，我們就會遇到大河。也許不完全如我們所期望的，但如果你們按我的提議走，至少糟不到哪裡去。」

「特朗普金，你真是個好人。」彼得說：「那就走吧。從峽谷這邊下去。」

「快看！快看！快看！」露西喊道。

「看哪裡？看什麼？」其他人說。

「獅子。」露西說：「就是阿斯蘭啊。你們沒看見嗎？」她臉上的神情完全變了，並且雙眼閃閃發亮。

「你的意思是……？」彼得開口說。

「你認為你看到他了，在哪裡？」蘇珊問。

「別像大人那樣講話。」露西跺著腳說：「不是我**認為**我看見他了。我是真的看見他了。」

「在哪裡？露西。」彼得問。

「就在上面，在那些山楸樹之間。不對，是在峽谷的這一邊。是在我們上面，不是下方。正好跟你們要走的方向相反。他要我們到他那裡去——到上面去。」

「你怎麼知道他要什麼？」愛德蒙問。

「他……我……我就是知道，」露西說：「看他的臉就知道。」

其他人面面相覷，大惑不解。

「陛下或許真的看見了一隻獅子。」特朗普金插嘴說：「據我所知，這些森林裡有獅子的，但是牠不見得是友善的能言獅，就像那隻熊不是友善的能言熊。」

「噢，別蠢了，」露西說：「你以為我看到阿斯蘭會認不出來嗎？」

「如果他是從前你們在這裡的時候見到的那隻獅子，」特朗普金說：「他現在應該已經很老了！而且，就算他是原來那隻獅子，誰敢保證他不會像其他野獸一樣，變得野蠻又愚蠢？」

露西漲紅了臉，我想，如果不是彼得按著她的手臂，她會朝特朗普金撲去。

「DLF不明白。他怎麼可能會懂？特朗普金，你必須接受這件事，我們確實瞭解阿斯蘭；我是說，對他有一點瞭解。你不可以再用這種話說他。一方面是這麼說他很不吉利，另一方面是你剛才的話完全是胡說八道。我們唯一的疑問是，阿斯蘭是不是真的在那裡。」

「可是我知道他是在那裡啊。」露西兩眼含淚說。

「對，露西，但是我們沒看到，你明白吧。」彼得說。

「除了投票表決，沒有其他辦法了。」愛德蒙說。

「好吧。」彼得回答：「你最年長，DLF，你投哪一邊？往上走還是往下走？」

「往下。」矮人說：「我對阿斯蘭一無所知，但我知道，如果我們朝左轉，沿著峽谷向上走，我們可能要走上一天才會找到可以過河的地方。反之，如果我們右轉往下走，我們肯定會在數小時內抵達大河。況且，如果這附近真有獅子的話，我們應該遠離牠們，而不是接近牠們。」

「你怎麼說，蘇珊？」

「別生氣，露西，」蘇珊說：「但是我認為我們應該往下走。我累死了。讓我們儘快離開這座討厭的森林，到空曠一點的地方去吧。再說，除了你，我們其他人沒看見任何東西。」

「愛德蒙？」彼得說。

「嗯，我想說的是……」愛德蒙說得很急，臉也有點紅：「一年前，或者是一千年前，不管是哪個，當我們第一次發現納尼亞的時候，是露西先發現的，而我們三個都不相信她。我知道我是最糟糕的。結果，事實證明她是對的。所以，這次也相信她，不是比較公平嗎？我投往上走。」

「噢，愛德蒙！」露西說著，抓住了他的手。

「現在該你了，彼得。」蘇珊說：「我希望……」

「噢，閉嘴，閉嘴，讓人家好好想想。」彼得打斷她說：「我寧可不投票。」

「你是最高王。」特朗普金嚴厲地說。

過了好一會兒之後，彼得說：「往下。我知道最後露西可能是對的，但是我沒辦法，我們必須做個選擇，不是往上就是往下。」

於是，他們出發，往右沿著峭壁邊緣朝河流的下游走。露西走在最後，哭得很傷心。

10 獅子歸來

沿著峽谷邊緣走，看似容易，其實不然。他們還沒走出多遠，就被一片長在懸崖邊緣的冷杉林擋住了去路。所有人只好彎著腰，不斷用手扒開樹枝前進，試圖穿過這片林子。大約十分鐘後，他們意識到，按照這種方式，一小時頂多只能走半英里。於是他們回頭，退出樹林，決定繞過這片冷杉林。這讓他們偏離原定路線，往右走了更遠，遠得看不見懸崖，聽不見河水的聲音，後來他們開始擔心自己是不是完全迷路了。誰也不知道時間，只知道這時已接近一天當中最熱的時候了。

等他們終於彎回到峽谷邊緣（離他們的出發地往下約一英里遠），大家發現他們這一側的懸崖低了很多，並且有許多缺口。他們很快找到一條路走下峽谷，沿著河流繼續這趟旅程。不過，首先他們需要休息和好好喝水。再也沒有人提起要和凱斯賓吃早餐，或甚至是吃晚餐了。

他們貼著急奔河走而不是沿上方懸崖邊走，也許是個聰明的做法。這確保了他們前進的方向：自從有了那趟冷杉林的經歷後，他們就很怕被迫遠離既定的路線，迷失在那座森林裡。那座森林既古老又沒有路，在裡面也無法保持直線前進。那些令你毫無辦法的荊棘、倒下的大樹、各種泥沼和濃密的灌木叢，經常擋住你的去路。不過，急奔河的河谷也同樣不好走。我的意思是，對趕路的人來說不好走，對那些漫步一個下午，最後坐下來野餐喝下午茶的人來說，這裡是個很愉快的地方。這裡具有一切你想要的漫步野餐的條件——水聲隆隆的大瀑布、銀光閃閃的小瀑布、琥珀色的深水潭、長滿青苔的岩石、河岸邊有踩上去深及腳踝的苔蘚、各種蕨類植物、珠寶般的蜻蜓，有時頭頂上還有鷹隼盤旋，有一次（彼得和特朗普金認為）是老鷹。然而，孩子和矮人都希望儘快看到的，當然是在他們下方的大河、貝魯納和通往阿斯蘭迷宮的路。

愈往前走，急奔河河谷往下落的坡度也愈陡。他們的旅程變成愈來愈多的攀爬，愈來愈少的行走——有些地方甚至要冒著掉進黑暗深坑的危險，在滑溜溜的岩石上攀爬，而底下是怒吼奔騰的河流。

你可以確定他們一直急切地觀看左邊的峭壁，想看有沒有任何缺口之類的地方讓他們可以攀爬過去，但是那些峭壁始終險峻無情。這實在令人生氣，因為所有人都知道，一旦穿出那一邊的峽谷，擺在他們面前的就是一段平緩的斜坡，只要走很短的路便能抵達凱斯賓的總部。

兩個男孩和矮人這時主張找個地方生火，烤一些他們帶著的熊肉來吃。蘇珊不想；按她的說法，她只想：「**繼續**走，把路走完，擺脫這些令人討厭的森林。」露西已經精疲力竭，而且傷心萬分，對任何事都沒有任何意見。可是因為四周找不到乾柴，所以想了也是白想。男孩們開始想，生肉是不是真如別人所說的那麼難吃。特朗普金向他們保證，生肉真的很難吃。

當然，如果是在幾天之前，在英格蘭，孩子們想走這樣一趟旅程肯定早就累垮了。我想我之前解釋過，納尼亞怎麼改變了他們。就拿露西來說吧，現在她身上只有三分之一是那個第一次要去上寄宿學校的小女孩了，另外三分之二已經是納尼亞的露西女王。

「終於到了！」蘇珊說。

「噢，萬歲！」彼得說。

河谷在這裡拐了個彎，整個鄉野在他們下方鋪展開來。他們看見開闊的田野從面前一直延展到天邊，在他們與平原之間，是那條寬闊、如銀緞帶一般的大河。他們還看見那個特別寬、特別淺的地方，那以前是貝魯納渡口，如今上方架起一座有很多孔洞的長拱橋，橋的遠端有一座小鎮。

「我的天，」愛德蒙說：「那座小鎮就是我們當年打貝魯納戰役的地方！」

這比任何事更令兩個男孩感到高興。當你看見幾百年前自己贏得一場光榮勝利——更不用說還贏得一個王國——的地方，你會情不自禁感到更加強大。彼得和愛德蒙很快就滔滔不絕談起那場戰役，忘了他們疼痛的雙腳，以及肩上鎖子甲的沉重。矮人也聽得津津有味。

這時他們都加快了腳步，走得比之前輕鬆了。雖然他們左側仍是垂直的峭壁，他們右側的地勢卻變得愈來愈低。不久，峽谷就變成了山谷，沒有瀑布了。他們又再次走進相當濃密的樹林中。

突然傳出「咻」的一聲，接著像啄木鳥啄木，有東西擊打到了樹木上。四個孩子還在納悶自己（許多年前）在哪裡聽過這種聲音，以及為什麼不喜歡這種聲音時，特朗普金已經大喊：「趴下！」同時用力把（正好在他旁邊的）露西拉倒在蕨類植物叢裡。彼得抬起頭想看看是不是會發現一隻松鼠，不料看見的赫然是一枝無情的長箭深深釘進樹幹裡，就在他頭頂上方。他一把拉倒蘇珊，自己也趕緊臥倒，這時，另一枝箭帶著刺耳的聲音從他肩上擦過，釘進他身旁的泥地裡。

「快！快！往後退！**爬回來！**」特朗普金喘著氣說。

所有人轉身，在蕨類植物和成群如密雲般嗡嗡飛舞的蒼蠅掩護下，蠕動著身體朝山上爬。一枝枝羽箭呼嘯著落在他們周圍。有一枝「噹」地一聲射中了蘇珊的頭盔，彈到一旁。他們爬得更快了。每個人都大汗淋漓。接著，他們起身彎腰快跑，男孩們把劍握在手上，以免奔跑時被劍絆倒。

這事著實令人心痛——又回到山上，退回他們曾經走過的地方。最後他們覺得自己實在跑不動了，就算是為了逃命也跑不動了，所有人全部癱倒在瀑布旁一塊大石頭後方的青苔上，拚命喘氣。等到回頭看時，發現自己居然已經爬得這麼高，全都非常吃驚。

他們專心聆聽了一會兒，沒有聽見有人追來的聲音。

「好了，**沒事了**。」特朗普金深深吸了一口氣說：「他們沒有搜尋樹林。我想只是一些哨兵。不過這表示米拉茲在底下有個前哨站。去他大爺的！不過，真是好險。」

「我真該死，竟把大家帶到這條路上。」彼得說。

「恰好相反，陛下，」矮人說：「首先，不是你，而是你弟弟愛德蒙國王提議走明鏡溪這條路。」

「我恐怕DLF說得沒錯。」愛德蒙說，自從情況變壞之後，他已經完全忘了這件事了。

「其次，」特朗普金繼續說：「如果大家走我來的那條路，我們很可能已經直接闖入他們布下的前哨站了。或者，即使要避開它，至少也會碰到相同的麻煩。因此，走明鏡溪這條路線我認為是最好的。」

「塞翁失馬，焉知非福。」蘇珊說。

「好一個塞翁失馬！」愛德蒙說。

「我猜，現在我們只好再爬上峽谷了。」露西說。

「露西，你真是不計前嫌，」彼得說：「你沒有直接說：『**我早就告訴你們了**。』我們走吧。」

「還有，我們一旦深入那片森林以後，」特朗普金說：「不管你們怎麼說，我都要生火做晚飯吃。不過我們一定要遠離此地才行。」

他們如何辛苦爬回峽谷，我就不細說了。總之是艱難的跋涉，但怪的是所有人反而更開心起來。他們逐漸恢復了元氣；**晚餐**一詞有著奇妙的效果。

他們來到不久之前為他們帶來許多麻煩的冷杉林。這時天色還亮，他們在樹林上方的一處空地宿營。搜集木柴是件討厭的事，不過等到營火熊熊燃起，他們開始解開那些又髒又濕的熊肉包裹時，還是相當令人振奮。這些肉對於待在家裡有吃有喝的人來說，根本沒有吸引力。矮人對於烹飪頗有巧思。他把切片的蘋果（他們還有幾顆蘋果）裹上熊肉——就像在做蘋果餡的餃子，只不過肉代替了麵皮，而且厚得多——並用尖樹枝串起來，再拿到火上烤。蘋果汁滲進肉裡，就像烤豬排抹上蘋果醬一樣美味。熊以獵食其他動物為主，牠們的肉不好吃，但是吃大量蜂蜜和水果維生的熊，牠們的肉非常棒。沒想到這隻熊竟是吃蜂蜜和水果的。這是一頓真正風味絕佳的晚餐。當然，吃完也不用洗碗盤，只要往後一躺，伸直疲累的雙腿，看著特朗普金的菸斗冒出裊裊白煙，漫不經心地聊天。這時，對於明天找到凱斯賓國王，並且在幾天內擊敗米拉茲，每個人都懷抱著很大的希望。他們這麼想也許並不明智，但他們確實是這麼想的。

很快的，他們一個接一個全都睡著了。

露西從你能想像的最深沉的睡夢中完全清醒過來，感覺有個聲音一直在呼喚她的名字，那是世界上她最喜歡的聲音。起先她以為是父親的聲音，但又有點不太對。接著她想，那是彼得的聲音，可是聽起來也不像。她不想起來，不是因為她還覺得累——相反的，她睡得很好，連骨子裡的痠痛都消失了——而是因為她感到非常快樂和舒適。她直視著納尼亞月亮（那月亮比我們的大）和滿天繁星，他們露宿的地方比之前開闊，因而可以一覽無遺。

「露西。」呼喚聲又出現了，既不是她父親的聲音，也不是彼得的聲音。她坐起來，全身顫抖，不是出於害怕，而是因為興奮。月亮異常明亮，照得她周圍的森林景物幾乎像白晝一樣清楚，只是看起來更荒莽一些。她背後是那座冷杉林，右邊遠方是峽谷對面那參差不齊的懸崖頂端，正前方是一片開闊的草地，草地再過去大約一箭之遙的距離，是一片開始有樹木生長的空地。露西緊盯著那片空地上的樹木細看。

「咦，我相信它們在移動，」她自言自語說：「它們在走來走去。」

她站起來，朝那些樹走去，一顆心怦怦狂跳。那片空地上確實有發出聲音，像是樹木在強風吹動下發出的聲音，但是這天晚上並沒有風。此外，那也不完全像是一般樹木發出的聲音。露西感覺那聲音裡帶著一種調子，但是她抓不住那調子，就像昨晚那些樹木幾乎和她說話時，她聽不懂一樣。不過這次至少帶有一種輕快活潑的調子；隨著她愈走愈近，她感覺自己雙腳想要隨之起舞。這時，毫無疑問，那些樹木真的在移動，彼此來回穿行，像在跳一場複雜的鄉村舞蹈。（「我想，」露西想著：「當樹跳起舞來，那肯定是地地道道的鄉村舞蹈。」）她這時幾乎置身在它們當中了。

她看到的第一棵樹，乍看似乎根本不是一棵樹，而是一個鬍鬚蓬鬆、頭髮蓬亂的大塊頭男人。她並不害怕，她以前見過這種情景。可是等她定睛再看，他就只是一棵樹，即使他仍在移動。當然，你看不出他是有腳還是有根，因為當樹木移動時，它們不是在地表上行走，而是在泥土裡挪動，就像我們在水裡涉水一樣。她看見的每一棵樹都是同樣的情況。上一刻它們的模樣好像和藹可親的巨人和女巨人，也就是當樹木被善意的魔法喚醒，充滿生命，變成「樹人」時的外觀；下一刻，它們又全都看起來只是樹木了。不過，當它們看起來像樹的時候，它們像奇怪的「人類樹」，當它們看起來像人的時候，它們看起來像奇怪的枝葉繁茂的人，並且一直發出那種輕快的、沙沙作響的、清涼又歡樂的奇聲異響。

「它們快要蘇醒了，但還沒完全清醒。」露西說。她知道自己非常清醒，比任何人都要清醒。

她毫無畏懼地走到它們中間，一邊跳著舞，一邊閃躲著，以免撞上這些巨大的舞伴。不過，她真正感興趣的不是它們。她想越過它們去找其他東西；那個親愛的聲音是從這些樹的後方傳來的。

她很快就穿過了樹林（同時納悶自己有沒有用手臂把樹枝擋開，還是自己和那些彎腰來牽她手的巨人舞者手牽手圍成一個大圓圈舞動），因為實際上它們是一圈樹，圍繞著中央的一塊空地。她從它們移動時所造成的、變幻莫測的可愛光影中走了出來。

出現在她眼前的是一圈草地，光滑如花園裡的草坪，周圍是一圈黑暗舞動的樹木。然後——噢，大喜過望！**他**就在那裡：那頭巨大的獅子，在月光下閃爍著銀光，身下是他巨大的黑影。

要不是他的尾巴在搖，他看起來就是一隻石獅子，只是露西從來沒這麼想。她完全沒停下來想一想他是不是一隻友善的獅子。她朝他衝過去，感覺只要遲疑片刻，她的心都會炸開。接下來她意識到的是她吻了他，並盡可能伸長手臂圈住他的脖子，把臉埋在他美麗又柔滑的鬃毛裡。

「阿斯蘭，阿斯蘭。親愛的阿斯蘭，」露西哽咽著說：「終於見到你了。」

那頭巨獸身子一歪躺倒在地，露西也跟著一倒，變成半坐半躺在他的前爪之間。他低頭用舌頭舔了舔她的鼻子，呼出的溫暖氣息裹住了她。她抬起頭，凝視著那張睿智的大臉。

「歡迎你，孩子。」他說。

「阿斯蘭，」露西說：「你變大了。」

「小東西，那是因為你長大了。」他回答說。

「不是因為你長大了嗎？」

「我沒長大，但是你年年都在長大，就會覺得我又變大了一些。」

有好一會兒，她因為太高興了而不想說話。不過阿斯蘭開口了。

「露西，」他說：「我們不能在這裡躺太久。你手邊還有事情得做，今天已經浪費太多時間了。」

「是的，真是難為情對吧？」露西說：「**我**明明看見你了。他們卻不相信我。他們真是……」

從阿斯蘭體內深處某個地方，隱隱傳來咆哮的暗示。

「對不起，」懂得獅子某些心情的露西說：「我不是故意要說別人的壞話，但那真的不是我的錯，對吧？」

獅子直視著她的雙眼。

「噢，阿斯蘭，」露西說：「你不會認為是我的錯吧？我怎麼可能……我不能離開他們獨自跟你走啊，怎麼可能呢？別那樣看我……噢，好吧，我想，我**可以**。對，而且我不會獨自一人，我知道，如果我和你在一起，就不是獨自一人。可是那麼做又有什麼好呢？」

阿斯蘭沒說話。

「你是說，」露西有點怯怯地說：「那麼做的結果應該會不錯，是嗎？可是怎麼會呢？求求你告訴我阿斯蘭！難道我不應該知道嗎？」

「孩子，你想要知道**會**發生什麼事嗎？」阿斯蘭說：「不行。誰也不知道。」

「噢，天啊。」露西說。

「但是**將會**發生什麼事，任何人都能知道。」阿斯蘭說：「如果你現在回到其他人身邊，叫醒他們，告訴他們你又見到我了，而且你們全都必須立刻起來跟我走——那會發生什麼事呢？只有一種辦法可以找出答案。」

「你是說，這就是你要我做的事？」露西倒抽一口氣說。

「對，小東西。」阿斯蘭說。

「其他人也會看見你嗎？」露西問。

「一開始肯定看不見。」阿斯蘭說：「之後，要看情況。」

「但是他們不會相信我啊！」露西說。

「那不要緊。」阿斯蘭說。

「噢，天啊，噢，天啊。」露西說：「我好高興又找到你了。還有，我以為你會讓我留下來。我以為你會像上次一樣，咆哮著把所有的敵人都嚇跑。可是現在，每件事情都將變得好可怕。」

「這對你是一件難事，小東西，」阿斯蘭說：「不過，事情不會以同樣的方式發生兩次。在這之前，我們在納尼亞也都很辛苦。」

露西把臉埋進他的鬃毛裡，躲開他的臉。然而，他的鬃毛裡一定有魔法。她感覺到獅子的力量不斷輸入到她體內。她突然坐了起來。

「對不起，阿斯蘭。」她說：「現在我準備好了。」

「現在你是一隻母獅子了。」阿斯蘭說：「現在，整個納尼亞都將獲得重生。來吧。我們不能再浪費時間了。」

他站起來，邁著莊嚴的步伐，無聲無息地朝那圈跳舞的樹木走去，露西剛才就是從那裡過來的。露西跟著他走，微微顫抖的手按在他的鬃毛上。樹木分開讓他們通過，並有那麼一剎那完全展現出他們的人形。露西瞥見又高又可愛的樹神和樹之女神都向獅子鞠躬；隨後他們又變回樹的樣子，但仍在鞠躬，樹枝和樹幹擺動得如此優雅，使得鞠躬本身就是一種舞蹈。

他們走出樹林後，阿斯蘭說：「現在，孩子，我會在這裡等著。你去叫醒其他人，告訴他們來跟從我。如果他們不願意，那麼，至少你一個人要來跟從我。」

去叫醒四個年紀都比你大並且都很疲累的人，而且目的是告訴他們一件他們可能不會相信的事，並要他們做一件他們肯定不喜歡的事，這真是可怕。「我不能這樣想，我只要去做就行了。」露西想。

她先走到彼得身邊，搖搖他。「彼得，」她在他耳邊小聲說：「醒醒，快點。阿斯蘭在這裡。他說我們得立刻起來跟他走。」

「沒問題，露西，你想怎樣都好。」彼得說，真是出乎意料。這讓她很振奮，然而彼得說完便翻個身，又沉沉睡去，說了跟沒說一樣。

接下來，她試了去叫蘇珊。蘇珊確實醒了過來，不過只是用她最惱人的成年人語氣說：「你一直在作夢，露西。快去睡覺。」

接著她去叫愛德蒙。想把愛德蒙叫醒很難，但是當她終於把他叫醒後，他是真的清醒過來，並坐了起來。

「呃？」他沒好氣地說：「你在說什麼啊？」

她又把整件事說了一遍。這是她要做的事情裡最糟糕的其中一部分，因為她每說一遍，事情聽起來就更令人難以信服。

「阿斯蘭！」愛德蒙說，立刻跳起來：「太好了！在哪裡？」

露西轉過身，看見獅子在那裡等著，他充滿耐心的雙眼盯著她。「那裡。」她指了指說。

「哪裡？」愛德蒙又問了一次。

「那裡。那裡。你沒看見嗎？就在那些樹旁邊。」

艾德蒙使勁看了好一陣子，然後說：「沒有。那裡什麼也沒有。是這月光讓你看花了眼吧。你知道，有人是會這樣的。有那麼片刻我以為自己看到了什麼。其實只是一種視覺上的……大家叫它什麼來著……」

「我一直都看見他啊。」露西說：「他也一直看著我們。」

「那為什麼我看不見他？」

「他說你們可能看不見他。」

「為什麼？」

「我不知道。他就是這麼說的。」

「噢，真討厭。」愛德蒙說：「我真希望你不會老是看見什麼別人看不見的東西。不過，我想我們得把其他人叫起來。」

11 獅子怒吼了

最後所有人全都醒過來後，露西不得不把她經歷的事說了第四遍。接下來是一片茫然的沉默，令人沮喪至極。

彼得睜大雙眼使勁看了半天，看得眼睛都痠了，然後說：「我什麼也沒看見。蘇珊，你看見了嗎？」

「沒有，我當然沒看見。」蘇珊生氣地說：「因為那裡沒有任何東西可看。她是在作夢。快去躺下睡覺，露西。」

「我真的希望，」露西用顫抖的聲音說：「希望你們都跟我來。因為……因為我會和他走，無論你們去不去。」

「別胡說了，露西，」蘇珊說：「你當然不能自己一個人離開。別讓她走，彼得。她這是故意胡鬧。」

「如果她非去不可，我會和她一起去，」愛德蒙說：「之前她一直是正確的。」

「我知道她是對的。」彼得說：「今天早上她也可能是對的。我們確實沒有沿著峽谷走下去的運氣。到夜裡這時候也是。為什麼阿斯蘭不讓我們看見他？他以前從來沒有這樣子。這不像他。DLF怎麼說？」

「噢，我無話可說。」矮人回答：「如果你們都去，我當然和你們一起去；如果你們分開走，我跟最高王走。這是我對他和凱斯賓國王的責任。可是，如果你問我個人的意見，我是個平凡的矮人，我不認為你在白天找不到的路，到夜裡能有多少機會找到。對那些具有魔法的獅子，那些能說話卻不說話的獅子，友善卻對我們沒有幫助的獅子，巨大無比卻又看不見的獅子，我也沒有什麼用。在我看來，這全是不切實際的胡話。」

「他用爪子拍著地面在催我們快點了。」露西說：「我們**現在**必須走了。至少我必須走了。」

「你沒有權力這樣強迫我們。現在是四比一，而且你年紀最小。」蘇珊說。

「噢，拜託，」愛德蒙吼道：「我們必須走，不走就不得安寧。」他全心全意支持露西，不過因為這個晚上沒睡好覺，心裡惱火，所以他的因應之道是對每件事都盡可能以洩憤的方式來表達。

「那就走吧。」彼得一邊說，一邊把手臂伸進盾牌的背帶，戴上頭盔。換成其他時候，他都會對露西說些好話。露西是他最喜愛的小妹妹，他知道露西這時一定很痛苦，同時他也知道，不管發生什麼事，都不是她的錯。可是他還是忍不住對她有點生氣。

蘇珊的態度是最糟糕的。「要是我開始像露西一樣，」她說：「不管你們其他人去不去，我都可以耍賴，留在這裡不走。我真心想這麼做。」

「服從最高王吧，陛下。」特朗普金說：「我們走吧。既然不讓我睡覺，我寧願快點上路，勝過在此多話。」

就這樣，他們終於動身了。露西走在最前面，她咬著嘴唇，盡量把所有想對蘇珊說的話壓下去。當她將雙眼定睛在阿斯蘭身上時，她忘了想說的話。阿斯蘭轉身，在他們前面三十碼左右慢慢朝前走。其他人只有靠露西走的方向來當作引導，因為他們不僅看不見阿斯蘭，也聽不見他的聲音。他像貓一樣的大爪子落在草地上沒發出半點聲響。

他將他們領到那圈跳舞樹的右邊——沒有人知道那圈樹是否還在跳舞，因為露西的雙眼緊盯著獅子，其他人的雙眼都緊盯著露西——愈走離峽谷的邊緣愈近。「我的老天啊！」特朗普金心裡想：「我希望這場瘋狂的行動不會以在月光下攀爬懸崖和摔斷脖子結束。」

阿斯蘭沿著懸崖頂端走了很長一段路。然後，他們來到懸崖邊一處長著好些小樹的地方。阿斯蘭轉個彎，消失了。露西屏住了呼吸，因為看起來就像阿斯蘭跳下了懸崖；

但是她忙著盯緊阿斯蘭而沒停下來細想這一點。她加快腳步，很快就走到樹叢中。往下一看，她看見一條又陡又窄的小徑，傾斜著往下通往兩座峭壁之間的峽谷裡，阿斯蘭正在小徑上朝下走。他轉過頭，用他快樂的雙眼望著她。露西一拍手，開始連走帶爬跟著他走下去。她聽見背後其他人的聲音喊道：「喂！露西！看在老天的分上，小心啊。你就在峽谷邊上。快回來……」片刻之後，愛德蒙的聲音說：「不，她是對的。這裡**有**一條下去的路。」

愛德蒙在小徑的半途趕上了露西。

「看！」他非常興奮地說：「快看！在我們前面往下爬的那個黑影是什麼？」

「那是**他的**影子。」露西說。

「我就相信你是對的，露露。」愛德蒙說：「我想不通之前我怎麼會看不見他。不過，現在他在哪裡？」

「當然是跟他的影子在一起啊。你看不見他嗎？」

「嗯，有那麼一下下，我幾乎以為我看見了。光線太暗了。」

「往前走，愛德蒙國王，往前走。」特朗普金的聲音從後上方傳來。接著，在後方更遠，幾乎仍在懸崖頂，傳來彼得的聲音說：「噢，振作起來，蘇珊。把手伸給我。哎，這裡連小娃娃都可以爬下去的，別再抱怨了。」

幾分鐘後，他們就來到了峽谷底部，耳朵裡聽見的全是奔騰咆哮的水聲。阿斯蘭像一隻貓一樣，步履輕盈地從一塊石頭跳到另一塊石頭，橫過溪流。他在中途停下來，低下頭去喝水，等他抬起毛髮蓬鬆的大腦袋時，只見水珠從毛髮上直往下滴。他再次轉過頭來面對他們。這次，愛德蒙看見他了。「噢，阿斯蘭！」他大喊一聲，向前衝去，但是獅子倏地一旋身，開始朝急奔河對岸的斜坡上走去。

「彼得，彼得，」愛德蒙喊道：「你看見他了嗎？」

「我看到有個東西，」彼得說：「但是在這樣的月光下太難看清楚了。我們繼續走吧，並為露西歡呼三聲。現在我也不覺得那麼累了。」

阿斯蘭毫不猶豫地領他們朝左邊走，往峽谷的上游走。整個旅程都很怪異，像在作夢——咆哮的溪流、潮濕的灰色草地、逐漸向他們接近的朦朧閃爍的懸崖，以及始終踏著寂靜無聲的步伐、威武榮耀地走在前頭的那隻大獅子。這時，除了蘇珊和矮人之外，其他人都能看見他了。

不一會兒，他們來到另一條陡峭的小徑上，小徑通向更高處的崖頂。這些山崖都遠遠高過他們剛才走下來的懸崖，爬上這些懸崖的旅程既漫長又乏味曲折。幸好，月亮正掛在峽谷上方，把兩岸照得一片通明。

阿斯蘭的尾巴和後腿消失在崖頂上時，露西幾乎精疲力竭了；不過，她還是鼓起最後一點勁力，跟著阿斯蘭登上了崖頂。她累得上氣不接下氣，兩條腿不停發抖。自從他們離開明鏡溪後，這裡一直是他們想要抵達的地方。前方長而平緩的山坡（長著石楠和青草，還有幾塊在月光下閃閃發亮的大石頭）一直向前延伸，最後消失在半英里外的一片樹林中。她早就知道了。那正是石桌山丘。

隨著叮叮噹噹的盔甲碰撞聲，其他人也在她後面爬上來了。阿斯蘭在他們前方輕快地走著，他們緊跟著他。

「露西。」蘇珊很小聲地說。

「什麼事？」露西說。

「現在我看見他了。對不起。」

「沒關係。」

「可是，我比你知道的還糟糕。昨天，他警告我們不要往下走進冷杉林的時候，我真的相信是他。今天晚上，當你叫醒我們的時候，我也真的相信是他。我是說，我內心深處相信。或者說，如果我讓自己相信，我是可以相信的。可是，我只想離開樹林，然後……然後……噢，我不知道。我還能對他說什麼呢？」

「也許你不用說什麼。」露西建議道。

他們很快來到了樹林邊緣，透過樹林，孩子們可以看見那個大圓丘，阿斯蘭的迷宮，那是在他們的時代之後在石桌上方堆建起來的。

「我們這一方沒有好好保持警戒啊，」特朗普金喃喃說道：「這時候早就該有哨兵出來問我們口令了……」

「噓！」另外四個人說，因為這時阿斯蘭已經停下腳步，轉過身來面對他們，他的神色極其威嚴，使他們在喜悅中感到恐懼，又在恐懼中感到喜悅。男孩們大步上前，露西讓路給他們，蘇珊和矮人則縮到後面去了。

「噢，阿斯蘭，」彼得國王單膝跪下，捧起沉重的獅爪放到自己臉上，說：「我太高興了。我真的很抱歉。從一開始，我就一直領他們走錯路，尤其是昨天早上。」

「我親愛的孩子。」阿斯蘭說。

然後他轉身歡迎愛德蒙，只簡短地說：「做得好。」

接著，在一陣可怕的沉默後，那低沉的聲音說：「蘇珊。」蘇珊沒有回答，其他人心想，她正在哭泣。「孩子，你順從了恐懼。」阿斯蘭說：「過來吧，讓我給你吹口氣。忘掉那些恐懼吧。你又勇敢起來了嗎？」

「有一點了，阿斯蘭。」蘇珊說。

「現在！」阿斯蘭來回甩著尾巴打在身側，用一種更大一些、帶有一點咆哮意味的聲音說：「現在，那個著名的劍客和弓箭手，那個不相信獅子的矮人，在哪裡呢？過來，大地之子，**到這裡來！**」最後一句已經不是帶有咆哮的意味，而幾乎是真正的咆哮。

「我的媽呀！」特朗普金嚇得聲音都有氣無力的。孩子們都很瞭解阿斯蘭，知道他很喜歡矮人，因此沒有感到不安。可是對特朗普金來說就完全是另一回事了，他過去從未見過獅子，更別提眼前這隻獅子。他做了自己還能做到的唯一明智的事；那就是，步履蹣跚地朝阿斯蘭走去，而不是逃跑。

阿斯蘭撲過去了。你見過貓媽媽嘴裡叼著很小的小奶貓的樣子嗎？這時就像那樣。特朗普金縮成可憐的一小團，被阿斯蘭叼在嘴上。獅子叼著他甩了一下，他所有的盔甲就像補鍋匠的背包一樣叮噹作響，接著——說變就變——矮人飛到了半空中。他就像躺在床上一樣安全，儘管他並不覺得。當他落下來時，獅子巨大、柔軟如天鵝絨般的爪掌像母親的手臂一樣接住了他，把他（頭上腳下地）放在地上。

「大地之子，我們做個朋友，好嗎？」阿斯蘭問。

「好……好……好的。」矮人大口喘著氣說，整個人還沒緩過來。

「現在，」阿斯蘭說：「月亮落下了。你們看看後面，黎明即將來到。我們不能再浪費時間了。你們三個，亞當之子和大地之子，快快進入土丘，處理你們在那裡發現的情況。」

矮人依舊說不出話來，兩個男孩也不敢問阿斯蘭會不會跟著他們。三人拔劍行禮，接著轉身叮叮噹噹地走入黎明的薄暮中。露西注意到，他們臉上毫無倦意：最高王和愛德蒙國王看起來都更像男人，而不是男孩。

兩個女孩站在阿斯蘭身邊目送著他們，直到看不見為止。光線在變化。在東方地平線低處，納尼亞的晨星阿拉維爾像一輪小月亮似地閃爍著。阿斯蘭的體型似乎比以前更大了，他抬起頭，甩了甩鬃毛，放聲咆哮起來。

起初，這吼聲低沉顫動，像管風琴從低音開始奏響，再逐漸升高，愈來愈響亮，直到大地和空氣都跟著震動。它從這座小山丘上揚起，向四面八方擴散，直到淹沒了納尼亞全境。山丘下方，米拉茲營地裡的士兵都被驚醒了，所有人面面相覷，臉色發白，抓起自己的武器。在下方的大河，此時正是一天當中最寒冷的時刻，河水裡冒出了水仙子的頭和肩膀，以及河神那鬍髮蓬亂的大腦袋。在大河的另一頭，在每一片田野和森林裡，兔子警覺的雙耳從洞裡冒出來，鳥兒也從翅膀下抬起牠們睡意濃濃的頭，貓頭鷹嗚啼，雌狐號叫，刺蝟咕噥，樹木顫動。在城鎮和鄉村裡，母親們抱緊嬰兒貼在胸口，眼神狂亂地盯著四方，狗嗚咽著，男人們跳起來找燈。遙遠的北方邊界上，山嶺巨人從他們城堡的黑暗大門裡向外窺探。

露西和蘇珊看見黑壓壓一片不知道什麼東西，從四面八方橫越山野正朝他們湧來。起初那看起來像一團在地面爬行的黑霧，接著又像黑暗大海上暴風雨掀起的大浪，一浪高過一浪，洶湧而來；最後，那看起來就像整片整片的樹林在移動。全世界的樹木似乎都在朝阿斯蘭衝過來。不過，隨著愈來愈靠近，它們看起來也愈來愈不像樹。等到露西周圍擠滿了這群向阿斯蘭鞠躬、屈膝行禮和揮動細長手臂的群眾時，她才看出那是一群有著人形的樹木。白皙的樺樹姑娘們搖著頭，柳樹女郎們把頭髮往後撥，露出沉思的臉龐凝視著阿斯蘭，女王般的山毛櫸們靜靜站著仰慕他，鬚髮蓬鬆的橡樹男子，瘦削憂鬱的榆樹，一頭蓬亂的冬青（他們自己的顏色深暗，但他們的妻子都長著鮮豔發亮的漿果）和快樂的花楸樹，全都紛紛鞠躬致意，再直起身來，用他們各種沙啞的、嘎吱作響的、或像波浪一樣的聲音高喊著：「阿斯蘭，阿斯蘭！」

圍在阿斯蘭周圍跳舞的群眾（他們又跳起舞來了）愈來愈多，跳得也愈來愈快，露西都糊塗了。她始終沒看見其他人是從哪裡來的，他們很快就在樹木當中跳來跳去。有一個少年，身上只圍著一塊鹿皮，捲曲的頭髮上戴著藤葉編成的花冠。他非常俊美，如果不是看起來如此狂野，那張臉對一個男孩來說實在太漂亮了。你的感覺就像幾天之後愛德蒙見到他以後說的：「那傢伙什麼事都做得出來，絕對什麼事都做得出來。」他似乎有許多名字——其中三個是布羅米歐斯、巴薩瑞阿斯，以及「那隻公羊」。許多像他一樣狂野的女郎跟著他。甚至出人意料的是還有一個騎著驢子的人。所有人都在哈哈大笑，所有人都大聲喊著：「**呦安，呦安，呦—喔咿—喔咿—喔咿。**」

「阿斯蘭，這是一場遊戲嗎？」少年喊道。顯然是的。可是每個人對他們玩的究竟是什麼遊戲都有不同的看法。這遊戲可能是捉迷藏，但露西始終沒發現誰是「鬼」。這遊戲也像「蒙眼捉迷藏」，只是所有的人都被蒙住了眼睛。這遊戲也很像「找拖鞋」，只是拖鞋始終沒找到。讓這遊戲變得更複雜的是，那個騎著驢子、胖得不得了的老人開始大聲高喊：「點心！吃點心的時候到了。」接著從驢背上摔下來，又被其他人扶回驢背上，而那匹驢子以為這是一場馬戲表演，於是嘗試用後腿立起來走路。在這段時間裡，到處都有愈來愈多的藤葉。很快的，變多的不僅樹葉，還有藤蔓。它們爬到每樣東西上。它們爬上樹人的腿，纏繞著他們的脖子。露西舉起雙手要把頭髮撥到後面，卻發現自己撥的是藤蔓的分枝。那匹驢子已經完全和藤蔓纏在一起了。牠的尾巴完全被纏住了，雙耳之間還有個黑乎乎的東西在上下點動。露西又看了看，發現那是一串葡萄。在那之後，就到處都是葡萄了——頭上、腳下和周圍全都是葡萄。

「吃點心！吃點心！」老人吼道。大家都開始吃了起來，無論人類有什麼樣的溫室，都不可能嚐過這樣的葡萄——真正的好葡萄，外皮緊實，可是把它們放進嘴裡時，它們立刻迸裂出清涼的甜汁，這是兩個女孩過去從來沒真正吃夠的其中一種東西。這時，就在這裡，它們數量之多，任何人想吃多少就有多少，並且完全不用顧及餐桌禮儀。你可以看見到處都是黏糊糊的髒手指，還有，儘管所有人滿嘴都是葡萄，「**呦安，呦安，呦**—

喔咿—喔咿—喔咿」的歡聲笑語卻從未停過，直到每個人突然都覺得這場遊戲（不管它是什麼）和盛宴應該要結束了，於是全都噗通一聲，氣喘吁吁地倒在地上，並轉過臉來面對阿斯蘭，聽他接下來要說什麼。

就在這時，太陽正好升起，露西猛然想起一件事，悄聲對蘇珊說：

「我說，蘇珊，我知道它們是誰了。」

「是誰？」

「那個有張狂野臉孔的少年是酒神巴克斯，那個騎在驢子上的老人是森林之神西勒諾斯。在很久以前，圖姆納斯先生告訴過我們的，你忘了？」

「沒錯，當然記得。可是我要說啊，露西。」

「什麼？」

「若不是阿斯蘭在，我們若碰見巴克斯和他那些狂野的姑娘，我會覺得不安全。」

「我想也是。」露西說。

12 魔法與復仇

與此同時，特朗普金和兩個男孩抵達了那個進入土丘內部、又小又黑的石拱門前。兩隻守哨的貛（愛德蒙只看見他們臉頰上的白色斑紋）張牙舞爪地跳出來，咆哮著問他們：「誰在那裡走動？」

「是特朗普金，」矮人說：「將遠古時代納尼亞的最高王帶來了。」

兩隻貛嗅了嗅男孩們的手。「終於來了。」他們說：「終於來了。」

「朋友，給我們來點光吧。」特朗普金說。

貛在拱門裡找到一根火把，彼得點燃火把後交給特朗普金，說：「最好還是由DLF來領路。我們對這個地方不熟。」

特朗普金接過火把，帶頭走進了黑暗的隧道。那裡面陰冷漆黑，瀰漫著霉味，到處都是蜘蛛網，偶爾會有一隻蝙蝠飛進火把的光亮裡。兩個男孩從那天早晨在火車站開始，幾乎一直都在戶外，這時他們感覺像是進入一個陷阱或監獄。

「我說，彼得，」愛德蒙小聲說：「你看牆上那些雕刻。看上去是不是很古老？然而我們比那還老。我們上次在這裡的時候，都還沒有這些東西呢。」

「對。」彼得說：「那會讓人這麼想。」

矮人繼續往前走，然後向右轉，然後又向左轉，然後下了一些臺階，然後又向左轉。終於，他們看見前面有一點光線——從一扇門底下透出來的光。這時，他們第一次聽到了聲音，因為他們已經來到了中央大廳的門口。門內的聲音聽起來很憤怒。有人在大聲說話，因此沒人聽見兩個男孩和矮人走近的聲音。

「那聲音不太對，」特朗普金小聲對彼得說：「我們先聽一會兒。」他們三人便一聲不響地站在門外聽著。

「你明明很清楚，」一個聲音說（「這是國王。」特朗普金低聲說。）：「今天早晨日出的時候沒有吹號角的原因。難道你忘了？特朗普金差不多剛走，米拉茲就朝我們撲過來了，接著我們為了生存連續奮戰了三個多小時。當我一有喘息的機會，我立刻就吹響了號角。」

「我不可能忘記，」那個憤怒的聲音說：「當時我們矮人首當其衝，有五分之一的人戰死。」（「那是尼卡布瑞克。」特朗普金低聲說。）

「真不害臊啊，矮人，」一個低沉粗啞的聲音傳來（「這是松露獵手。」特朗普金說。）：「我們所有的人付出的和矮人一樣多，而國王做得比任何人都多。」

「你愛怎麼說怎麼說，我管不著，」尼卡布瑞克答道：「但是不管是號角吹得太遲，還是那號角沒有魔法，總之救兵都沒有到。而你，你這個偉大的參謀、大魔術師、萬事通先生，你還在要求我們把希望寄託在阿斯蘭、彼得國王和諸如此類的虛幻上嗎？」

「我必須承認——我不能否認——我對吹號的結果深感失望。」有人答道。（「這是柯尼留斯博士。」特朗普金說。）

「坦白講，」尼卡布瑞克說：「你的錢包是空的，雞蛋是壞的，魚也沒捉到，承諾也破產。那就靠邊站，讓別人來工作。這就是為什麼……」

「救援會來的，」松露獵手說：「我相信阿斯蘭。要像我們獸類一樣有耐心。救援會來的。說不定現在就在門口了。」

「呸！」尼卡布瑞克咆哮道：「你們這些獾只會叫我們等，等到天上掉餡餅下來。我告訴你，我們等**不了**了。糧食愈來愈少；每次戰鬥我們的損失都大得難以承受；追隨我們的夥伴也在接二連三地溜走。」

「那是為什麼呢？」松露獵手問：「我告訴你為什麼。那是因為他們當中有人在散布謠言，說我們求告古代的君王，而古代的君王卻沒有回應。特朗普金臨走前（他很可能步向死亡了）說的最後一句話是：『如果你們必須吹響號角，千萬別讓軍隊知道你們為什麼吹號，或你期望它達到什麼效果。』但是，就在同一天晚上，似乎每一個人都知道了。」

「你最好把你那灰鼻子塞進馬蜂窩去，獾，少在這裡暗示我大嘴巴洩密。」尼卡布瑞克說：「收回你的話，否則……」

「噢，別說了，你們兩個都別說了。」凱斯賓國王說：「我想知道，尼卡布瑞克一直在暗示我們該做的事是什麼。不過，在此之前，我想知道他帶到我們議會中來的，站在那裡張開耳朵閉著嘴巴的那兩個陌生人，究竟是誰。」

「他們是我的朋友，」尼卡布瑞克說：「你自己若不是特朗普金和獾的朋友，又有什麼資格站在這裡？那個穿黑長袍的老豬頭若不是你的朋友，他又有什麼權利站在這裡？為什麼我成了那個不能帶朋友來的人？」

「陛下是你宣誓效忠的國王。」松露獵手嚴厲地說。

「君臣之禮，君臣之禮，」尼卡布瑞克不屑地說：「但是在這個洞穴裡我們可以打開天窗說亮話。你知道──他也知道，除非我們能幫他擺脫他所處的困境，否則這個泰爾馬少年將在一週之內成為毫無寸土的無名小卒。」

「也許，」柯尼留斯說：「你的新朋友願意自己開口嗎？站在那裡的兩位是誰，你們是做什麼的？」

「尊敬的博士閣下，」一個微弱、哀怨的聲音傳來：「承蒙您看得起，我只不過是個可憐的老太婆，我很感激尊敬的矮人閣下給我這份友誼。陛下，願上天保佑你俊美的臉，你不必害怕我這麼一個害了風濕病、連腰都直不起來、窮到連燒水的柴都沒有的老太婆。我在小小的咒語和法術上有一點點微不足道的小技巧——當然不能和博士閣下的相提並論，如果在座各位都同意的話，我很樂意使用它們來對付我們的敵人。因為我恨他們。噢，是的。沒有人比我更恨他們。」

「這真是太有趣了……呃……太令人滿意了。」柯尼留斯博士說：「我想現在我知道你是什麼人了，夫人。尼卡布瑞克，也許你的另一個朋友也願意自我介紹一下？」

一個呆滯、陰沉、令彼得毛骨悚然的聲音回答說：「我很餓。我很渴。我咬住的地方，我到死也不鬆口，即便在我死後，我嘴裡咬住的敵人的那塊肉，也必須割下來隨我一同埋葬。我可以禁食一百年也不會死。我可以在冰上躺一百個晝夜也不會凍僵。我可以喝乾一整條鮮血匯聚的河流也不會脹裂。讓我看看你的敵人。」

「你是希望當著這兩位的面透露你的計畫的嗎？」凱斯賓說。

「是的，」尼卡布瑞克說：「並且我打算藉由他們的幫助去執行。」

有一、兩分鐘的時間，特朗普金和兩個男孩只能聽見凱斯賓和他兩個朋友在低聲說話，但聽不清楚他們都說了些什麼。然後，凱斯賓大聲說：

「好吧，尼卡布瑞克，我們願意聽聽你的計畫。」

然後好長一段時間沒有聲音，兩個男孩開始懷疑尼卡布瑞克是不是還打算講；等到聽出他開口說話的時候，聲音卻很低，好像他自己也不太喜歡自己說的話。

「該說的都說了，該做的也都做了，」他喃喃地說：「我們誰也不知道納尼亞古代的真相。特朗普金不相信那些故事。我也準備把那些故事拿來一一試驗。我們首先試了那個魔法號角，結果失敗了。如果真有一位最高王彼得、一位蘇珊女王、一位愛德蒙國王和一位露西女王，那麼，要麼他們沒有聽見我們的呼救，要麼他們不能來，要麼他們是我們的敵人……」

「要麼他們是在前來的半路上。」松露獵手插嘴說。

「你可以繼續這麼說，直到米拉茲把我們全都抓去餵他的狗。就像我說的，我們試了古老傳說中的一個環節，但是那對我們毫無益處。好吧。當你的劍斷了，你可以拔出匕首。那些故事除了講述古代的國王和女王之外，還講了其他的力量。如果我們能把**它們**喚醒呢？」

「如果你指的是阿斯蘭，」松露獵手說：「那麼召喚他和召喚國王們是一樣的。因為他們是他的僕人。如果他不派他們來（我毫不懷疑他會派他們來），他自己還有可能來嗎？」

「不可能。這點你說得對。」尼卡布瑞克說：「阿斯蘭和那幾個國王是一夥的。阿斯蘭要不是死了，就是不站在我們這一邊了。要不然就是有比他更強大的東西攔住了他。如果他真的來了——我們要怎麼知道他是我們的朋友？按照所有的傳說來看，他並不總是矮人的好朋友。他甚至不是所有野獸的朋友。你去問問狼吧。總之，就我所知，他只到過納尼亞一次，而且沒待多久，所以你大可不必指望阿斯蘭了。我想的是別人。」

沒有人回答，有幾分鐘時間，裡面一片安靜，靜得愛德蒙都能聽見獾的喘息和抽鼻子的聲音。

「你指的是誰？」凱斯賓終於開口了。

「我指的是一種比阿斯蘭強大得多的力量，如果那些故事是真的，那麼，那個力量曾經用咒語控制住納尼亞許多許多年。」

「白女巫！」三個聲音同時喊道，而且彼得從裡面的動靜猜到，那三個人已經跳了起來。

「是的，」尼卡布瑞克非常緩慢又清楚地說：「我指的就是那個女巫。都坐下吧，別像小孩子一樣，光聽到名字就嚇壞了。我們想要力量，我們想要一個在我們這一邊的力量。說到力量，那些故事不是說女巫打敗了阿斯蘭，把他捆起來，放在那塊石頭上殺了嗎？那塊石頭就在燭火再過去那裡。」

「但是那些故事也說他又復活了。」獾厲聲說。

「是啊，故事**說了**，」尼卡布瑞克回答：「但你注意到了吧，在那之後，我們就很少聽到關於他的事了。他就這麼淡出了傳說。如果他真的復活了，你要怎麼解釋這一點呢？更有可能的情況是他沒復活，因此那些故事再也沒提到有關他的事，因為沒有東西可說了。」

「他立了國王和女王。」凱斯賓說。

「一個在偉大戰役中獲勝的人，通常可以自立為王，用不著一隻裝模作樣的獅子來幫忙。」尼卡布瑞克說。裡面傳來一聲凶猛的咆哮，大概是來自松露獵手。

「不管怎樣，」尼卡布瑞克繼續說：「那些國王和他們的統治又怎麼樣呢？他們也銷聲匿跡了。可是女巫就大不相同了。他們說她統治了一百年，整整一百年的冬天。那才叫力量，不管你喜不喜歡。那才是實際的東西。」

「但是，天啊！」國王說：「我們不是一直被告知，她是所有敵人中最可怕的那個敵人嗎？她難道不是比米拉茲更壞十倍的暴君嗎？」

「也許吧，」尼卡布瑞克冷冷地說：「也許她對你們人類**是**暴君，如果那時候有人類的話。也許她對一些野獸而言是暴君。我敢說，她滅了海狸；至少現在納尼亞沒有海貍了，但她和我們矮人處得很好。我是矮人，我站在我自己族人的立場說話。我們**不怕**那個女巫。」

「但是你已經加入我們這邊了。」松露獵手說。

「是的，到目前為止，這給我們族人帶來了莫大的好處。」尼卡布瑞克厲聲說：「所有危險的突襲任務是派誰去？矮人。當口糧短缺時，誰的口糧最少？矮人。誰……？」

「謊言！全是謊言！」獾說。

「所以，」尼卡布瑞克說，他的聲音已經提高到了尖叫：「如果你不能幫助我的族人，我會去找一個能幫忙的人。」

「矮人，你這是公然叛變嗎？」國王問。

「收起你的劍，凱斯賓，」尼卡布瑞克說：「想在議會裡殺人嗎？這就是你的把戲？別傻得在我面前玩手段。你以為我會怕你嗎？你那一邊有三個，我這一邊也有三個。」

松露獵手咆哮道：「那就來吧。」不過他立刻被打斷了。

「停，停，停，」柯尼留斯博士說：「你講得太快了。那個女巫已經死了。所有的故事都是這麼說的。尼卡布瑞克，你說要召喚女巫是什麼意思？」

之前曾經說過一次話的那個陰森恐怖的聲音說：「噢，她**真的**死了嗎？」

接著，那個尖銳、哀淒的聲音開始說：「噢，老天保佑他的心靈，親愛的小陛下，不必擔心白夫人——**我們**都是這麼稱呼她的——死了沒有。這位尊敬的博士閣下說這話的時候，只是在拿我這個可憐的老太婆開玩笑罷了。和藹的博士閣下，博學多聞的博士閣下，有誰聽說過女巫真的會死？你總是能把她們召回來的。」

「召喚她吧。」那個陰森的聲音說：「我們都準備好了。畫個圓圈。準備點燃藍色火焰。」

獾的咆哮聲愈來愈大，柯尼留斯尖銳喊著：「什麼？」這時，凱斯賓國王的聲音如同半空炸響的雷鳴：

「這就是你的計畫，尼卡布瑞克！使用黑魔法召喚一個被詛咒的鬼魂。我知道你的同伴是誰了……一個老巫婆和一個狼人！」

接下來的一、兩分鐘，聽起來很混亂。有一隻動物的咆哮聲，有金鐵交鳴聲；兩個男孩和特朗普金衝了進去。彼得瞥見一隻可怕的、灰色的、骨瘦如柴的動物，一半是人，一半是狼，正撲向一個和自己年紀相仿的少年，愛德蒙看見一隻獾和一隻矮人在地上滾成一團，像貓打架一樣。特朗普金發現自己面對著那個老巫婆，她的鼻子和下巴往外突出，像一把核桃鉗子，骯髒的灰頭髮披散在臉上，兩隻手剛剛掐住了柯尼留斯博士的咽喉。特朗普金一揮劍，她的腦袋就滾到地上了。接著光源被打翻，之後聽見的全是劍擊、齒咬、爪抓和拳打腳踢聲，持續了大約六十秒。然後是一片寂靜。

「你還好嗎，愛德？」

「我……我想是吧，」愛德蒙喘著氣說：「我抓到了尼卡布瑞克這個畜生，他倒是還活著。」

「哎呀老天！」一個憤怒的聲音傳了出來：「你坐在**我**身上了。下去。你重得像一頭小象。」

「對不起，DLF，」愛德蒙說：「這樣好點了嗎？」

「噢！不好！」特朗普金吼道：「你的靴子踩進我嘴裡了。快走開。」

「凱斯賓國王在哪裡？」彼得問。

「我在這裡，」一個相當微弱的聲音說：「有什麼東西咬了我。」

他們都聽到有人劃火柴的聲音。是愛德蒙。小小的火苗照亮了他的臉，臉色蒼白，也髒兮兮的。他四處瞎摸了一會兒，找到了蠟燭（他們不再用油燈，因為油都用完了），並固定在桌上，點上火。等燭光明亮了，這幾個人才爬起來。六個人在燭光中眨著眼，彼此對望。

「我們似乎把敵人全殺了，」彼得說：「那是老巫婆，死了。」（他很快把目光從她身上移開。）「還有尼卡布瑞克，也死了。我想這東西是狼人。我很久沒見過狼人了。狼頭人身。這表示他被殺的那一刻正從人變成狼。還有你，我想，你是凱斯賓國王吧？」

「是的，」另一個男孩說：「但是我不知道你是誰。」

「這是最高王，彼得國王。」特朗普金說。

「陛下，非常歡迎你。」凱斯賓說。

「陛下，我也歡迎**你**。」彼得說：「你知道，我不是來取代你的，我是來扶助你登上王位。」

「陛下。」另一個聲音在彼得手肘邊說。彼得轉過身，發現自己和一隻獾面對著面。彼得傾身向前摟住了那隻動物，親吻了那毛茸茸的腦袋，他這麼做並不娘娘腔，因為他是最高王。

「你是最優秀的獾，」他說：「你從頭到尾都沒有懷疑過我們。」

「陛下過獎了，」松露獵手說：「我是野獸，野獸不會變心。更重要的是，我是一隻獾，獾會堅守到底。」

「我為尼卡布瑞克感到難過，」凱斯賓說：「儘管他從看見我的第一眼開始就恨我。長期的痛苦和仇恨使他內心變得乖戾。如果我們迅速戰勝的話，在和平的日子裡，他可能會成為一個好矮人。我不知道我們當中誰殺了他。我很高興我不知道。」

「你在流血。」彼得說。

「是的，我被咬了，」凱斯賓說：「那個……那個狼人咬的。」他們花了好一番功夫清潔和包紮傷口。處理好之後，特朗普金說：「好了，在做其他事情之前，我們要先吃早飯。」

「可是別在這裡吃。」彼得說。

「對，」凱斯賓打了個寒顫說：「我們必須派人把屍體搬走。」

「把那些壞蛋扔進坑裡，」彼得說：「但是我們要把矮人的屍體歸還他的族人，讓他們用自己的習俗安葬他。」

最後，他們在阿斯蘭迷宮的另一間黑暗石室裡吃了早飯。這不是他們想要的早飯，因為凱斯賓和柯尼留斯想吃的是鹿肉餡餅，彼得和愛德蒙想吃的是奶油煎蛋和熱咖啡，可是所有人吃到的是一小塊冷熊肉（從兩個男孩的口袋裡拿出來的）、一塊硬乳酪、一個洋蔥和一杯水。不過，從他們埋頭大嚼的樣子看起來，任何人都會以為那是一頓美味大餐。

13 由最高王坐鎮指揮

所有人吃過早餐後，彼得說：「好，阿斯蘭和兩個女孩——凱斯賓，我指的是蘇珊女王和露西女王——就在附近。我們不知道阿斯蘭什麼時候會採取行動。當然，他會按照他的時機而不是我們的時機行動。因此，在這段期間，他會希望我們獨立行動，盡力而為。凱斯賓，你說，我們的力量足以和米拉茲正面決戰嗎？」

「啟稟最高王，恐怕不行。」凱斯賓說。他很喜歡彼得，但說話卻很拘謹，彷彿舌頭打結似的。對他而言，遇見古老傳說中的偉大國王，比他們見到他感覺奇怪得多。

「好吧，」彼得說：「那麼，我會派人向他下戰書，約他單打獨鬥。」以前沒有人想到這個主意。

凱斯賓說：「求你讓我去好嗎？我想為我父親報仇。」

「你受傷未癒。」彼得說：「無論如何，他都會對你的挑戰一笑置之吧。我是說，我們已經知道你是國王，也是戰士，但是他認為你還是一個孩子。」

「可是，陛下，」獾開口說，他緊挨彼得坐著，雙眼也不曾離開彼得：「他會接受你的挑戰嗎？他知道自己擁有比較強大的軍隊啊。」

「他很可能不會接受，」彼得說：「但可能性總是存在的。就算他不接受，我們也要派送傳令兵來來回回折騰，耗掉這一天當中絕大部分的時間。屆時，阿斯蘭可能已經安排好了某些事。而我至少可以視察軍隊，鞏固陣地。我會送出戰書。事實上，我馬上就寫。大博士，你有筆墨嗎？」

「陛下，學者是離不開這些東西的。」柯尼留斯博士回答。

「很好，我口述，你來寫。」彼得說。博士攤開一張羊皮紙，打開墨水瓶，把筆頭削尖，彼得身體往後一靠，半閉著眼睛，回憶許久以前他在納尼亞黃金時代寫這類文書的措辭用語。

「好，」他終於說：「博士，現在你準備好了嗎？」

柯尼留斯博士把筆蘸了蘸墨水，等待著。彼得口述如下：

「彼得，蒙阿斯蘭恩賜，經由推選，依傳統並憑著征戰功績成為納尼亞諸王的最高王、孤島群島的皇帝、凱爾帕拉維爾的領主、雄獅至尊騎士，在此向凱斯賓八世之子，前納尼亞護國公、今自稱納尼亞國王的米拉茲閣下，致以問候之意。你都記下了嗎？」

「是的，陛下。」博士喃喃念道：「閣下，逗號，致以問候之意。」

「另外開始新的一段。」彼得說：「為免生靈塗炭，並避免在我們納尼亞的疆域內因戰爭可能產生的其他種種不便，朕樂於冒險差派一位王室成員，代表我們可信又深受愛戴的凱斯賓，與閣下單獨決鬥，以證明前述這位凱斯賓是納尼亞的合法國王，其王權在納尼亞是在朕之下，依據的是朕的恩賜與泰爾馬人的法律，同時，這二者也證明閣下兩度犯了叛逆罪，一是從前述這位凱斯賓手中奪取了納尼亞的統治權，二是最可憎——憎字別寫錯了，博士——也最血腥的，謀殺了仁慈的凱斯賓九世，你的親兄長。有鑑於此，我們藐視閣下的統治，萬分熱切地對你發出挑戰，進行上述的單打獨鬥。遞送戰書者是朕深愛的王弟愛德蒙，愛德蒙曾是納尼亞的國王、燈野地公爵、西方邊境伯爵、石桌至尊騎士。朕託付他全權與閣下商訂這場比武的一切條件。納尼亞凱斯賓十世第一年，『綠屋頂』月十二日，於阿斯蘭迷宮中的駐紮處。」

「這樣應該可以了。」彼得深吸了一口氣說：「現在我們得另外派兩個人和愛德蒙國王一起去。我想巨人算一個。」

「你知道，他……他不太聰明。」凱斯賓說。

「他當然不聰明，」彼得說：「但是任何巨人都能發揮威嚇作用，只要他不開口就行了。再說，這能讓他開心起來。不過，另一位要派誰呢？」

「照我看來，」特朗普金說：「如果你想派一個能用眼神殺人的勇士，那麼銳脾氣是最佳人選。」

「據我所知，他確實是最佳人選，」彼得大笑著說：「要是他的個頭不是那麼小就好了。除非他走到他們面前，否則他們根本看不見他！」

「派峽谷風暴去吧，陛下，」松露獵手說：「從來沒有人敢嘲笑人馬。」

一小時後，米拉茲軍隊中的兩個大領主——格洛澤爾大人和索皮斯賓大人——在早飯後一邊剔著牙，一邊沿著他們的防禦線散步時，一抬頭看見人馬和巨人溫布利威德從樹林裡朝他們走來。他們以前在戰場上見過這兩位，但這兩位中間的那個人他們卻不認得。事實上，要是愛德蒙學校裡的其他同學在這時候看見他，同樣也認不出他來。因為之前阿斯蘭在他們會面時對他吹了一口氣，於是他整個人籠罩著一種偉大的氣息。

「這是來幹嘛？」格洛澤爾大人說：「發動襲擊嗎？」

「不如說是來講和的。」索皮斯賓說：「你瞧，他們帶著綠樹枝。他們很可能是來投降的。」

「那個走在人馬和巨人中間的人，臉上可沒有投降的表情。」格洛澤爾說：「他會是誰呢？他不是凱斯賓那小子。」

「的確不是。」索皮斯賓說：「不管那些叛軍是從哪裡把他弄來的，我向你保證，那是個凶猛的戰士。（我偷偷告訴閣下）他比米拉茲更具有王氣。還有，瞧他穿的那身盔甲！我們的鐵匠沒有一個能做出那樣的東西。」

格洛澤爾說：「我敢用我的『班點波美力』打賭，他是來下戰書而不是降書的。」

「怎麼可能？」索皮斯賓說：「敵人已經全在我們的掌握之中。米拉茲絕不會蠢到放棄自己的優勢，接受這樣的挑戰。」

「他也許會遭人攛掇上當。」格洛澤爾用低得多的聲音說。

「小聲點，」索皮斯賓說：「咱們過去一點，別讓那些哨兵聽見。好了。我沒聽錯閣下的意思吧？」

「如果國王接受挑戰，」格洛澤爾低聲說：「那麼，不是他殺了對方，就是他被對方所殺。」

「所以？」索皮斯賓說著，點了點頭。

「如果他殺了對方，我們將贏得這場戰爭。」

「那是當然。如果相反呢？」

「如果相反，我們就算沒有國王的垂青也照樣能打贏。我不需要告訴閣下，米拉茲不是一個偉大的領袖。屆時，我們應該既贏得勝利，又沒有了國王。」

「閣下的意思是，有沒有國王，你和我都可以輕易地掌握這片領土？」

格洛澤爾的臉變得很凶狠。「你別忘了，」他說：「當初是我們把他扶上王位的。在他享受王權的這些年裡，我們得了什麼好處？他對我們表示過感激嗎？」

「別再說了，」索皮斯賓回答：「瞧，有人來傳喚我們到國王的帳篷裡去了。」

他們來到米拉茲的帳篷前時，看見愛德蒙和他兩個同伴坐在帳篷外面，正在享用蛋糕和美酒。他們顯然已經遞上戰書，退出來讓米拉茲考慮去了。在這麼近的距離裡，兩位泰爾瑪領主認為他們三人看起來都很令人戒懼。

他們進入帳篷，看見米拉茲手無寸鐵，正要吃完早飯。他滿臉漲得通紅，眉頭緊鎖。

「你們看！」他咆哮著將羊皮紙隔著桌子扔過來給他們。「看看我那個潑皮侄兒給我們送來了多大一包的童話故事！」

「陛下，請容我冒昧一句，」格洛澤爾說：「如果我們剛才在外面看到的那個年輕武士是這封信裡提到的愛德蒙國王，那麼我不會說他是個童話故事，我會說他是個非常具危險性的騎士。」

「愛德蒙國王，呸！」米拉茲說：「閣下相信那些老太婆們有關彼得、愛德蒙和其他人的無稽之談嗎？」

「我相信自己的眼睛，陛下。」格洛澤爾說。

「好吧，這話等於白說，」米拉茲說：「不過，談到決鬥，我想我們之間應該沒有什麼歧見吧？」

「我想是的，陛下。」格洛澤爾說。

「你的沒有歧見是指什麼？」國王問。

「斷然拒絕。」格洛澤爾說：「雖然我從來沒有被人稱做懦夫，我卻要坦白說，要是在戰場上遇到那個年輕人，我肯定會膽顫心驚。至於他哥哥，也就是最高王，很可能比他更具危險性，那麼為了國王陛下的生命安全著想，最好還是不去招惹他好。」

「你這該死的傢伙！」米拉茲吼道：「這不是我想聽的建議。你以為我是在問你該不該怕見這個彼得（如果真有這麼個人的話）嗎？你以為我怕他嗎？我只想聽你對這件事的看法，在我們占據優勢的情況下，是否有必要冒險與他們孤注一擲。」

「對這件事，我只能這樣回答，」格洛澤爾說：「陛下，無論出於什麼原因，都該拒絕這場挑戰。那個陌生騎士的臉上有一種殺氣。」

「你又來了！」米拉茲說道，這下被徹底激怒了：「你是想讓人覺得，我和閣下你一樣是個大懦夫嗎？」

「陛下可以愛怎麼說就怎麼說。」格洛澤爾滿心惱怒地說。

「格洛澤爾，你說話像個老太婆。」國王說：「索皮斯賓大人，你說呢？」

「不予理會，陛下，」索皮斯賓回答：「那麼陛下關於此事所說的策略就會順順利利地出現。這給陛下充分的理由拒絕應戰，也不會讓人質疑陛下的榮譽或勇氣。」

「天哪！」米拉茲暴跳如雷地喊道：「**你**今天也鬼迷心竅了嗎？你覺得我是在**找**理由拒絕嗎？那你還不如當面叫我膽小鬼算了。」

這次談話完全如兩位領主所願發展，所以他們這時什麼也沒說。

「我明白是怎麼回事了，」米拉茲瞪著他們，眼珠子都要蹦出來似的說：「你們自己膽小如兔不說，還厚顏無恥地猜想我是和你們一樣的人！拒絕的理由，真會說！不應戰的藉口！你們是戰士嗎？你們是泰爾馬人嗎？你們是男子漢嗎？要是我拒絕應戰（統禦和軍事策略上的好理由都敦促我這麼做），你們會認為我怕了，還會告訴別人我怕了。對嗎？」

格洛澤爾說：「任何明智的士兵都不會說，陛下這樣年紀的人拒絕和年輕力壯的偉大戰士決鬥就是懦夫。」

米拉茲咆哮著說：「所以我不但是膽小鬼，還是一隻腳踏進棺材裡的老糊塗。我來告訴你們這事該怎麼辦，兩位大人。你們那些娘娘腔的忠告（一直迴避正題，正題也是一種策略啊），讓你們的意圖適得其反。我本想拒絕的，但是我決定應戰。聽到了嗎，應戰！我不會因為某種把你們兩個嚇得血液都結冰的巫術或叛逆而受這種羞辱。」

「我們懇求陛下……」格洛澤爾才開口，米拉茲已經衝出了帳篷。他們聽見他對愛德蒙大聲咆哮，說他會接受挑戰。

兩位領主互望一眼，輕聲笑了起來。

「我就知道，只要適度刺激他一下，他就會這麼做，」格洛澤爾說：「但是我不會忘記他喊我懦夫。他會為此付出代價的。」

當消息傳回阿斯蘭迷宮並且通知各種動物後，引發了極大的騷動。愛德蒙和米拉茲的一名隊長已選定決鬥的場地，並且在周圍插上木樁，拉上繩索圈起來。泰爾馬人派出三名裁判，分別站在其中兩個角落和一邊的中間，其他兩個角落和另一邊中間的裁判，由最高王指派。彼得正在向凱斯賓解釋為什麼他不能參與決鬥，因為所有人都是在為他登上王位的權利而戰，突然一個雄渾且帶著睡意的聲音說：「陛下，請聽我說。」彼得轉身一看，站在那裡的是三隻大胖熊中的老大。「恕我直言，陛下，」他說：「我是一隻熊，我是熊。」

「當然，你是熊，而且是一隻好熊，我一點也不懷疑。」彼得說。

「是的，」熊老大說：「擔任決鬥中的裁判，一直是熊族的權利。」

「別讓他當裁判，」特朗普金小聲對彼得說：「他是一隻好熊，但他會讓我們大家丟臉的。他會打瞌睡，還**會**吸吮爪子。在敵人面前也會這樣。」

「我沒辦法啊，」彼得說：「因為他說得很對。熊族有這種特權。我不明白，都過了這麼多年，許多其他的事都遭到遺忘了，他卻獨獨記得這項權利。」

「陛下，請你同意。」熊老大說。

「這是你的權利。」彼得說：「你會擔任其中一個裁判。但是你一定要記住，不要吸吮爪子。」

「當然不會。」熊老大的聲音非常震驚。

「噢，你現在就在吸吮爪子！」特朗普金吼道。

熊老大猛地從嘴裡抽出爪子，假裝沒聽見。

「陛下！」一個刺耳的聲音從附近地面上傳來。

彼得上下左右看了一圈之後說：「啊……銳脾氣！」通常人們聽到老鼠說話後都有這樣的反應。

「陛下，」銳脾氣說：「我會為你的命令赴湯蹈火，但我的榮譽是我自己的。陛下，我的子民中有陛下軍隊裡唯一的號手。我原以為陛下會派我們去下戰書。陛下，我的子民很傷心失望。如果陛下願意，派我擔任其中一名裁判，這會讓我的子民感到滿意。」

這時，他們頭頂上方突然傳來一聲雷鳴般的響聲，原來是巨人溫布利威德發出一陣笨笨的轟笑，善良的巨人笑起來都是這樣。他立刻克制住自己，等銳脾氣發現轟笑是從哪裡傳來時，他看上去已經嚴肅得像一棵大頭菜一樣了。

「我恐怕不會派你去，」彼得非常嚴肅地說：「有些人類很怕老鼠……」

「我已經注意到了，陛下，」銳脾氣說。

「這對米拉茲很不公平，」彼得接著說：「安排一個他一見就會讓他勇氣大打折扣的人物，是很不公平的。」

「陛下真是榮譽的典範，」老鼠說著，恭恭敬敬地鞠了一個躬，「在這件事情上，我們的看法是一致的……。我剛才好像聽見有人在笑。如果在座有人想把我當成嘲笑的對象，我很樂意在他有空的時候——用我的寶劍——伺候伺候他。」

這話說完，接下來是一陣可怕的沉默，隨後還是彼得打破沉默說：「我方的裁判將是巨人溫布利威德、熊老大和人馬峽谷風暴。決鬥將在下午兩點舉行。中午十二點準時開飯。」

等到大家都走了以後，愛德蒙說：「我得說，我想這麼安排很好。我是說，我想你能打敗他吧？」

「我和他打了以後就知道了。」彼得說。

14 大家都很忙

將近下午兩點時，特朗普金、獾及其他動物都已坐在樹林旁，遠遠望著距離大約兩箭之遙的米拉茲軍隊，他們看起來整齊閃亮。在兩軍之間，有一片平整的方形草地已經釘上木樁，當作決鬥場地。站在決鬥場另一頭兩個角落的是格洛澤爾和索皮斯賓，手上拿著出鞘的劍。站在這一頭兩個角落的是巨人溫布利威德和熊老大，儘管他們都警告過熊別吸吮爪子，他還是這麼做了，說實話，那看起來非常蠢。為了彌補這一點，站在決鬥場右側的峽谷風暴一動也不動，只偶爾在草皮上跺跺後蹄，看上去遠比站在左邊——也就是他對面——的泰爾馬男爵更威風凜凜。彼得剛和愛德蒙與博士握了手，這時正走向決鬥場。這就像在一場重要賽跑中號令槍響前的一刻，只是情況糟糕得多。

「我真希望阿斯蘭在事情發展到這一步以前就出現。」特朗普金說。

「我也是，」松露獵手說：「不過，看看你背後。」

矮人一轉過頭，立刻驚呼：「我的老天！它們是什麼？巨大的人……美麗的人……像男神、女神和巨人。成千上萬，緊跟在我們背後。它們是什麼？」

「是樹精靈、樹神和森林之神，」松露獵手說：「阿斯蘭把他們喚醒了。」

「哼！」矮人說：「如果敵人試圖耍任何詭計，這會非常有用。不過，如果米拉茲的劍術更好的話，這對最高王就沒有多大幫助了。」

獾什麼也沒說，因為這時彼得和米拉茲正從兩頭走入決鬥場。他們都穿著鎖子甲，戴著頭盔，拿著盾牌。他們朝對方走去，來到近距離時停下來，互相鞠了個躬，似乎說了些話，但聽不到他們說什麼。接著，雙方拔劍，兩把劍在陽光下閃閃發亮。雙劍交擊聲只傳出一、兩秒，隨即就被吶喊聲淹沒了，因為雙方軍隊開始像觀看足球比賽的觀眾一樣，大喊大叫，為己方助陣。

「幹得好，彼得，噢，漂亮！」愛德蒙大喊，他看到米拉茲踉蹌倒退了整整一步半。「快跟上！」彼得跟上去了，有幾秒鐘時間，彼得看起來似乎要打贏了的樣子，但接著米拉茲振作起來，開始真正好好利用自己身高和體重上的優勢。「米拉茲！米拉茲！國王！國王！」泰爾馬人傳來陣陣的吶喊。凱斯賓和愛德蒙因為焦慮而臉色發白。

「彼得挨了幾次可怕的重擊。」愛德蒙說。

「嘿！」凱斯賓說：「現在是什麼情況？」

「兩人分開了，」愛德蒙說：「都有點累了吧。看。啊，現在他們又開始了，這次比較講方法了。互相繞著圈子，試探對方的防禦。」

「我看，這個米拉茲恐怕對決鬥很在行。」博士喃喃地說，但他話音才落，古納尼亞人當中就響起一片震耳欲聾的掌聲和尖叫，連頭巾帽子都往上拋。

「什麼情況？什麼情況？」博士問：「我老眼昏花錯過了。」

「最高王一劍刺進他腋窩，」凱斯賓一邊說，一邊還在鼓掌：「劍尖刺中鎖子甲在腋下留空的地方。第一次見血了。」

「不過，現在看起來又糟了，」愛德蒙說：「彼得使用盾牌的方式不對。他的左臂一定受傷了。」

一點也不假。大家都看出來，彼得的盾牌無力地掛在左臂上。泰爾馬人吶喊得更大聲了。

「你見過的決鬥比我多，」凱斯賓說：「現在還有機會嗎？」

「機會渺茫，」愛德蒙說：「我想他可能**勉強**能夠應付。全看運氣了。」

「噢，我們為什麼要讓這場決鬥發生呢？」凱斯賓說。

突然，雙方的吶喊都停了下來。愛德蒙困惑了一下，然後說：「噢，我明白了。他們雙方同意休息一下再打。快來，博士。你和我或許能為最高王做些什麼。」他們跑到決鬥場邊，彼得跨過繩子出來與他們會合，一臉通紅，滿是汗水，胸口起伏不停。

「你的左臂受傷了嗎？」愛德蒙問。

「不算受傷。」彼得說：「我用盾牌頂住他整個肩膀壓下來的重量──重得就像一堆磚頭，盾牌的把手邊緣卡進了我的手腕。我想手腕沒斷，不過很可能扭傷了。如果你們能幫我把手腕緊緊捆上，我想我能應付。」

他們在綁縛他的手腕時，愛德蒙焦急地問：「彼得，你覺得他怎麼樣？」

「厲害，」彼得說：「非常厲害。如果我能讓他在這麼熱的大太陽下不停移動跳躍，讓他因為體重累得喘不上氣，我就有機會。說實話，我沒有多少取勝的機會。愛德，如果他擊敗我，請代我對家人說我愛他們。好了，他又進場了。再見，兄弟。再見，博士。我說，愛德，對特朗普金特別說點好話。他一直是條漢子。」

愛德蒙說不出話來。他和博士一起走回己方隊伍，感覺胃裡沉甸甸的，很難受。

不過新一輪的決鬥進行得很順利。彼得這時看來能自如地運用盾牌，並且確實善用了他的雙腳。他看起來簡直像在和米拉茲玩捉迷藏，始終保持距離，不停變換位置，讓敵人繞著他團團轉。

「懦夫！」泰爾馬人發出噓聲：「你為什麼不正面迎戰？你不喜歡決鬥嗎？你是來決鬥，不是來跳舞的吧。啊！」

「噢，我希望他別聽他們的。」凱斯賓說。

「他不會的，」愛德蒙說：「你不瞭解他……噢！」因為米拉茲終於一劍劈在彼得的頭盔上。彼得踉蹌側滑了一下，單膝跪倒在地。泰爾馬人的吼聲如轟隆的海濤，洶湧掀起。「幹得好，米拉茲，」他們喊道：「下手。快！快！殺了他。」事實上，毋需他們鼓動，那個篡位者已經撲向彼得，居高臨下一劍劈落，愛德蒙把咬緊的嘴唇咬出了血。眼看彼得的頭將被一劍斬落，謝天謝地！彼得頭一偏長劍砍在他的右肩上。矮人打造的甲冑非常堅固，沒有裂開。

「我的老天！」愛德蒙喊道。「他再次站起來了。彼得，加油，彼得。」

「我看不清楚怎麼一回事，」博士說：「他是怎麼做到的？」

「米拉茲一劍劈下時彼得順勢抓住了他的手臂。」特朗普金說，高興地手舞足蹈：「這男人真是個大丈夫！把敵人的手臂當梯子用。最高王！最高王！古納尼亞，奮起！」

「看，」松露獵手說：「米拉茲很生氣。這是好事。」

現在兩人真正奮力拚鬥了，你來我往，猛烈揮擊，雙方似乎都不太可能不送命。隨著戰況愈來愈激烈，叫喊聲幾乎消失了。觀眾全都屏住了呼吸，場上的決鬥可怕至極，也壯觀至極。

古納尼亞人發出巨大的歡呼。米拉茲臉朝下撲倒在地——不是被彼得擊倒，而是被草叢絆倒。彼得退後一步，等他站起來。

「噢，要命，要命，要命，」愛德蒙自言自語地說：「他還需要講求君子風度嗎？好吧，身為騎士**以及**最高王，我想他必須這麼做。我想阿斯蘭也會希望這樣。不過那畜生很快就會爬起來的，然後……」

可是「那個畜生」再也沒爬起來。格洛澤爾和索皮斯賓兩個領主已經準備好自己的計畫。他們一見國王撲倒，立刻跳進決鬥場中，大喊：「耍詐！耍詐！國王無助趴在地上時，這個納尼亞叛徒從背後刺了他一劍。開戰！開戰，泰爾馬人！」

彼得簡直不明白發生了什麼事。他只見兩個高壯的男人拔劍向他跑來，接著第三個泰爾馬人也躍過繩索從他左邊撲來。「開戰，納尼亞人！有詐！」彼得喊道。要是這三個人同時攻擊他，他就再也沒機會說話了，但是格洛澤爾停下來，刺死了躺在那裡的國王。「這是回敬你今天早上對我的侮辱。」他一劍刺到底時低聲說。彼得一轉身面對索皮斯賓，先一劍向下揮斬他雙腿，再順勢回劍砍了他的腦袋。愛德蒙這時已趕到他身邊，放聲高喊：「納尼亞，納尼亞！為雄獅而戰！」整支泰爾馬大軍都朝他們衝過來，但這時巨人踏著重重的步伐向前衝，彎下腰揮動他的大木棒。人馬也展開衝鋒。只聽後方傳來弓弦砰砰彈動的響聲，接著一陣陣的嗖嗖聲從頭頂上飛過，那是矮人發射的矢。特朗普金在他左邊奮戰。雙方全面開戰。

「回來，銳脾氣，你這個小傻瓜！」彼得喊道：「你只會送命的，這不是老鼠待的地方。」可是那些可笑的小東西在雙方人馬的腿腳之間上竄下跳，來回奔忙，用他們的劍戳來戳去。許多泰爾馬戰士在那天都感到自己的腳突然像被十幾根烤肉叉刺穿了一樣，痛得一邊咒罵，一邊單腳跳著應戰，並且經常摔倒。如果他摔倒了，老鼠會結束他的性命，如果他沒摔倒，那還有別人來解決他。

然而，就在古納尼亞人剛剛殺得興起時，他們發現敵人開始撤退。那些一臉凶狠的戰士個個臉色發白，驚恐地盯著的不是這群古納尼亞人，而是他們背後的東西。接著，他們拋下武器，尖叫著：「樹！樹！世界末日到了！」

頃刻之間，他們的哭喊聲和武器聲都聽不見了，全都被淹沒在醒來的樹木發出的海嘯般的怒吼。那些樹木穿過彼得的軍隊，繼續往前追擊泰爾馬人的大軍。你有沒有過這樣的經驗，在秋天的傍晚，站在一大片森林邊緣的高崗上，目睹一陣狂野的西南風橫掃過森林？想像一下那個聲音，再想像一下那片森林不是固定在一處，而是朝你衝過來，而且它們不再是樹，而是巨大的人。不過這些巨人看起來仍然很像樹，因為它們長長的手臂像樹枝一樣揮動，它們的頭一甩，樹葉便像陣雨一樣落在四周。泰爾馬人見到的情景就像這樣。就連納尼亞人都感到有點驚慌。幾分鐘後，米拉茲的大軍全跑到大河邊，希望穿過大橋前往貝魯納鎮，躲進堡壘與緊閉的大門後保衛自己。

他們逃到河邊，卻發現橋不見了。從昨天開始，橋就不見了。他們一下陷入極度的恐慌和恐懼之中，只能全部投降。

可是，那座橋出了什麼事呢？

那天一大早，露西和蘇珊在睡了幾個小時以後醒來，看見阿斯蘭站在身邊，聽見他說：「我們今天去度假玩玩。」她們揉了揉眼睛，環顧四周。樹都不見了，不過她們仍能看見一大團黑壓壓的東西在朝阿斯蘭迷宮的方向移動。酒神巴克斯和那群女祭司——他那群瘋狂又放浪的女郎——和森林之神西勒諾斯還跟她們倆在一起。經過好好休息之後的露西一躍而起。每個人都醒了，每個人都在笑，有人在吹笛子，有人在敲鈸。動物——不是能言獸——從四面八方湧向他們。

「怎麼了，阿斯蘭？」露西說，她的雙眼閃爍著雀躍，她的雙腳也想跳舞。

「來吧，孩子們，」他說：「今天再騎到我背上來。」

「噢，太好了！」露西喊道，兩個女孩爬上那溫暖的金色背脊，就像她們從前做過的那樣，誰也不知道那是多少年前的事了。眾人在阿斯蘭的率領下出發，巴克斯和他的女祭司們又跳又奔，一路翻筋斗，野獸圍著他們跳躍嬉戲，西勒諾斯騎著他的驢子殿後。

他們微微轉向右，競賽似的衝下一座陡峭的山丘，發現前方就是那座長長的貝魯納大橋。不過，他們還沒走上橋，水裡就冒出一顆濕淋淋、滿臉鬍鬚的大腦袋，比人類的腦袋大，頭上還頂著一蓬燈心草。他看著阿斯蘭，口中發出低沉的聲音。

「我主萬歲，」他說：「請解開我的鎖鏈吧。」

「天啊，**那是**誰？」蘇珊低聲說。

「我想是河神，別出聲。」露西說。

「巴克斯，」阿斯蘭說：「把他的鎖鏈解開吧。」

「我想，他指的是這座橋。」露西想。果然沒錯。巴克斯和他的人往前衝進淺水裡，一分鐘後，最奇怪的事發生了。粗大、結實的常春藤攀爬纏上所有橋墩，生長的速度迅疾如火。它們裹住所有石頭，拉扯，令一塊塊岩石碎裂、分崩離析。有那麼片刻，整座橋兩邊的橫欄變成了山楂樹籬。隨著轟隆一聲巨響，整座橋坍塌，落入滿是漩渦的河水，消失無蹤。那群狂歡者盡情潑水、尖叫、大笑，或涉水或游泳，或跳著舞橫渡淺灘（兩個女孩喊道：「萬歲！現在這裡又是貝魯納淺灘了！」），走上對岸，進入城鎮。

街上每個人都從他們面前逃走了。他們到達的第一棟房子是一所學校。那是一所女子學校，裡面有許多納尼亞的女孩正在上歷史課。她們的頭髮紮得緊緊的，脖子上圍著很醜的硬領子，腿上套著又厚又癢的長襪。在米拉茲統治下的納尼亞所講授的「歷史」，和你讀過最真實的歷史和最刺激的冒險故事相較之下，更虛假，也更乏味。

「格溫多琳，如果你不好好聽課，」女老師說：「一直這樣不停向窗外張望的話，我就要扣你分數。」

「可是，拜託你，普里茲爾老師……」格溫多琳開口說。

「格溫多琳，你聽到我說的話了嗎？」普里茲爾老師問。

「但是，普里茲爾老師，」格溫多琳說：「外面有一隻**大獅子**啊！」

「胡說八道，扣兩分。」普里茲爾老師說：「現在……」一聲咆哮打斷了她的話。只見常春藤從教室的窗戶爬進來。牆壁變成一片閃閃發亮的綠色，上方的天花板也變成排列成拱形的茂密枝葉。普里茲爾老師發現自己站在森林中的草地上。她趕緊抓著講桌穩住自己，卻發現講桌成了玫瑰花叢。一群她連作夢都沒想過的野人圍在她四周。然後，她看到了那隻獅子，登時放聲尖叫，逃走了。和她一起逃的還有班上的學生，她們大多是矮胖、呆板、長著一雙胖腿的小女孩。格溫多琳猶豫著，沒有逃。

「小甜心，你願意和我們待在一起嗎？」阿斯蘭說。

「噢，**可以**嗎?謝謝你，謝謝你。」格溫多琳說。她立刻牽著兩位女祭司的手，她們拉著她，歡快地繞著圈跳著舞，並幫她脫去一些既沒必要又不舒服的衣飾。

在貝魯納小鎮，他們無論走到哪裡，情況都一樣。大多數人逃走了，只有少數人加入他們。等他們離開這座城鎮時，他們已經是一個更龐大也更快樂的群體了。

他們橫掃了河的北岸（也就是左岸）的平原。每個農場裡的動物都跑出來加入他們的行列。從來不知歡樂是何物的悲傷老驢子，突然變年輕了；拴著的狗掙脫了鎖鏈；馬匹把牠們拉的大車踢成碎片，小跑過來跟著他們，蹉蹉蹉地踢著泥土，發出嘶鳴。

在一座院子裡的水井旁，他們遇到一個男人正在毆打一個小男孩。男人手中的木棍突然開了花。他想扔掉它，它卻黏在他手上。他的手臂變成了樹枝，身體變成了樹幹，他的雙腳生了根。剛才還在哭泣的小男孩破涕為笑，加入了他們的行列。

在通往海狸水壩的途中，有個小鎮坐落在兩條河流的交會處，他們在這裡遇到另一所學校。學校裡有個面容疲憊的女孩正在為一些小男孩上數學課，那些男孩長得都很像豬。她望向窗外，看見那群非凡的狂歡者正在街上唱歌，內心竄過一陣喜悅。阿斯蘭就在窗前停下來抬頭看著她。

「噢，不要，不要，」她說：「我很樂意參與，但是我不能。我必須堅守我的崗位。而且如果孩子們看到你，他們會害怕的。」

「害怕？」最像豬的男孩說：「她在和窗外的誰說話？我們去報告督察員，說她該幫我們上課的時候卻在和窗外的人聊天。」

「我們去看看是誰。」另一個男孩說，於是他們都擠到窗邊。不料，正當他們那些刻薄的小臉往外望時，巴克斯大喊了一聲「**呦安，呦喔咿—喔咿—喔咿**」，孩子們嚇得大聲號叫，互相推擠踐踏，奪門而逃，也有跳窗逃跑的。後來據說（不管是真是假）再也沒有人見過那群特別的小男孩了，但這個地區的鄉村裡卻多了許多從前不曾有人見過的好小豬。

「來吧，親愛的人兒。」阿斯蘭對那位女老師說，她跳下窗戶加入了他們。

他們在海狸水壩再次渡河，然後沿著大河南岸往東走。他們來到一座小木屋前，有個孩子站在門口哭。「親愛的，你為什麼哭？」阿斯蘭問。那孩子從未見過獅子，所以一點也不害怕。「阿姨病得很重，」她說：「快要死了。」於是阿斯蘭走到小屋門口，但是那門對他來說太小了，因此他把頭伸進門裡，再用雙肩一拱（露西和蘇珊在他這麼做時跌了下來），把屋子整個掀了起來，木屋往後傾倒，四分五裂。屋裡——現在是露天的了——有一張床，上面躺著一個小老太太，看起來像具有矮人血統。她已經奄奄一息了，但是當她睜開眼睛，看見獅子那油光水滑、毛茸茸的大腦袋正盯著她的臉時，她並沒有尖叫，也沒有昏過去。她說：「噢，阿斯蘭！我就知道是真的。我這輩子都在等這一刻。你是來帶我走的嗎？」

「是的，最親愛的人啊，」阿斯蘭說：「但還不是那個漫長的旅程。」當他說話的時候，她蒼白的臉漸漸紅潤起來，就像日出時分沿著雲層底部漸漸泛起紅暈一樣，她的眼睛也明亮起來。她坐起來說：「啊，我得說，我**真的**感覺好多了。我想今天早上我可以吃點早餐。」

「早餐在這裡，老媽媽，」巴克斯說著，將一個水罐放到小屋的水井裡打了水，遞給她。可是現在水罐裡裝的不是水了，而是最營養的葡萄酒，紅得像紅醋栗果凍，柔滑得像油，濃稠得像牛肉，溫暖得像茶，清涼得像露水。

「啊，你對我們的井動了手腳啦，」老太太說：「這是個很好的改變，確實好。」說完她一躍下了床。

「騎到我背上，」阿斯蘭說，然後對蘇珊和露西說：「你們兩位女王現在必須跟著跑了。」

「我們也喜歡跑步的。」蘇珊說。然後他們繼續上路。

就這樣，他們一路跳著，舞著，唱著，在音樂、歡笑、咆哮、吠叫和嘶鳴中，終於來到米拉茲的軍隊丟盔棄甲、舉手投降的地方。彼得的軍隊仍緊握著武器，氣喘吁吁地圍在敵人四周，臉上帶著嚴肅又喜悅的神情。這時發生的第一件事，是老太太滑下阿斯蘭的背，奔向凱斯賓，他們緊緊擁抱對方。因為，她就是他的老保母啊。

15 阿斯蘭豎立一道天門

一看到阿斯蘭，泰爾馬士兵個個嚇得面如死灰，雙膝打顫，許多人直接趴倒在地。他們從來不相信獅子的傳說，因此他們一見之下更加害怕。就連知道阿斯蘭是以朋友身分出現的紅矮人，也個個張口結舌站著。一些曾是尼卡布瑞克夥伴的黑矮人開始悄悄往外溜，但是能言獸全都蜂擁而至，圍著獅子轉，發出快活的呼嚕聲、咕嚕聲、吱吱聲和嘶鳴聲，向他搖尾示好，磨蹭他，用鼻子恭敬又虔誠地觸碰他，在他身下和四條腿之間穿梭。如果你見過小貓喜歡牠認識且信賴的大狗，你對這時的情形就會有一幅很清晰的畫面了。接著，彼得領著凱斯賓擠過成群的動物，來到阿斯蘭面前。

「這是凱斯賓，先生。」他說。凱斯賓跪下來親吻獅子的爪子。

「歡迎你，王子，」阿斯蘭說：「你覺得自己能勝夠任納尼亞的王位嗎？」

「我……我想我不行，先生，」凱斯賓說：「我只是個孩子。」

「很好，」阿斯蘭說。「如果你覺得自己能勝任，那就證明你還不足以勝任。因此，在我們和最高王之下，你將繼任納尼亞的國王，凱爾帕拉維爾的領主，以及孤獨群島的皇帝。只要你這一族繼續存在，你和你的子孫就繼續做王。你的加冕典禮……咦，我們先看看這是怎麼回事？」這時有個奇異的小隊伍正在走近——那是十一隻老鼠，其中六隻抬著一副用樹枝做的擔架，那副擔架還沒有一本大開本的地圖集大。從來沒有人見過比他們更愁苦的老鼠了。他們身上沾滿泥巴，有些還沾著血，全都耷拉著耳朵和鬍鬚，尾巴拖在草地上，領頭的老鼠用長笛吹著一首憂傷的曲子。擔架上躺著一團比濕漉漉的毛稍好的東西，那是受了重傷的銳脾氣。他還在呼吸，但已出氣多入氣少。他渾身是傷，一隻爪子碎了，本來是尾巴的地方，只剩纏著繃帶的一小截。

「露西，現在看你的了。」阿斯蘭說。

露西立刻掏出她的鑽石瓶子。雖然銳脾氣的每個傷口只需要一滴甘露，但是因為傷口太多，以至於在她還沒忙完之前，所有人一語不發，焦急地等了很久。一療完傷，這位老鼠領袖立刻從擔架上跳下來，一手按著劍柄，另一手撚著鬍鬚，彎腰鞠躬。

「阿斯蘭萬歲！」他尖聲說：「我很榮幸……」他突然住了口。

原來，他仍然沒有尾巴——要麼是露西忘了，要麼是她的甘露只能癒合傷口，不能使失去的部位再生。銳脾氣在鞠躬時察覺自己缺了尾巴，也許這讓他的平衡發生變化。

他扭頭從右肩往後看，沒看見自己的尾巴，他把脖子再拉長往後瞧，直到肩膀和整個身子都不得不跟著轉，但是這麼一來，他的後腿也跟著轉了，所以又看不到了。接著他再扭頭往後看，結果還是一樣。他就這麼整整轉了三圈以後，才明白這個可怕的事實。

「我好狼狽，」銳脾氣對阿斯蘭說：「我完全失態了。我必須請求你寬恕我這麼不得體的模樣。」

「小東西，你現在這樣很好。」阿斯蘭說。

「儘管如此，」雷奇皮普回答說：「如果能有什麼辦法……也許女王陛下有辦法？」說到這裡，他向露西鞠個躬。

「但是，你要尾巴做什麼呢？」阿斯蘭問。

「陛下，」老鼠說：「沒有尾巴，我還是可以吃可以睡，可以為我的國王犧牲性命，但是尾巴是老鼠的榮譽和榮耀。」

「朋友，我有時會想，」阿斯蘭說：「你會不會過於看重自己的榮譽了。」

「至高的萬王之王啊，」銳脾氣說：「請容我提醒你，上天只賦予我們老鼠一族很小的軀體，如果我們不護衛自己的尊嚴，有些人（他們是以高矮來評斷人的）就會消遣我們，拿我們開一些非常不妥當的玩笑。因此，我費了很大的勁才讓大家知道，凡是不願意讓我這把劍接近他心臟的人，就別在我面前談論陷阱、誘餌或燈油什麼的。都不准提，陛下——就算是納尼亞最高大的傻瓜也不行！」說到這裡，他仰頭怒瞪了溫布利威德一眼，但那位總是比別人慢半拍的巨人，還沒發現在他腳下談論的是什麼事，所以錯過了談話的重點。

「為什麼你的手下都**拔劍在手**，我可以問問嗎？」阿斯蘭說。

「啟稟陛下，」另一隻名叫皮皮奇克的老鼠說：「如果我們的首領沒有尾巴，我們都準備斬斷自己的尾巴。我們大王遭到剝奪的榮譽，我們即使擁有也深以為恥。」

「啊！」阿斯蘭大吼一聲，說：「你們贏了我。你們擁有偉大的胸懷。銳脾氣，這不是為了你的尊嚴，而是為了你與你子民之間的愛，更為了許久以前，你的同胞咬斷那些把我綁在石桌上的繩索所展現的仁慈（儘管你早就忘記了，但就因為這事，你們才開始成為**能言鼠**），你將再次長出尾巴。」

阿斯蘭話還沒說完，銳脾氣的新尾巴已經長好了。隨後，在阿斯蘭的指揮下，彼得封凱斯賓為雄獅騎士，凱斯賓受封之後，立刻親自授予松露獵手、特朗普金和銳脾氣騎士的稱號，又任命柯尼留斯博士為大法官，確認了大胖熊世襲決鬥場執法官的職位。這些任命獲得眾人經久不息的掌聲。

之後，泰爾馬的士兵在嚴密監視下被送過貝魯納渡口，囚禁在貝魯納鎮。他們並未遭到奚落辱罵或毆打，反而有牛肉可吃，有啤酒可喝。他們在涉水渡河時大驚小怪了一番，因為他們厭惡甚至害怕流動的水，就像他們厭惡與害怕森林及動物。不過，那些麻煩的事最後終於都完成之後，這漫長一天當中最美好的部分終於開始了。

露西舒服無比地靠著阿斯蘭坐著，心裡很納悶那些樹在幹什麼。起初她以為他們只是在跳舞。他們圍成兩個圓圈，緩慢移動著，一個圓圈是從左往右轉，另一個是從右往左轉。接著她注意到，他們不停把什麼東西扔到兩個圓圈的中央。有時她以為他們是在剪掉一縷縷長髮，有時看起來像在折斷自己的手指——不過，如果真是這樣，他們一定有很多的手指，而且這麼做也沒有傷害他們。然而，不管他們扔進去的是什麼，那些東西一落到地上，就變成了樹枝或乾柴。接著，有三、四個紅矮人拿著火絨箱走上前去，點燃那堆柴。一開始只聽見一陣劈啪聲，接著爆出火焰，最後熊熊大火燃起，就像仲夏夜裡在林地間生起篝火一樣。所有人圍著篝火，席地坐成一個大圈圈。

接著，巴克斯、西勒諾斯和女祭司們開始了一場比樹木之舞更加狂野的舞蹈；那不僅僅是一場歡樂和美的舞蹈（雖然也具備這兩者），更充滿魔法。他們手指觸及和腳步落下的地方，登時出現豐盛的美食——成堆的烤肉令小樹林中香氣瀰漫，另外還有小麥餅和燕麥餅，蜂蜜和五顏六色的糖果，濃稠如粥又柔滑如止水的奶油，水蜜桃、油桃、石榴、梨、葡萄、草莓、覆盆子等各種水果堆疊成塔，傾洩如瀑布。此外，在盤繞著常春藤的巨大的木杯、木碗和木缽中，全都盛著美酒，有些是深紫色，濃稠如桑椹汁糖漿，有些是清澈透亮的紅，宛如融化的紅果凍，另外還有黃葡萄酒和綠葡萄酒，黃中帶綠，綠中帶黃。

不過，招待樹人的是不同的食物。露西看見克羅德斯利．快鐽和他的鼴鼠同伴在不同的地方挖起草皮（由巴克斯指定挖掘的地方），並且意識到樹木要吃泥土時，她相當震驚。可是等到她看見端上來給他們的泥土時，她有了完全不同的感覺。他們一開始吃的是一種深棕色的沃土，看上去幾乎和巧克力一模一樣；因為太像巧克力了，愛德蒙也吃了一小塊，但他一點也不喜歡。肥沃的土壤解除了樹木的飢餓感後，他們開始吃起你在英國薩默塞特地區看到的那種土，差不多是粉紅色的。他們說這種土比較清淡，也比較甜。到了一般人吃乳酪的時候，他們吃一種白堊土，然後吃精緻的甜點，那是最細緻的礫石粉末混合了精選的白沙。他們很少喝酒，酒會使冬青變得非常多話；他們大部分時間靠著大喝雨露混合的水來解渴，這種水含有森林的花香，以及最薄的雲朵的氣味。

就這樣，阿斯蘭宴請納尼亞的居民，直到日落西山，夜幕降臨，星星都出來了，盛宴仍在持續。這時，那圈篝火燒得更旺，但是爆裂聲少多了，篝火在黑暗的樹林中明亮如烽火，嚇壞了從遠處望見的泰爾馬人，不知道那究竟是什麼意思。這場盛宴最棒的是沒有中斷，也沒有人離開，不過，隨著說話聲音愈來愈小、愈來愈慢，所有人一個接一個開始點頭瞌睡，最後腳朝著火堆一一躺下，在兩旁好友的陪伴下沉沉入睡。最後，整個圈子都安靜了，貝魯納渡口的水流經石頭的潺潺聲再次清晰可聞。一整夜，只有阿斯蘭和月亮用眨也不眨的眼睛凝望著彼此，眼中充滿了喜悅。

第二天，信差（主要是松鼠和鳥）被派往全國各地，向散居各地的泰爾馬人——當然也包括關在貝魯納的俘虜——發布聲明，告訴他們，如今凱斯賓已即位為王，從此，納尼亞不但屬於人，也屬於能言獸、矮人、樹精靈、人羊和其他生物。任何願意接受新條件的人都可以留下來，但不喜歡這個想法的人，阿斯蘭會提供他們另一個家。任何想去新家園的人，必須在第五天中午以前來到貝魯納渡口面見阿斯蘭和國王。你可以想像，這在泰爾馬人當中引起多少的疑惑。他們有些人——主要是年輕人——像凱斯賓一樣聽了古代的故事，都很高興這樣的日子又回來了。他們已經和各種動物交了朋友，這些人全都決定留在納尼亞。可是大多數年長的男人，特別是在米拉茲統治下有重要地位的人都很生氣，不想生活在一個他們無法當家作主的國度。「和一大群歡天喜地的表演動物生活在這裡！還要不害怕，」他們說：「還有許多鬼魂呢。」還有一些人戰戰兢兢地加上一句：「那些樹精靈就是真正的鬼啊。這太不謹慎了。」他們也充滿疑慮，說：「我不信任他們，不相信那隻可怕的獅子和所有這一切。他的爪子遲早會抓向我們，**等著瞧吧**。」然而，他們同樣也懷疑阿斯蘭會給他們一個新的家園。他們喃喃地說：「很可能是把我們帶到他的巢穴，再一個接一個吃掉。」他們彼此談得愈多，就愈悶悶不樂，也愈懷疑。不過，到了指定的日子，還是有半數以上的人出現。

在林間空地的另一頭，阿斯蘭已經吩咐人豎起兩根木樁，木樁比成人還高，相距大約三英尺，並且在兩根木樁上方橫綁一根較輕的木頭，這樣看起來就像在空地上搭起了一道門，只是不知從哪裡通向哪裡。阿斯蘭站在這道門前，彼得站在他右邊，凱斯賓站在他左邊。群集在他們周圍的有蘇珊、露西、特朗普金、松露獵手、柯尼留斯大人、峽谷風暴、銳脾氣和一眾人等。四個孩子和矮人充分利用了米拉茲城堡（現在是凱斯賓城堡）中皇家衣櫥裡的衣物，穿上金色的絲綢，開叉的袖子露出裡面雪白的亞麻衫，又穿銀亮的鎖子甲，腰間寶劍的劍鞘上都鑲了寶石，頭戴鍍金的頭盔和插著羽毛的軟帽，他們耀眼得幾乎令人無法直視。就連那些野獸的脖子上也戴著貴重華麗的鏈子。然而，沒有人把目光放在動物或四個孩子身上。因為阿斯蘭那充滿生命力、可讓人撫摸、金燦燦的鬃毛，令他們全都黯然失色。其餘的古納尼亞居民站在空地兩邊。空地另一頭站著泰爾馬人。陽光燦爛，各種旗幟在微風中飄揚。

「泰爾馬人，」阿斯蘭說：「你們這群尋求新居住地的人，請聽我說。我會把你們都送到你們自己的國家去，我知道那個地方，你們不知道。」

「我們不記得泰爾馬了。我們不知道它在哪裡。我們不知道它是什麼樣子。」泰爾馬人抱怨道。

「你們是從泰爾馬來到納尼亞的，」阿斯蘭說：「但是，你們是從另一個地方去到泰爾馬的。你們根本不屬於這個世界。你們是在好幾代人以前從最高王彼得所屬的那個世界來到此地的。」

聽到這話，有一半的泰爾馬人開始嗚咽起來：「看吧，早告訴過你了。他要把我們都殺了，直接把我們趕出這個世界。」另一半人開始抬頭挺胸，拍著彼此的背低聲說：「看吧，就猜到我們不屬於這裡，不跟所有這些怪異的、骯髒的、反常的生物同一個國。我們具有皇室血統，你等著瞧吧。」就連凱斯賓、柯尼留斯和四個孩子都轉頭望著阿斯蘭，一臉驚愕。

阿斯蘭用幾近咆哮的聲音沉聲喝道：「安靜。」大地似乎微微震動了一下，林間空地上的每個生物都靜立如石，動也不動。

「你，凱斯賓國王，」阿斯蘭說：「你可能已經知道，除非你像古代的國王一樣，是亞當之子，來自亞當子孫的世界，否則就不能做納尼亞真正的國王。你正是亞當的後裔。許多年前，在那個世界上一個叫做南海的浩瀚大海上，一艘海盜船被暴風吹到一個島上。那些海盜在島上仍然為非作歹：殺了當地人，娶當地婦女為妻，釀棕櫚酒，喝醉了就躺在棕櫚樹蔭下，醒來就彼此爭論不休，有時還互相殘殺。在其中一次鬥爭中，有六個人遭到其他人追殺，他們帶著自己的女人逃到島中央的一座高山，如他們所想的，他們躲進一個山洞。在那個世界裡，有幾個具有魔法的地方，沒想到那山洞就是其中之一。那個世界與這裡之間有個通道。在古時候，不同世界之間存在許多相通的裂縫，但是它們變得愈來愈少了。這個山洞是剩餘通道當中的一個，我沒說那是**最後一個**。於是，他們在山洞中跌跌撞撞，有時上升，有時跌落，有時直墜到底。最後他們發現自己來到這個世界，來到一個無人居住、叫做泰爾馬的地方。至於泰爾馬為什麼無人居住，那是一個很長的故事，現在暫且不說。這些人和他們的子孫居住在泰爾馬，逐漸成為一支凶猛又驕傲的民族。經過許多世代之後，由於泰爾馬發生饑荒，他們入侵了納尼亞，那時納尼亞正處於某種混亂狀態（那也是一個很長的故事），於是他們征服了納尼亞，統治了它。凱斯賓國王，你把這一切都好好記下來了嗎？」

「是的，我都記下了，陛下。」凱斯賓說：「我真希望自己有個更光榮的血統。」

「你源自亞當大人和夏娃夫人，」阿斯蘭說：「論光榮，這血統足以使最窮的乞丐昂頭挺胸，論羞恥，也足以讓地上最偉大的皇帝伏首愧歎。要知足。」

凱斯賓鞠躬聽從。

「好了，」阿斯蘭說：「你們這些來自泰爾馬的男男女女，你們願意返回你們先祖來此之前所在的人類世界的那座小島嗎？那個地方很不錯。起初發現島嶼的海盜後裔都已經滅絕，現在島上沒有居民。那裡有很好的水井，水質清涼，土壤也很肥沃，還有可搭建房屋的木材，瀉湖裡也有魚。那個世界的人至今尚未發現那座島嶼。現在我為你們打開了回歸之門，但是我必須提醒你們，一旦你們穿過這道門，它就永遠關閉了。以後兩個世界也無法再藉由這道門往來。」

一陣沉默之後，泰爾馬士兵當中有一個身材魁梧、相貌端正的人排開他人，走上前來說：

「好，我接受這項安排。」

「你選擇得好，」阿斯蘭說：「因為你最先開口，你將具有強大的魔法。你在那個世界將有美好的未來。上前來吧。」

那人走上前，臉色顯得有點蒼白。阿斯蘭和他的臣民退到一旁，讓他可以自由邁向木樁搭起的那道空蕩蕩的門。

「走過去吧，孩子。」阿斯蘭說著，低頭用自己的鼻子輕觸那個人的鼻子。獅子呼出的氣息一籠罩他，他的眼裡立刻出現一種嶄新的神情——震驚，但不是不高興——彷彿想要努力記起什麼事似的。接著，他挺起肩膀，走進了那道門。

所有人的眼睛都緊緊盯著他。他們看到那三根木頭，看到木頭後方納尼亞的樹木、草地和天空。他們看著那人走到門柱中間，下一秒，他完全消失了。

從林間空地的另一頭傳來了其餘泰爾馬人的哀號。「啊！他怎麼了？你是要謀殺我們嗎？我們不會走那條路的。」然後，一個聰明的泰爾馬人說：

「透過那幾根棍子，我們沒看到任何其他世界。如果你想讓我們相信有另一個世界，**你們**當中為什麼不去一個人呢？所有你自己的朋友都離那些棍子遠遠的。」

銳脾氣立刻站了起來，鞠了一躬，說：「阿斯蘭，如果**我的**示範能起作用，只要你一聲令下，我馬上帶著十一個兄弟穿過那道門。」

「不，小朋友，」阿斯蘭說著，將他天鵝絨般的爪子輕輕放在銳脾氣頭上：「在那個世界裡，他們會對你做可怕的事。他們會把你帶到市集裡去展示。這件事必須由其他的人來領頭。」

「來吧，」彼得突然對愛德蒙和露西說：「我們的時間到了。」

「你這話是什麼意思？」愛德蒙說。

「往這邊走，」蘇珊說，她似乎完全明白：「回樹林裡去。我們必須換衣服。」

「換什麼衣服？」露西問。

「當然是我們的衣服啊，」蘇珊說：「要是穿**這身**衣服，我們站在英國火車站的月臺上，一定會像一群傻瓜。」

「可是我們其他的東西都在凱斯賓的城堡裡。」愛德蒙說。

「不，不在那裡，」彼得說著，繼續領他們往樹林深處走：「東西都在這裡。今天早上都已經請人打包帶過來了。一切都安排好了。」

「今天早上，阿斯蘭跟你和蘇珊談的就是這件事？」露西問。

「是的……還有其他的事。」彼得說，臉上的神情非常嚴肅：「我不能把全部的事都告訴你們。他對我和蘇珊說了許多，因為我們不會再回到納尼亞來了。」

「永遠不再回來嗎？」愛德蒙和露西沮喪地喊道。

「噢，你們兩個可以。」彼得回答：「至少，從他說的話來看，我很確定他的意思是你們倆哪天還會回來的，可是不包括蘇珊和我。他說我們年紀已經太大了。」

「噢，彼得，」露西說：「真是不幸啊。你能受得了嗎？」

「嗯，我想可以的，」彼得說：「這和我想的完全不一樣。等輪到你最後一次來納尼亞的時候，你會明白的。唉，快點，這些是我們的東西。」

要他們脫下皇家服飾，穿著校服（現在已經有些舊了）回到大庭廣眾之中，他們都感覺很怪異，也不太好受。有一、兩個惡毒的泰爾馬人譏笑他們，但是其他動物全都起立歡呼，向最高王彼得、魔法號角女王蘇珊、愛德蒙國王和露西女王致敬。他們依依不捨地和所有的老朋友揮淚道別（露西哭得尤其厲害）——動物的親吻，大胖熊的擁抱，特朗普金緊緊的握手，還有最後松露獵手那癢癢地、毛扎扎的擁抱。當然，凱斯賓把號角還給蘇珊，但蘇珊要他留著。接著，是既奇妙又可怕的，與阿斯蘭本人的告別。隨後，彼得站在最前面位置，蘇珊將雙手搭在他肩上，愛德蒙又將雙手搭在蘇珊肩上，露西將雙手搭在愛德蒙肩上，然後第一個泰爾馬人將雙手搭在露西肩上，就這樣，他們排成一條長龍，朝那道門走去。之後是一個難以形容的時刻，因為四個孩子幾乎同時看見了三個不同的景象。首先是一個山洞的洞口，洞口外是太平洋上一座碧綠與蔚藍的島嶼，所有泰爾馬人一踏進那道門，就發現自己到了島上。第二是納尼亞的一片林間空地、矮人和野獸們的臉、阿斯蘭深邃的眼睛、獾面頰上的白色斑紋。第三個景象（迅速吞沒了前兩個）是一個鄉間火車站那灰撲撲、鋪著碎石的月臺，月臺上有一張長椅，周圍放著行李，他們全都好端端坐在長椅上，好像從來沒離開過似的。在經歷過那一切之後，有那麼一個片刻，這裡顯得有些乏味和沉悶，但是嗅著熟悉的鐵路的氣味，看著英國的天空，想著眼前的夏季學期，這一切竟然也以自己的方式顯得出奇的美好。

「很好！」彼得說：「我們**確實**玩得很開心。」

「要命！」愛德蒙說：「我把新手電筒掉在納尼亞了。」

黎明踏浪號的遠航

The Voyage of the Dawn Treader

獻給
傑弗瑞·巴菲爾德

目次

01 臥室裡的畫

有個男孩名叫尤斯塔斯．克拉倫斯．史瓜，他差不多算是名符其實[1]。他父母喊他尤斯塔斯．克拉倫斯，老師們叫他史瓜。我無法告訴你他的朋友怎麼喊他，因為他一個朋友也沒有。他也從來不喊他父母「爸爸」和「媽媽」，而是喊他們哈樂德和艾貝塔。他們是那種思想非常開明先進的人。他們是素食者，不吸菸也不喝酒，而且穿一種特殊的內衣。他們家的家具很少，床上的寢具用品也很少，窗戶總是開著。

尤斯塔斯．克拉倫斯喜歡動物，尤其是甲蟲，不過都是死的、釘在卡片上的甲蟲。他喜歡看的書是知識類的，而且裡面有穀倉升降機的圖，或胖胖的外國兒童在模範學校做運動的圖。

尤斯塔斯．克拉倫斯不喜歡佩文西家的表兄妹，也就是彼得、蘇珊、愛德蒙和露西。不過，他聽說愛德蒙和露西要來家裡住時，還是滿高興的。因為他本性就是個喜歡發號施令和欺負弱小的人；還有，儘管他身材矮小，打起架來連露西都打不過，更不用說愛德蒙，可是他仍然知道，如果是在自己家，就有幾十種方法可以整他們，因為他們只是客人。

愛德蒙和露西根本不想到哈樂德叔叔和艾貝塔姨媽家住，但實在別無他法。那個夏天，父親要去美國講學十六週，母親要陪著去，她有十年沒真正好好度假了。彼得為了考試正在刻苦學習，暑假期間他會到柯克老教授家接受指導。四個孩子曾在戰爭那幾年住在老教授家，經歷了奇妙的冒險。如果他還住在那棟房子裡，他會讓他們四個孩子都來住，但是他後來不知為何變窮了，此時住在一棟只有一間客房的小木屋裡。如果父母要把其他三個孩子都帶去美國，會花太多錢，所以只有蘇珊跟著去。

大人都認為蘇珊是家裡長得最漂亮的，不過她的學習成績不好（雖然在其他方面她懂得的超出了她的年齡），母親說「她去美國一趟會比兩個小的學得更多」。愛德蒙和露西儘量不嫉妒蘇珊的好運，但必須去姨媽家過暑假，真是太可怕。「可是我更慘啊，」愛德蒙說：「因為你至少還有屬於自己的房間，我卻不得不和那個著名的討厭鬼尤斯塔斯同住一間。」

1 英文裡 scrubs 是矮樹叢，scrubby 是個子矮小；故事裡尤斯塔斯個子很小，他姓 Scrubb，所以說他「差不多算是名符其實」。

這故事是從某個下午開始的。愛德蒙和露西偷得寶貴的幾分鐘能單獨相處，當然，這種時候他們就會談論納尼亞，納尼亞是他們私有的祕密國度。我想，我們大多數人都有這麼一個祕密國度，只不過我們大多數人的這個祕密國度只存在於想像中。從這一點來說，愛德蒙和露西比別人幸運。他們的祕密國度是真實存在的。他們已經去過兩次了，不是在遊戲或夢中，而是在現實中。當然，他們是藉由魔法去的，那是去納尼亞的唯一途徑。他們在納尼亞時曾獲得承諾，或者說幾乎算是承諾，就是有一天他們能再回去。因此你可以想像，他們只要一有機會就會不停談論它。

他們在露西的房間裡，坐在床邊，看著對面牆上的一幅畫。這是這棟屋子裡他們唯一喜歡的畫。艾貝塔姨媽一點也不喜歡這幅畫（所以把它掛在樓上最後面的這個小房間裡），但是她又不能把這畫扔掉，因為那是某個她不想得罪的人送的結婚禮物。

畫上是一艘船——一艘直直朝你駛來的船。船頭鍍金，形狀像張開大嘴的龍。這船隻有一根桅杆，上面掛著一張豔紫色的方形大帆。鍍金的龍的翅膀後方——也就是兩側的船舷——是綠色的。這船正衝上一波碧浪的頂端，那帶著波紋和泡沫的浪頭正向你斜沖而來。船顯然正順風疾行，左舷稍有一點傾斜，（順便補充一句，如果你真想明白這個故事，但還不知道什麼是左舷右舷，那你最好先記住：面向船頭往前看時，船的左邊叫左舷，右邊叫右舷。）燦爛的陽光全都從那邊照下來，所以那邊的海水呈綠色和紫色。

另一邊的海水因為在船身的陰影下，所以是深藍色的。

「問題是，」愛德蒙說：「**看著**一艘納尼亞的船，但卻去不了那裡，難道不是讓人更受不了。」

「有得看總比什麼都沒有好，」露西說：「何況她是一艘地地道道的納尼亞船。」

「還在玩你們的老把戲嗎？」尤斯塔斯．克拉倫斯說。他一直在門外偷聽，這時笑嘻嘻地走進房間。去年，他和佩文西一家住在一起時，就設法偷聽到他們都在談論納尼亞，然後喜歡拿納尼亞來嘲笑他們。他當然認為那一切都是他們捏造的；因為他太笨，什麼也編不出來，所以他很反對編故事。

「這裡不歡迎你。」愛德蒙直截了當地說。

「我正在努力做一首打油詩。」尤斯塔斯說：「大概是這樣的：

「一些愛玩納尼亞遊戲的小孩
會變得愈來愈瘋癲，愈來愈瘋癲——」

「嗯，首先，**小孩**和**瘋癲**不押韻。」露西說。

「我押的是半諧韻。」尤斯塔斯說。

「別和他囉唆什麼押韻不押韻，」愛德蒙說：「他就是渴望有人搭話。什麼也別跟他說，說不定他就走開了。」

大多數男孩碰上別人這樣對待他，要麼一走了之，要麼暴跳如雷。尤斯塔斯卻不然。他只是咧嘴一笑，在一旁晃來晃去，不久又開口說話了。

「你喜歡那幅畫嗎？」他問。

「看在老天的分上，千萬別讓他開始談論藝術之類的東西。」愛德蒙急忙說，但是誠實的露西已經開口說：「對，我喜歡。我非常喜歡這幅畫。」

「這是一幅糟糕的畫。」尤斯塔斯說。

「你只要走出房間，就不用看到它了。」愛德蒙說。

「你為什麼喜歡它？」尤斯塔斯對露西說。

「嗯，首先，」露西說：「我喜歡是因為這艘船看起來好像真的在動。海水看起來好像真的是濕的。還有海浪看起來也像真的在上下起伏。」

尤斯塔斯當然知道各種答案，但他什麼也沒說。原因是，他那時望了望畫中的海浪，發現它們看上去確實像在上下起伏的樣子。他只搭過一次船（後來也只到了維特島[2]），卻暈得很厲害。畫中波浪的模樣再次讓他頭暈。他臉色發青，試著又看了一眼。接著，三個孩子都目瞪口呆看著畫。

他們看見的情景，不要說你讀著白紙黑字時難以相信，就算你當場親眼看見，也會同樣難以相信。畫裡的東西全都在動。它也完全不像電影；那顏色太真實、太澄淨，就是露天之下的顏色。船頭往下一沉，鑽進浪裡，濺起好大一股浪花。接著浪頭往後上湧，船尾和甲板第一次清楚可見，但隨著第二波海浪再次舉起船頭，甲板和船尾又消失了。就在這時，愛德蒙身旁一本放在床上的練習簿翻動起來，接著飄起，向他背後的牆上飛去，露西感覺頭髮全拂到臉上來，就像颳風的日子一樣。這確實是個颳風的日子；只不過風是從畫裡朝他們颳來的。突然間，隨風而來的是波濤洶湧聲、海浪拍打兩側船舷聲、船桅嘎吱作響聲，以及持續不斷咆哮的風聲和水聲。正是這種氣味，野性的、鹹鹹的氣味，使露西確信自己不是在作夢。

「快停下來，」尤斯塔斯大聲嘶喊，聲音裡夾雜著恐懼和暴躁：「這是你們兩個玩的蠢把戲。快停下來。我要告訴艾貝塔……噢！」

兄妹兩人早已習慣了冒險，但是就在尤斯塔斯．克拉倫斯大叫「噢」的時候，他們倆也叫了一聲「噢」。因為一股冰冷苦鹹的大浪已經直接沖出了畫框，對他們當頭拍下，

---

2 維特島（Isle of Wight）位於大不列顛島南方，南面英倫海峽，北臨索倫特海峽，是旅遊勝地，也是歐洲地區化石資源數一數二豐富的地方。

令他們渾身濕透，喘不過氣來。

「我要砸了這幅爛東西。」尤斯塔斯叫道。接著同時發生了幾件事。尤斯塔斯衝向那幅畫。愛德蒙知道魔法的厲害，連忙一躍而起，緊跟在他身後，想警告他當心，還有別做傻事。露西從另一邊抓住他，卻被往前拖去。到了這個時候，要不是他們變小了，就是那幅畫變大了。尤斯塔斯縱身躍起想把畫從牆上扯下來，卻發現自己竟然站在畫框上，在他面前的不是畫框玻璃，而是真正的大海，風浪沖上畫框，就像衝擊著岩石一樣。他一陣慌亂，趕緊抓住兩個跳上來站在他身邊的人。在一陣掙扎和叫喊之後，他們以為自己已經保持了平衡，不料一個藍色巨浪打過來，把他們全部捲入了大海。海水灌入尤斯塔斯的口中，他絕望的叫喊突然中斷了。

露西暗自感謝高照自己的吉星，因為她去年夏天認真學會了游泳。她這時如果放慢一點划水的速度，會游得更好，還有，海水比畫上看起來冷得多。儘管如此，她仍像每個穿著衣服落入深水的人一樣，保持抬頭，並踢掉腳上的鞋子。她甚至做到緊閉著嘴並睜大眼睛。他們仍然離船很近，她看見綠色的船舷高聳在他們上方，人們從甲板上望著她。接著，不出所料，尤斯塔斯驚慌失措地抓住她，他們倆一起沉進了海裡。

等他們再浮上來時，她看見一個白色的身影從船舷上一躍而下。愛德蒙這時已經來到她身邊，踩著水，抓住了還在哀嚎的尤斯塔斯的兩隻手臂。緊接著，有另一個人從另一邊伸出手臂托住了她，那人看起來有些面熟。船上傳來陣陣大呼小叫，船舷邊探出許多頭，繩索也拋下來了。愛德蒙和那個陌生人用繩索繞住她，繫緊。隨後似乎延宕了很長一段時間，她凍得臉色發青，牙齒開始打顫，但實際上耽擱的時間並不長。他們一直等到船身穩定一點後才拉她上船，以免她撞上船舷。儘管他們盡了最大的努力，等她終於在甲板上站定，渾身滴水不停顫抖時，膝蓋還是瘀青了一大塊。在她之後被拉上來的是愛德蒙，然後是可憐的尤斯塔斯。最後上來的是那個陌生人——一個比她大幾歲的金髮男孩。

露西一緩過氣來，立刻喘息喊道：「凱……凱……凱斯賓！」那男孩正是凱斯賓，納尼亞的少年國王凱斯賓，他們上次來時幫他登上了王位。愛德蒙也立刻認出他來。三人握手拍肩，高興無比。

「你們這位朋友是誰？」凱斯賓立刻轉向尤斯塔斯，滿臉笑容地說。尤斯塔斯正在嚎啕大哭，任何他這個年齡的男孩在落水濕透以後都有權大哭的，只是他哭得更厲害，並且一個勁兒喊著：「讓我走。讓我回去。我**不喜歡**這樣。」

「讓你回去？」凱斯賓說：「可是你要回到哪裡去？」

尤斯塔斯衝到船邊，好像期望畫框就懸在海上，說不定還能瞥見露西的臥室。可是他只看見碧波萬頃，泛著點點泡沫，還有淡藍的天空，兩者一望無際地延展到天邊。如果他的心往下沉，我們也不該怪他。他馬上感到暈船想吐。

「嘿！賴尼夫，」凱斯賓對一個水手說：「給兩位陛下端些加了香料的酒來。泡得全身濕透以後，你們需要喝點酒暖暖身子。」他稱愛德蒙和露西為陛下，是因為他們倆、彼得和蘇珊都早在他出生之前就當過納尼亞的國王和女王。納尼亞王國的時間過得和我們的不一樣。如果你在納尼亞待了一百年，回到我們的世界時，仍是在你離開那天的同一時刻。然而，如果你在我們的世界待了一星期後返回納尼亞，你可能發現納尼亞已經過了一千年，或僅僅過了一天，或時間根本沒變，只有到了納尼亞以後才知道。因此，當佩文西家四個孩子上回第二次來到納尼亞，情況（對納尼亞人而言）就像亞瑟王重返今日的不列顛（曾有人如此預言）。我說這種事愈快發生愈好。

不久，賴尼夫端著托盤回來，盤裡有四個銀盃和一壺冒著熱氣的香料酒。這正是他們想要的。露西和愛德蒙啜著酒，感覺一股暖流從胸口一路暖到了腳趾頭，但尤斯塔斯才喝一口就立刻苦著臉吐出來，再次感覺不舒服，開始哭，還問他們有沒有英國普朗翠公司製造的、加了維生素的提神劑，要用蒸餾水搭配著吃。還有，不管怎樣，他就是堅持要在下一站上岸。

「這就是你給我們帶來的歡快航海夥伴啊，兄弟。」凱斯賓笑著低聲對愛德蒙說，不過他還沒來得及再往下說，尤斯塔斯又怪叫起來。

「噢！呃！**那是**什麼鬼東西！把它趕走，那個可怕的東西。」

這次他真的有理由大驚小怪了。確實有個很奇怪的東西從艉樓的船艙裡出來，慢慢朝他們走來。你可以稱牠是——事實上牠也是——一隻老鼠，但牠是一隻用後腿站立的老鼠，大約兩英尺高，頭上戴著一圈細細的金環，一隻耳朵在環上，一隻耳朵在環下，中間插著一根長長的深紅色羽毛（老鼠的毛色很深，幾近黑色，因此這打扮的效果既大膽又醒目），左爪搭在幾乎和牠尾巴一樣長的寶劍的劍柄上。牠從搖搖晃晃的甲板上莊嚴緩慢地走過來，不但走得四平八穩，舉止神態也很典雅氣派。露西和愛德蒙立刻認出牠是銳脾氣，是納尼亞所有能言獸當中最勇敢的，是老鼠的首領。牠在第二次貝魯納戰役中贏得了不朽的榮譽。露西像往常一樣，渴望把銳脾氣摟進懷裡，擁抱他，但她知道，這是她永遠不可能擁有的樂趣，因為這會嚴重地冒犯他。於是，她單膝跪下來和他說話。

銳脾氣左腿往前跨，右腿往後拉開，彎腰親吻她的手，然後挺直身子，撚撚鬍鬚，尖聲說：

「微臣聽候女王陛下與愛德蒙國王的差遣。」說到這裡，他又向愛德蒙鞠躬說：「這次光榮的冒險，有兩位陛下參與，就什麼都不缺了。」

「呃，趕牠走，」尤斯塔斯哀號：「我討厭老鼠。我受不了會表演的動物。牠們又蠢又俗氣，而且……而且多愁善感。」

銳脾氣盯著尤斯塔斯看了好一會兒，然後對露西說：「容我猜測一下，這個非常無禮的人受陛下保護嗎？因為，如果不是的話……」

這時，露西和愛德蒙雙雙打了個噴嚏。

「我真糊塗，讓你們穿著濕衣服一直站在這裡，」凱斯賓說：「到下面來換衣服吧。我當然會把我的船艙讓給你，露西，不過我恐怕船上沒有女裝。你得暫時穿我的衣服。銳脾氣，像個好漢一樣帶路吧。」

「為了女士的舒適，」銳脾氣說：「即使是榮譽問題也必須擱下——至少眼前得擱下……」他狠狠瞪了尤斯塔斯一眼，但凱斯賓不停催促他們快走，他只好帶路。不久，露西穿過一道門，發現自己進入了船尾的艙房。她立刻愛上了這裡——透過三扇方形的舷窗，可以看見船尾碧藍的、打著漩渦的海水，艙內那張桌子的三邊圍著鋪了軟墊的低矮長凳，頭頂上掛著一盞搖曳的銀燈（從那精巧的製作，她一眼認出是矮人的工藝），還有，前門上方的牆上掛著獅子阿斯蘭的平面金像。她一眼就看清這一切布置，因為隨即凱斯賓打開了右舷的一扇門，說：「這是你的房間，露西。我拿幾件我自己的乾衣服就走……」他一邊說，一邊在一個儲物櫃裡翻找：「……然後你就可以換衣服。你把換下來的濕衣服扔到門外，我會叫人拿到廚房去烘乾。」

露西覺得很舒服自在，彷彿已經在凱斯賓的艙房裡住了好幾星期似的，她對船的晃動也毫不在意，因為她以前在納尼亞當女王時已經在海上航行過許多次了。船艙很小，但是畫了許多色彩明亮的畫（有各種的鳥、動物、深紅色的龍，還有藤蔓），而且一塵不染。凱斯賓的衣服對她來說太大了，但她可以設法湊合，不過他的鞋子、涼鞋和防滑靴都太大了，她無法穿，但她不介意光著腳在船上走。她穿好衣服後，望著窗外奔騰而過的海水，深吸了一口氣。她很確定，他們一定會有一段美好的時光。

02 在「黎明踏浪號」上

「啊，你可來了，露西。」凱斯賓說：「我們正在等你。這是我的船長，德里尼安勳爵。」

一個黑髮男人單膝跪下親吻了她的手。其他在場的只有銳脾氣和愛德蒙。

「尤斯塔斯在哪裡？」露西問。

「在床上。」愛德蒙說：「我想我們幫不了他。如果你想對他好，只會讓他變得更糟糕。」

「趁這時候，」凱斯賓說：「我們幾個聊聊吧。」

「天哪，我們真該聊聊。」愛德蒙說：「首先是時間。上次我們在你加冕前離開，按我們的時間計算是一年前的事，在納尼亞是過了多久？」

「整整三年了。」凱斯賓說。

「一切都順利嗎？」愛德蒙問。

「要是不順利，你想，我能離開我的王國出來航海嗎？」國王回答說：「一切都再好不過了。現在，在泰爾馬人、矮人、能言獸、人羊和其他各族之間都沒有什麼麻煩了。去年夏天，我們把邊境那些麻煩的巨人好好打擊了一頓，現在他們向我們進貢了。我離開的時候還找了一個絕佳人選當攝政王——矮人特朗普金，你還記得他吧？」

「親愛的特朗普金，」露西說：「我當然記得。你找不到比他更好的人選了。」

「像獾一樣忠誠，女王陛下，像……老鼠一樣英勇。」德里尼安說。他本來想說「像獅子一樣英勇」，但是他察覺到銳脾氣的雙眼正盯著他，便連忙改口。

「我們航行的目的是哪裡？」愛德蒙問。

「哦，說來話長。」凱斯賓說：「我小時候，篡位的米拉茲叔叔為了除掉我父親的七個朋友（他們本來可以幫我的忙），把他們派去探索孤獨群島再過去的未知的東方大洋。也許你還記得這事。」

「記得，」露西說：「他們再也沒有回來。」

「對。在我加冕那天，在阿斯蘭的同意下，我發了一個誓，一旦在納尼亞建立和平，我將向東航行一年零一天，尋找我父親的朋友，或查清他們的生死，如果可以，也為他們報仇。他們的名字是雷威廉勳爵、伯恩勳爵、阿爾戈茲勳爵、馬拉蒙勳爵、奧克特先勳爵、雷斯提馬勳爵，以及……噢，另一個人的名字好難記啊。」

「陛下，是羅普勳爵。」德里尼安說。

「沒錯，羅普，羅普。」凱斯賓說：「這是我的主要目的。不過，這位銳脾氣有著更高的期望。」眾人的目光都轉到了老鼠身上。

「和我的志氣一樣高，」他說：「雖然我的個子看起來很小。為什麼我們不航行到世界的最東端？我們在那裡能發現什麼呢？我期望能找到阿斯蘭的國度。那隻偉大的獅子總是從東方渡海而來，來到我們身邊。」

「我說，那是個不錯的想法。」愛德蒙用敬畏的聲音說。

「但是，你認為，」露西說：「阿斯蘭的國度會是那種……我是說，那種你可以**航行**抵達的地方嗎？」

「我不知道，女王陛下，」銳脾氣說：「但是，有這麼一首詩。我還在襁褓中時，有個森林中的女人——一位樹精靈——對我說了這首詩：

水天相接之處，
海浪變甜之地，
別懷疑，銳脾氣，

就是極東之地，
尋得你所求。
「我不知道這詩是什麼意思，可是詩中的魔力困擾了我一輩子。」片刻沉默之後，露西問道：「凱斯賓，現在我們在哪裡呢？」
「船長能說得比我清楚。」凱斯賓說。於是德里尼安拿出他的航海圖，攤開在桌上。
「這是我們的位置，」他用手指點著航海圖：「或者說是我們今天中午所在的位置。我們從凱爾帕拉維爾順風出發後，方向稍微偏北，前往加爾馬島，第二天就到了。我們在港口停留了一星期，因為蓋爾瑪公爵為國王陛下舉辦了一場盛大的比武競技，陛下將許多騎士擊落馬背……」
「我自己也跌下來了幾次，德里尼安，身上有些瘀青還在。」凱斯賓說。
「……將許多騎士擊落馬背。」德里尼安笑著重複，又說：「我們認為，國王陛下要是娶公爵的女兒為妻，公爵會很高興的，可惜沒有……」
「她斜眼，還一臉雀斑。」凱斯賓說。
「噢，可憐的姑娘。」露西說。
「我們從加爾馬島啟航，」德里尼安繼續說：「整整兩天風平浪靜，大部分時間必須靠划槳，之後又起了風，在離開加爾馬四天之後才抵達泰瑞賓西亞。然而他們的國王送來警訊，叫我們不要登岸，因為泰瑞賓西亞正在流行傳染病，不過我們還是繞過海岬，在遠離城市的一個小海灣泊船，補充了淡水。之後我們不得不休息三天，才等到東南風，這才航向七島群島。第三天，一艘海盜船追上我們（看它裝配的帆和索具，是泰瑞賓西亞的船），但是它看見我們全副武裝，只草草射了幾箭就跑了……」

「我們應該追它，登上那條船，絞死船上那幫龜孫子。」銳脾氣說。

「……又走了五天，我們才看見妙爾島，你知道的，它是七島群島最西端的小島。然後我們搖槳穿過海峽，在日落時分來到布瑞恩島上的紅港，我們在那裡受到熱烈的款待，也裝滿食物和飲水。我們在六天前離開紅港，航行速度快得驚人，所以我希望後天能見到孤獨群島。總計下來，到現在為止，我們在海上已經航行將近三十天了，離開納尼亞四百多海里了。」

「在孤獨群島之後要去哪裡呢？」露西說。

「陛下，沒有人知道，」德里尼安回答：「除非孤獨群島的居民能告訴我們。」

「在我們那個時代，他們也不知道。」愛德蒙說。

「那麼，」銳脾氣說：「過了孤獨群島之後，冒險才算真正開始。」

這時，凱斯賓建議，他們不妨在晚飯前先參觀一下這艘船，但是露西心裡感到不安，說：「我想我真的得去看看尤斯塔斯。暈船很可怕，你明白的。要是我還帶著那瓶療傷甘露，就能治好他了。」

「那瓶甘露還在，」凱斯賓說：「我完全忘了這件事了。你把它留下來以後，我認為它可以當作國寶珍藏，所以把它帶在身邊——要是你認為暈船這種小事也要浪費它，就拿去用吧。」

「只要一小滴就夠了。」露西說。

凱斯賓打開長凳下的一個儲物櫃，取出露西再熟悉不過的那個美麗的鑽石小瓶子。「物歸原主，女王陛下。」他說。然後他們離開船艙來到陽光下。

在甲板上，桅杆前後有兩個又大又長的艙口，這兩個艙口在晴朗的天氣裡都保持大開，讓陽光和空氣能進入艙裡。凱斯賓帶他們走下梯子，進入後艙。他們發現自己來到一個兩邊各有一排划槳坐凳的大艙，陽光從槳孔照進來，在天花板上舞動。當然，凱斯賓的船不是那種用奴隸來划槳的恐怖船隻。只有在沒有風或進出港口時才使用槳，而且每個人（除了腿太短的銳脾氣之外）都要輪流划槳。船艙兩邊板凳下的空間是留給划槳者放腳的，但是船中央有個像地窖一樣的凹坑，一直往下通到船的龍骨，裡面堆滿各種各樣的東西：一袋袋的麵粉、一桶桶的水和啤酒、一桶桶豬肉、一罐罐蜂蜜、一皮袋一皮袋的葡萄酒、蘋果、堅果、乳酪、餅乾、大頭菜，還有燻肋肉。天花板上——也就是甲板的下方——掛滿火腿和一串串洋蔥，沒當班的瞭望員也會躺在這裡的吊床上。凱斯賓領著他們跨過一條條板凳，來到船尾，至少對他來說是跨過，對露西來說是連跨帶跳，對銳脾氣來說，就真的是跳遠了。就這樣，他們來到一個有門的隔間。凱斯賓打開門，領他們進入一間正好填滿船尾的小艙房，就位在甲板艙底下。這間小艙房當然不是那麼好。它的天花板很低，兩側向下傾斜合攏，因此幾乎沒有地板；窗戶上有厚厚的玻璃，但因為這裡已經在水底下，所以窗戶不能打開。事實上，就在這時，隨著船身傾斜擺動，窗戶一會兒透進金色的陽光，一會兒是暗綠的大海。

「你和我必須住在這裡了，愛德蒙，」凱斯賓說：「我們把鋪位留給你親戚，我們自己睡吊床。」

「我懇求陛下……」德里尼安說。

「不，不，我的好夥伴，」凱斯賓說：「我們剛才已經說好了。你和萊因斯（萊因斯是他的大副）負責駕船，在我們唱歌玩樂或聊天說故事的時候，你們卻要夜夜費心操勞，所以你和他必須住在上面的左艙。愛德蒙國王和我住在這下面也很舒服的。還有，這位陌生人怎麼樣了？」

尤斯塔斯的臉色發青，皺著眉頭問暴風雨有沒有減弱的跡象。凱斯賓說：「什麼暴風雨？」

德里尼安忍不住放聲大笑。「暴風雨，我的小少爺啊！」他吼道：「這是你能期望的最好的天氣了。」

「他是誰？」尤斯塔斯生氣地說：「叫他走開。我的頭快被他吼炸了。」

「我給你帶了點東西來，尤斯塔斯，吃了會讓你舒服一點。」露西說。

「噢，走開，別煩我。」尤斯塔斯咆哮道，不過他還是吞下一滴她給他的甘露。儘管他說那東西很難吃（她一打開瓶子，船艙內立刻充滿芬芳的氣息），在他吞下甘露幾分鐘後，果不其然，他的臉色恢復正常了。他也一定感覺好多了，因為他不再哀號暴風雨和頭痛，而是開始要求上岸，並且說，一到第一個港口，他就會向英國領事館「舉報處置」他們所有人。可是當銳脾氣問怎麼處置和舉報（銳脾氣以為這是一種新的、安排單打獨鬥的方式），尤斯塔斯只能回答：「竟然連這個都不知道。」最後，他們總算說服尤斯塔斯，讓他相信他們正以最快速度航向他們所知的最近的陸地，而且他們沒有能力送他回劍橋——哈樂德叔叔住在劍橋——就像他們沒有能力把他送上月球一樣。於是他才忿忿地同意換上為他準備的乾衣服，隨他們上到甲板。

現在，凱斯賓帶他們參觀這艘船，雖然他們已經看過大多數地方了。他們走到船頭的艏樓，看見瞭望員站在鍍金龍頸部位的一個小木架上，朝張開的龍嘴向外張望。艏樓裡有伙房（或船的廚房）和水手長、木匠、廚師和弓箭手等人住的艙房。如果你覺得廚房設在船頭很奇怪，還想像煙囪裡的煙向後飄，籠罩全船，那是因為你想的是逆風而行的輪船。帆船是靠從後方吹來的風往前航行的，任何有臭味的東西都會盡量往前放。他們也被帶著爬上桅樓，那種來回搖晃的程度，以及往下看甲板變得很小很遠的感覺，起初還是挺嚇人的。你這才意識到，如果往下掉，掉進海裡的可能性比掉在甲板上大多了。然後他們被帶到艉樓，萊因斯正和另一個水手在值班掌大舵，大舵後方是往上翹起的龍尾巴，也是鍍了金的，龍尾內部有一條小長凳。這艘船的名字叫「黎明踏浪號」。它和我們這個世界的船相比當然微不足道，即使和露西、愛德蒙在最高王彼得統治下的納尼亞的各種船──大型快速帆船、軍商兩用帆船、加利恩帆船──相比，它也只是一個小東西，因為在凱斯賓的祖先統治下，航海事業幾乎消失殆盡。當凱斯賓的叔叔──篡奪者米拉茲──派七位領主出海時，他們不得不買一艘加爾馬的船，並雇用了加爾馬的水手。不過如今凱斯賓又開始教導納尼亞人學習航海事務，而黎明踏浪號是他建造過的最好的船。它非常小，小得桅杆前只剩中央艙口，然後一邊是救生艇，一邊是雞籠（露西會餵母雞），幾乎沒有任何甲板空間，但它是同類船隻當中的美人兒，如水手們說的，是位「淑女」，曲線完美，色彩純正，每根桅杆、繩索和索栓都製作得精細考究。尤斯塔斯當然對什麼都不感興趣，只不停地吹噓大郵輪、汽艇、飛機和潛水艇。（愛德蒙嘀咕說：「好像這些東西他都懂似的。」）不過其他兩人都很喜歡黎明踏浪號，當他們回到艙房吃晚飯時，看見巨大深紅的夕陽將整片西方天際照得通紅，感受著船身的起伏，品嘗著自己嘴唇上的鹹味，想到世界東側邊緣那片未知的土地，露西覺得自己快樂得無法用言語來形容。

尤斯塔斯的想法，最好用他自己的話來敘述。因為，第二天早上，他們烘乾的衣服被送回來以後，他立刻掏出一本黑色的小記事本和一支鉛筆，開始記日記。他總是隨身帶著這本記事本，把自己的分數記在本子上，雖然他對任何學科都不太在意，但卻非常在乎分數，他甚至會對別人說：「我得了這麼多分。你得幾分？」可是，他在黎明踏浪號上不大可能得到很多分數，所以他開始寫日記。以下是他寫的第一篇日記。

八月七日。如果我不是作夢，那麼我已經在這條鬼船上待了二十四小時了。可怕的暴風雨一直肆虐著（幸好我沒有暈船）。巨浪一個接一個從前面打來，我有無數次看見這艘船幾乎被打沉。所有其他人都假裝沒有這回事，如果不是出於虛張聲勢、故作鎮靜，就是哈樂德說的，普通人最懦弱的行徑之一就是對事實視而不見。搭乘這麼一條比救生艇大不了多少的小破玩意兒出海，真是瘋了。還有，船內的設備絕對原始。沒有像樣的酒吧，沒有收音機，沒有浴室，沒有甲板躺椅。昨天傍晚我被拖去參觀整艘船，聽凱斯賓炫耀他這條小玩具船，彷彿它是「瑪麗皇后號」一似的，任何人聽了都會感到噁心的。

我嘗試告訴他真正的船是什麼樣子，但他太笨了。愛和露**當然**沒支持我。我想，露這樣的小孩根本不曉得這船的危險，而愛就像這裡的每個人一樣，只會拍馬屁討好凱。他們都稱凱為國王。我說我是共和黨人，凱竟然問我那是什麼意思！看來他什麼也不懂。**不用說**，我被安排住在船上最差的艙房，簡直是個完美的地牢，露西卻被安排到甲板上的一房間，整間由她獨享，和這條船的其他地方相比，那可說是個好房間。凱說，那是因為她是女孩。我試圖讓他明白艾貝塔說的話，這樣的安排才是真的貶低女孩，但是他太笨了。不過，我要是再繼續被關在那個**洞**裡，他會看出我肯定要生病的。愛說我們不該抱怨，因為凱把房間讓給露，所以必須和我們擠在一起。這話說得好像他不來這房間就不會更擠和更糟似的。差點忘了說，這裡還有一種像老鼠一樣的東西，見到每個人都要貼臉頰，真可怕。其他人要是喜歡，就讓他們去忍受，但他要是敢對我來這一套，我會立刻扭斷他的尾巴。這裡的食物也很難吃。

尤斯塔斯和銳脾氣之間的爭吵比眾人預期的更早爆發。第二天晚餐前，當所有人圍坐在桌前等飯吃（航海使人胃口大開）時，尤斯塔斯衝進來，扭絞著手大喊道：

「那個小畜生差點要了我的命。我堅持要求把牠關起來。我可以起訴你，凱斯賓，我可以命令你將牠處死。」

就在這時，銳脾氣也進來了。他已拔劍在手，憤怒得鬍鬚根根豎立，但他還是一如既往的彬彬有禮。

「我請求各位原諒，」他說：「尤其是請女王陛下原諒。我要是知道他會來這裡避難，我就會等一個更合理的時間來教訓他。」

「到底怎麼回事？」愛德蒙問。

事情的經過是這樣的。銳脾氣總覺得船開得不夠快，因此他老愛跑到船的最前端，坐在龍頭旁邊的護欄上，凝望著東方的地平線，用他小小的吱吱聲輕柔地唱著紅矮人為他做的歌。他從來不需要抓住任何東西來穩住自己，無論船怎麼搖擺，他都很輕鬆地保持著平衡；也許是他那條垂進舷牆內甲板上的長尾巴，使他很容易保持平衡。船上的每個人都熟知他這個習慣，水手們都喜歡他，因為他讓人在值班時有個說話的對象。尤斯塔斯究竟是怎麼滑倒，一路連滾帶爬來到了船頭（他還沒學會在顛簸的船上行走自如），我不得而知。也許他希望能看到陸地，也許他想到廚房附近閒逛，找點東西吃。總之，他一看見那條垂下來的長尾巴——也許看上去挺誘人的——就覺得如果抓住它，把銳脾氣倒提起來甩上一兩圈，然後跑開大笑，會是一件很愉快的事。這個計畫一開始似乎進行得很順利。這隻老鼠沒比一隻大貓重多少。尤斯塔斯一把將他從護欄上拽下來，他細小的四肢向外大張，嘴巴張得大大的模樣看起來傻透了（尤斯塔斯心想）。不幸的是，久經慣戰、多次搏命的銳脾氣即便在這一刻也未驚慌，更未忘記自己的本領。當你被人抓著尾巴、整個身體被甩在空中飛轉時想拔出劍並不容易，但是他辦到了。接下來尤斯塔斯知道的事是自己的手被狠狠刺了兩下，痛得他不得不放開那條尾巴。那隻老鼠就地一滾，像一顆球似的，從甲板上一彈而起，正面對著他，手裡握著一把長得嚇人、雪亮鋒利、像烤肉叉一樣的東西，在他肚子前一、兩寸的地方來回揮舞。（對納尼亞的老鼠來說，這不算攻擊對方腰帶以下的犯規舉動，因為老鼠攻擊不到更高的位置。）

「住手！」尤斯塔斯氣急敗壞地說：「走開。把那東西拿開。那很危險。我說了，住手！我會告訴凱斯賓的。我會要他罩上你的嘴，把你綁起來。」

「你為什麼不拔劍啊？膽小鬼！」老鼠大聲吱吱叫道：「拔劍決鬥，不然我就把你打得渾身青紫。」

「我沒有劍，」尤斯塔斯說：「我是和平主義者。我反對決鬥。」

銳脾氣暫時收劍停下，非常嚴厲地說：「你的意思是，你不打算和我決鬥是嗎？」

「我不懂你的意思。」尤斯塔斯邊說邊揉著手：「如果你不懂怎麼接受別人跟你開玩笑，我也懶得跟你多費唇舌。」

「那就接下這招，」銳脾氣說：「還有這招——教你有點禮貌——對騎士有禮貌——對老鼠有禮貌——對老鼠尾巴也有禮貌——」他每說一句，就用長劍的劍身抽打尤斯塔斯一下，這把劍又薄又細，是矮人用精鋼鍛造的，像樺木枝一樣柔韌好使。尤斯塔斯就讀的學校（當然）沒有體罰，因此，這種感覺對他是破天荒第一次。這就是為什麼他雖然在船上走路還無法保持平衡，卻只花了不到一分鐘時間就從船頭奔過整個甲板，衝進了後艙門——後面跟著緊追不捨的銳脾氣。的確，尤斯塔斯感覺長劍和追擊都像熱火朝天，想必剛才抽在身上的感覺也是火辣辣的。

當尤斯塔斯意識到每個人都把決鬥的事當真，聽見凱斯賓要借他一把劍，而德里尼安和愛德蒙開始討論是否該在他身上做些限制，讓他不至於因為身材比銳脾氣高大太多而占盡便宜時，事情就不難解決了。尤斯塔斯悶悶不樂地向銳脾氣道了歉，跟露西出去清洗並包紮了傷口，然後回到他的鋪位，小心翼翼地側身躺下。

03 孤獨群島

「看見陸地了。」船頭的瞭望員大喊道。

露西本來在船尾和萊因斯聊天，這時立刻爬下梯子，奔向船頭。愛德蒙在半途跟上，來到船頭。他們發現凱斯賓、德里尼安和銳脾氣已經在那裡了。這是個寒冷的早晨，天空非常灰暗，海水呈深藍色，水面泛著白色小泡沫，離船頭右舷不遠的地方，是孤獨群島離船最近的非力馬斯島，它就像一座立在海中的矮矮的綠山丘。在它後方遠處，是它的姊妹島多恩島的灰色山坡。

「非力馬斯還是老樣子！多恩也是老樣子。」露西拍著手說：「噢，愛德蒙，你和我有多久沒見過它們了！」

「我一直不明白為什麼它們屬於納尼亞。」凱斯賓說：「是最高王彼得征服它們的嗎？」

「噢，不是。」愛德蒙說：「在我們執政那個時代之前，也就是在白女巫的時代，他們就是納尼亞的一部分了。」

（附帶說明一下，我一直沒聽過這些遙遠的島嶼是怎麼附屬到納尼亞王國來的；如果我知道，而且故事有趣的話，我會把它寫進另一本書裡的。）

「陛下，我們要在這裡靠岸嗎？」德里尼安問。

「我不認為非力馬斯是個靠岸的好地方。」愛德蒙說：「在我們那個時代，這裡幾乎無人居住，現在看起來還是一樣。大部分人住在多恩島，少數人住在第三個島嶼——阿夫拉島，從這裡還看不到它。他們只在非力馬斯島上放羊。」

「那麼，我想我們得繞過那個岬角，」德里尼安說：「到多恩島靠岸。這表示我們得划過去。」

「我們不在非力馬斯靠岸好可惜啊，」露西說：「我好想再到那個島上走走。那裡是如此孤寂——一種美好的孤寂，滿山遍野都是青草和苜蓿，還有柔和的海風。」

「這下我也想上去散散步了。」凱斯賓說：「這樣吧，我們搭乘救生艇上岸，再讓救生艇回到船上，然後我們徒步穿過非力馬斯島，讓黎明踏浪號繞到島的另一邊來接我們，怎麼樣？」

如果凱斯賓當時的經驗能夠像這次航行的後半段時期一樣豐富，他就不會提出這種建議了。不過這時看來這主意確實很好，所以露西說：「噢，那我們走吧。」

「你要一起去嗎？」凱斯賓對尤斯塔斯說，尤斯塔斯已經來到甲板上，手上還裹著繃帶。

尤斯塔斯說：「只要能離開這條破船，什麼都行。」

「破船？」德里尼安說：「你這話什麼意思？」

「在我們那個文明的國家裡，」尤斯塔斯說：「船大到你乘船的時候根本不知道自己是在海上。」

「這麼說的話，你還是待在岸上好了。」凱斯賓說：「德里尼安，請你讓他們把小船放下好嗎？」

國王、老鼠、佩文西家兄妹和尤斯塔斯都上了小船，被送到非力馬斯島的沙灘上。等小船離開他們划回去後，他們轉身開始打量四周，內心都很驚訝黎明踏浪號看起來竟然那麼小。

露西當然是光著腳，她落在海中游泳時就把鞋踢掉了，但光腳走在鬆軟的草地上並不困難。能夠再次回到岸上，聞到大地和青草的氣味，哪怕一開始行走時會一腳高一腳低——通常在海上待了一段時間後，回到陸地時也會覺得地面似乎像船一樣上下顛簸——感覺還是很愉快。這裡比船上暖和得多，露西覺得腳踩著沙子很舒服。還有一隻雲雀在唱歌。

他們往內陸走，爬上一座低矮但陡峭的小山。登上山頂時，他們自然回頭張望，看見黎明踏浪號閃閃發光，像一隻漂亮的大昆蟲，正用她的槳慢慢向西北方向爬行。隨後他們翻過山脊，也就看不到她了。

多恩島此時就在他們前方，和非力馬斯島隔著一條一英里多寬的海峽。在它的左後方是阿夫拉島。多恩島上的白色小鎮峽港也清楚可見。

「喂！那是什麼？」愛德蒙突然說。

在他們往下走的青翠山谷裡，有六、七個長相粗野並帶著武器的大漢，坐在一棵樹底下。

「別對他們說我們是什麼人。」凱斯賓說。

「請問陛下，這是為什麼？」高踞在露西肩上的銳脾氣說。

「我突然想到，」凱斯賓答道：「這裡的人很久沒聽到納尼亞的消息了。很可能他們已經不承認我們的統治權了。在這種情況下讓他們知道我是國王，可能不太安全。」

「陛下，我們有劍。」銳脾氣說。

「是的，銳脾氣，我知道我們有劍，」凱斯賓說：「但是如果要重新征服這三個島嶼，我寧願回去率領一支更大的軍隊再來。」

這時，他們已經離那群陌生人很近了。他們當中一個黑髮大漢喊道：「早安。」

「早安。」凱斯賓說：「請問，孤獨群島還有總督嗎？」

「當然有，」那人說：「甘帕斯總督，他的總督府在峽港。不過你們可以停下來歇會兒，和我們一起喝點東西。」

凱斯賓道了謝，雖然他和其他人都不喜歡這些新認識的人的長相，還是都坐下了。不過，他們端起杯子還沒湊到嘴邊，那個黑髮大漢就向同夥點點頭，剎那間，五個訪客就被眾多強壯的手臂挾持了。雖然經過一番掙扎反抗，但對方占盡優勢，他們很快都被繳了械，雙手被反綁在後，只有銳脾氣例外，他在抓他的人手中扭動翻騰，拚命亂咬。

「當心那隻野獸，塔克斯，」首領說：「別傷到他。他無疑能賣到最好的價錢。」

「懦夫！膽小鬼！」銳脾氣尖叫道：「你要是有種，鬆開我的手腳，把劍還給我。」

「哇！」奴隸販子（這人就是奴隸販子）吹了一聲口哨說：「牠會說話！我從沒見過。我如果不把牠賣到兩百個月牙幣的話，我就該死了。」卡羅門的月牙幣是這些地區的主要貨幣，一月牙幣大約值三分之一鎊。

「原來你是這種人，」凱斯賓說：「綁匪兼奴隸販子。看樣子你還挺自豪的。」

「好了，好了，好了，」奴隸販子說：「你別跟我磨牙了。你愈乖乖接受，大家就愈愉快，明白嗎？我幹這行不是為了好玩。我和其他人一樣，都是為了生活。」

「你要把我們帶到哪裡去？」露西好不容易開口問道。

「到峽港去，」奴隸販子說：「明天正好是趕集的日子。」

「那裡有英國領事館嗎？」尤斯塔斯問。

「那裡有什麼？」那人說。

不過，還沒等尤斯塔斯耐下心來解釋，奴隸販子就乾脆地說：「我懶得跟你們囉唆了。那隻老鼠還挺不錯的，但這個傢伙太囉唆了。夥計們，上路。」

於是，四個人類俘虜被一條繩子綁成一串，沒綁得死緊，但是夠牢，然後被押著往山下的海邊走去。銳脾氣被抱著。他們恐嚇要把他的嘴綁起來後，他就不再亂咬了，但是他開始喋喋不休地罵。露西十分納悶，怎麼會有人能忍受老鼠這樣罵他，何況對方是個奴隸販子，但這個奴隸販子不但不以為忤，反而在銳脾氣停下來喘口氣時會說：「繼續說。」偶爾還會加一句：「說得像唱戲一樣好。」或「天啊，你真的會相信牠知道自己在說什麼！」或「牠是你們當中哪個人訓練的嗎？」這話讓銳脾氣氣得要命，最後，他想說的事多得一下子全堵在喉嚨裡，於是他也沉默了。

他們來到面朝多恩島的海邊，看見有一個小村莊，沙灘上有一艘長筏，再過去一點，海面上有一艘看起來骯髒不堪的大船。

「好了，各位小少年，」奴隸販子說：「別搗蛋就不會有苦頭吃。全部上船去。」

就在這時候，有個留著鬍子、器宇軒昂的男人從一間屋子裡（我想那是一家客棧）走出來，說：

「喂，帕格。今天貨色挺多的啊？」

那個看來名叫帕格的奴隸販子深深一鞠躬，用一種無比討好的聲音說：「是的，請大人過目。」

「那孩子你賣多少錢？」那個男人指著凱斯賓問道。

「啊，」帕格說：「我就知道大人您會挑最好的，次等貨都騙不過大人您的眼睛。那個男孩我自己也挺喜歡的，很中意，想留下來自己使喚。我心腸軟，根本就不該來幹這一行。不過，大人您這樣的主顧……」

「告訴我你要的價錢，人渣，」那位大人嚴厲地說：「你以為我想聽你那骯髒買賣的廢話嗎？」

「大人，看在大人您的面上，三百個月牙幣，換了其他人……」

「我給一百五。」

「噢，拜託，求求你，」露西插嘴說：「不管你有什麼打算，請不要把我們分開。你不知道……」但她突然不說了，因為她看出凱斯賓到這時仍不想讓人知道他是誰。

「就一百五吧。」那位大人說：「至於你，小姑娘，對不起，我無法把你們全都買下來。帕格，把我的這個男孩鬆綁。聽著，好好對待還在你手裡的其他幾個孩子，否則有你好看的。」

「哎呀！」帕格說：「那是當然的，幹我這一行的紳士，誰聽說過有哪個人比我對待貨物更好的？對吧？我可是把他們當自己的孩子一樣對待。」

「說得好像真有那麼一回事似的。」那位大人冷冷地說。

可怕的時刻終於到了。凱斯賓被鬆綁，他的新主人說：「小伙子，跟我來。」露西忍不住哭了出來，愛德蒙面無表情呆立著，但凱斯賓回頭看了看他們，說：「振作起來。我相信最後一定會沒事的。再見。」

「好啦，小姑娘，」帕格說：「別哭了吧，把臉哭醜了，明天到了市場上可不好賣啊。你要乖乖的，別自己找麻煩**討哭**，懂嗎？」

然後，他們上了長筏，被送到奴隸船上，再被帶到下層一個狹長、又黑又髒的地方，發現那裡還有許多其他不幸的俘虜。沒錯，帕格是個海盜，才剛在各個島上巡遊了一趟，抓了他能抓到的人回來。三個孩子沒在這些人裡看見他們認識的，這些俘虜大多是加爾馬人和泰瑞賓西亞人。露西他們坐在乾草堆上，心想，不知道凱斯賓會有什麼遭遇，同時還要設法制止尤斯塔斯說個不停，好像除了他自己以外，其他人都是罪魁禍首。

與此同時，凱斯賓的遭遇比他們有趣得多。買下他的那個人帶他穿過兩間村屋之間的小巷，走到村後的一處空地上，然後轉過身來面對他。

「你不必怕我，孩子，」他說：「我會好好待你的。我買你是因為你的相貌。你讓我想起了一個人。」

「大人，我能問一下是什麼人嗎？」凱斯賓說。

「你讓我想起我的主人，納尼亞的凱斯賓國王。」

凱斯賓聽了，決定冒險賭上一把。

「大人，」他說：「我**就是**你的主人。我是納尼亞的國王凱斯賓。」

「你說得輕鬆，」那人說：「我怎麼知道是真的？」

「首先，是我的長相。」凱斯賓說：「其次，因為我只要猜六次，就能猜到你是誰。你是我叔叔米拉茲派到海外的七個納尼亞勳爵其中一位：阿爾戈茲、伯恩、奧克特先、雷斯提馬、馬拉蒙，還有……還有……我忘了另外兩個人的名字。最後，如果大人給我一把劍，我可以在光明正大的決鬥中、在任何對手身上證明我就是凱斯賓之子，納尼亞的合法國王，凱爾帕拉維爾的領主，孤獨群島的皇帝。」

「天哪，」那人喊道：「這正是他父親的口吻，同樣的措辭。我的王啊……陛下……」他當場跪下來，親吻了國王的手。

凱斯賓說：「閣下為我支付的錢，將由我們的國庫償還。」

「這筆錢還沒落進帕格的口袋裡，陛下，」伯恩勳爵——他果然就是伯恩——說：「而且我相信這筆錢永遠不會落入他的口袋。我已經向總督提議過上百次，這種邪惡的人口買賣必須加以嚴厲打擊。」

「伯恩勳爵，」凱斯賓說：「我們必須談談這些島嶼的狀況。不過，首先說說閣下的經歷吧？」

「陛下，我的經歷很短，幾句就能說完。」伯恩說：「我和六個同伴大老遠來到這裡，我愛上了島上的一個姑娘，覺得自己受夠了航海，而當時納尼亞在陛下的叔父統治之下，回去也沒有意義，所以我結了婚，定居下來，一直到現在。」

「這位總督——這位甘帕斯總督——是個什麼樣的人？他還承認納尼亞國王是他的君主嗎？」

「在名義上他是承認的。一切都是以國王的名義來進行，但是他不會喜歡看見一個真正的、活生生的納尼亞國王來統治他。如果陛下一個人手無寸鐵地去到他面前，我想他不會否認他對王室效忠，但是他會假裝不相信你是國王。這樣陛下會有生命危險的。陛下這次出訪帶了多少船和軍兵？」

「我的船正繞過岬角過來。」凱斯賓說：「如果真要打仗的話，我們大約有三十來人。我們是不是該讓我的船追上帕格的，救出我那幾個被他俘虜的朋友？」

「依我之見，最好不要。」伯恩說：「只要一發生戰鬥，立刻會有兩、三艘船從峽港趕過來救帕格。陛下必須虛張聲勢，展現出來的氣勢要比你實際擁有的更大，以國王的威名來懾服他們，一定不能跟他們硬碰硬。甘帕斯是個膽小怕事的人，可以用這樣的方式威嚇他。」

再談了一會兒後，凱斯賓和伯恩便朝村子西邊不遠的海岸走去，凱斯賓在那裡吹響了號角。（這不是納尼亞那支原屬於蘇珊女王的偉大魔法號角。他把那支留在家裡，交給攝政王特朗普金，以備國王不在期間有緊急需求時使用。）正在瞭望臺上等候信號的德里尼安立刻認出皇家號角的聲音，黎明踏浪號開始朝岸邊駛來。接著，小船又放下來接他們，沒多久，凱斯賓和伯恩勳爵就在甲板上向德里尼安說明情況。德里尼安像凱斯賓一樣，想立刻把黎明踏浪號停到那艘奴隸船旁邊，登船救人，但伯恩同樣反對。

「船長，沿著這條海峽直走，」伯恩說：「然後轉向我自己莊園所在的阿夫拉島。不過，先升上國王的旗幟，掛出所有盾牌，再盡可能多派一些人站在戰鬥位置的制高點。等船頭左舷進入公海，也就是離岸五箭之遙的地方時，你就發幾個信號。」

「發信號？對誰發？」德里尼安說。

「嗯，發給我們沒有的其他的船，但是要讓甘帕斯認為我們有。」

「噢，我明白了，」德里尼安搓著手說：「他們會看見我們的信號。我該怎麼說？

全體艦隊開往阿夫拉島南方，集結在……？」

「伯恩莊園。」伯恩勳爵說：「這樣很好。整個艦隊的航程——如果有艦隊的話——就會在峽港的視線範圍之外。」

凱斯賓雖然為被帕格抓到奴隸船上受苦的同伴感到難過，但仍然禁不住感覺那天餘下的時間過得很愉快。那天傍晚（他們必須划槳前進），他們右轉繞過多恩島的東北端，再左轉繞過阿夫拉島的岬角，進入阿夫拉南岸的一個良港，伯恩那宜人的領地從海邊一直延伸到遠處山坡上。伯恩所管轄的人民大多在田裡工作，他們都是自由人，這是一個幸福又繁榮的封地。他們全在這裡上了岸，在一座能俯瞰海灣、有廊柱的低矮房屋中舉辦了皇家盛宴。伯恩和他優雅的妻子，以及他幾個活潑的女兒，為他們帶來了許多歡樂。天黑之後，伯恩派了一名信差搭船到多恩島，命令當地的人為隔天預做準備（不過他沒有具體說明內容）。

04 凱斯賓出奇制勝

第二天一大清早，伯恩勳爵就叫醒客人，早餐過後，他請凱斯賓下令他所有的部屬穿上全副武裝。「最重要的是，」他補充說：「把一切都收拾得整整齊齊，擦得雪亮，就像某個早晨，兩個高貴的國王即將進行一場大戰中的第一次戰役，所有人都在看著。」這件事辦妥之後，凱斯賓和他帶來的人，加上伯恩和他的幾名下屬搭上三艘船，向峽港出發。國王的旗幟在船尾飄揚，號手也緊跟著他。

他們到達峽港的碼頭時，凱斯賓看見許多群眾聚集在那裡迎接他們。「我昨晚派人來傳達的就是這件事。」伯恩說：「他們都是我的朋友，都是誠實的人。」凱斯賓一上岸，群眾就爆發出一陣歡呼：「納尼亞！納尼亞！國王萬歲。」與此同時——這也是伯恩的信使安排的——鎮上許多地方開始響起鐘聲。接著，凱斯賓命令王旗開道，吹響號角，全員刀劍出鞘，以喜悅又嚴肅的神情列隊前進。他們沿著街道走，整條街都為之震撼；他們的盔甲閃耀（因為這是一個陽光明媚的早晨），明亮得讓人無法直視。

起初，只有伯恩的信使通知過的人出來歡呼，他們知道即將發生什麼事，也盼望這件事發生。不過，接下來所有的孩童都加了進來，因為孩子們喜歡遊行，也很少見到遊行活動。接著，學校的學生也加了進來，因為他們也喜歡遊行，而且覺得外面愈吵鬧愈騷亂，那天早上就愈有可能不必上課。隨後，所有的老太太都從門窗裡探出頭來，開始一邊歡呼，一邊喋喋不休談論起來，畢竟這是國王，總督哪裡能和他相提並論呢？接下來，所有年輕的婦女由於同樣的原因也加入了遊行，何況凱斯賓、德里尼安和其他人都很英俊。然後，所有年輕人也都出來想看看年輕婦女在看什麼，因此，當凱斯賓到達城堡大門前時，幾乎整個城鎮都在騷動叫嚷。總督甘帕斯坐在城堡裡，正在胡亂處理帳目、表格和規章制度，這時聽到了喧鬧聲。

凱斯賓的號手在城堡門口大聲吹響號角，大喊：「開門迎接納尼亞的國王，他來探望他忠實可靠、深受愛戴的僕人——孤獨群島的總督。」那些日子裡，島上的一切事物都很懶散馬虎，好一會兒才見城門邊上的小門打開，走出一個鬚髮蓬亂的傢伙，頭上戴的不是頭盔，而是骯髒的舊帽子，手裡拿著一根生鏽的舊長矛。面對眼前一片閃亮的人影直眨眼。「帶銀……八……見。」他口齒不清地喃喃說道（他說的其實是：「大人不見。」）：「除了每個月第二個星期六的晚上九點到十點，其餘時間，沒有『預約』的人都不見。」

「你這狗奴才，在納尼亞國王面前脫帽。」伯恩勳爵怒吼，用戴著鐵手套的手賞了他一巴掌，連他的帽子也打飛了。

「呃？這是怎麼回事？」門房開口說，但是沒有人理他。凱斯賓兩個手下穿過邊門，在門柄和門栓上費了好一番功夫之後（因為所有東西都生鏽了），才把兩扇大門打開來。然後國王和隨從大步走進庭院。院內有幾個總督的衛兵正在閒逛，還有好些人（幾乎都在擦嘴）跌跌撞撞地從不同的門道上衝出來。雖然他們的盔甲顯得髒亂陳舊，但如果有人領頭，或知道這時發生什麼事，這群人是會和凱斯賓打起來的，因此這是個危險的時刻。凱斯賓不讓他們有時間想，立刻問：

「隊長在哪裡？」

「我多少算是隊長，如果你明白我的意思的話。」一個懶洋洋、打扮得像花花公子的年輕人說，身上沒有半片鎧甲。

「如果可能的話，」凱斯賓說：「我的期望是，這次前來訪問我的領地孤獨群島時，能有機會令我忠誠的子民歡樂，而不是令他們恐懼。如果不是因為這緣故，你這些士兵的盔甲和武器的狀況，我必會加以訓斥。既然我來訪不是要叫你們害怕，這次我就原諒你們。現在去開一桶酒，叫你的兄弟們來為我們祝酒，但是明天中午我在這院子裡見到你們時，我要看見你們裝束整齊，像個士兵，而不是像流浪漢。把這事切實辦好，免得我大發脾氣。」

那隊長目瞪口呆，伯恩立即喊道：「為國王乾三杯，高呼萬歲。」士兵們雖然還搞不清楚發生了什麼事，看到酒桶卻是明白的，便立刻加入高呼起來。凱斯賓隨後下令大部分人留在院子裡，他和伯恩、德里尼安等四人進了大廳。

大廳盡頭的一張桌子後面坐著孤獨群島的總督甘帕斯，有幾個祕書圍在他身邊。甘帕斯看起來像個脾氣暴躁的人，他的頭髮從前大概是紅的，現在大多灰白了。他抬頭瞥了一眼進來的陌生人，又繼續埋頭看他的檔案，同時不假思索地說：「除了每個月第二個星期六晚上九點到十點，沒有預約就不接見。」

凱斯賓向伯恩點點頭，然後站到一旁。伯恩和德里尼安向前走了一步，兩人各抓住桌子的一邊，抬起來往大廳旁邊一扔，桌子翻了一圈，桌上的信件、卷宗、墨水瓶、鋼筆、封蠟和文件全都散落一地。隨後，儘管他們動作並不粗暴，但雙手如同鋼鉗般牢牢抓住甘帕斯，將他從椅子上拉起來，拽到距離椅子大約四英尺遠的地方。凱斯賓立刻上前往椅子上一坐，將他出鞘的劍橫放在膝蓋上，兩眼緊盯著甘帕斯說：

「閣下，我是納尼亞的國王。你沒有按照我們所期望的好好歡迎我們。」

「我沒收到通知信，」總督說：「備忘錄上也沒有。我們沒接到這件事的任何通知。

完全不符合規定。不過我很樂意考慮任何申請……」

「我們是來調查你的行政措施，」凱斯賓繼續說：「有兩件事我特別要求你做出解釋。首先，我發現這些島嶼已經有一百五十多年沒有向納尼亞國王進貢了。」

「這個問題會在下個月的會議上提出來，」甘帕斯說：「如果有人提議成立一個調查委員會，在明年的第一次會議上報告孤獨群島的財政歷史，說明為什麼……」

「我還發現本國法律非常明確地寫道，」凱斯賓接著說：「如果貢品沒有送到，那麼全部欠款當由孤獨群島總督私人負責償還。」

聽到這話，甘帕斯才開始真的專注了。「噢，那絕不可能，」他說：「在經濟上絕對辦不到……呃……陛下一定是在開玩笑。」

他心裡正在想，有什麼辦法擺脫這些討厭的不速之客。如果他知道凱斯賓只有一艘船，只帶了一船人馬，這時一定會放軟口氣說些好話，等到了夜裡再把他們包圍起來一舉殺光，但是他昨天看到一艘戰艦駛過海峽，還看到它向僚艦（他以為有僚艦）發出信號。當時他不知道那是國王的座艦，因為風不夠大，沒有把繡著金獅的王旗吹展開來，因此他只等著進一步的發展。這時，他想像凱斯賓有一整支艦隊停靠在伯恩莊園。甘帕斯從來想不到，有人竟敢帶著不到五十個人來到峽港接管這些島嶼；他無法想像，因為他自己絕對不會做這種事。

「第二，」凱斯賓說：「我想知道，為什麼你允許那種令人憎惡的、慘無人道的奴隸買賣在此地日漸坐大，這違反了本國領土自古以來的習俗。」

「這是必需的，無法避免。」他說：「我向你保證，在孤獨群島的經濟發展上，這項買賣具有重要地位。我們目前的繁榮發展完全靠它了。」

「你要奴隸做什麼？」

「出口，陛下。主要賣給卡羅門人；我們還有其他市場。我們是這種買賣的重鎮。」

「換句話說，」凱斯賓說：「你不需要他們。告訴我，除了給帕格這種人的口袋增加財富，這種買賣還有什麼用途？」

「陛下您還年輕，」甘帕斯帶著慈父般的微笑說：「您要明白這種買賣所牽涉到的經濟問題，幾乎是不可能的。我有統計資料，我有圖表，我有……」

「我或許年紀還輕，」凱斯賓說：「但我相信我和閣下一樣瞭解奴隸買賣的內情。我看不出這種買賣為島上帶來了肉類、麵包、啤酒、葡萄酒、木材、捲心菜、書籍、樂器、馬匹、盔甲或其他任何值得擁有的東西。然而，不管它有沒有帶來什麼東西，這種買賣必須停止。」

「但是那麼做是開倒車啊，」總督驚慌地說：「難道你沒有進步的觀念，沒有發展的觀念嗎？」

凱斯賓說：「我在這兩者孕育之初就見過了。在納尼亞我們稱之為『墮落』。這種買賣必須停止。」

「我不為任何這樣的禁止措施負責。」甘帕斯說。

「好吧，那麼，」凱斯賓回答：「我們就免除你的職務。伯恩大人，過來。」甘帕斯還沒意識到發生了什麼事，伯恩已經跪下，將雙手放在國王的手中，宣誓要按照納尼亞古老的風俗、權利、習慣和法律來治理孤獨群島。凱斯賓說：「我想我們不需要再有總督了。」於是他封伯恩為公爵，孤獨群島的公爵。

「至於你，閣下，」他對甘帕斯說：「我免了你拖欠上貢的債，但是明天中午之前，你和你的家人必須搬出城堡，現在，它是公爵的府邸了。」

「聽我說，這一切都很好，」甘帕斯的一位祕書說：「不過，假設各位先生把裝腔作勢的表演都停下來，我們還有點正事要談。擺在我們面前的真正的問題是……」

「問題是，」公爵說：「你和其餘的烏合之眾是要挨一頓鞭子才走，還是不挨鞭子趕快走。你們可以喜歡哪個就選哪個。」

這一切都順利愉快解決之後，凱斯賓下令備馬，城堡內雖然有幾匹馬，但照顧得很不好。隨後，他和伯恩、德里尼安及其他幾個人立刻騎馬進城，奔向奴隸市場。那是距離港口不遠的一棟低矮建築，他們發現裡面的景象和其他的拍賣會很像；也就是說，裡面有一大群人，帕格站在一個平臺上，高聲大吼著：

「好了，各位大爺，第二十三號貨。優秀的泰瑞賓西亞莊稼能手，適合礦場或船上的廚房，年齡不到二十五歲，嘴裡沒有一顆壞牙。身體很好，很強壯的傢伙。塔克斯，把他的襯衫脫下來，讓諸位大爺瞧瞧。瞧瞧你身上的肌肉！看看他的胸膛。角落裡的那位先生出十個月牙幣。你是在開玩笑吧，大爺。十五個！十八個！二十三號貨有人出價十八塊。十八塊還有加價的嗎？二十一塊。謝謝你，大爺。現在出價是二十一塊……」

帕格突然停下來，目瞪口呆看著幾個身穿鎧甲的人噹啷噹啷地朝平臺走來。

「在場所有的人都跪下，向納尼亞國王致敬。」公爵說。大家都聽到外面馬匹所繫的鈴叮噹作響，許多人已經聽到一些登陸和城堡內發生事件的傳言，大多數人都順從跪下了，那些不服從的，也被身旁的人拉著跪下了，還有些人高聲歡呼。

凱斯賓說：「帕格，你昨天抓走了我們王室的成員，你本應為此償命，但是我原諒了你的無知。一刻鐘以前，我們所有的領地都禁止了奴隸買賣。我宣布，這個市場上所有的奴隸都自由了。」

他舉手制止了奴隸的歡呼，接著說：「我那幾個朋友在哪裡？」

「那位可愛的小姐和那位英俊的小少爺嗎？」帕格帶著討好的微笑說：「哎呀，他們一下子就被搶著買走了……」

露西和愛德蒙一起喊道：「我們在這裡，我們在這裡，凱斯賓。」銳脾氣從另一個角落裡喊道：「聽候您的差遣，陛下。」他們都已經被賣掉了，但是買下他們的人都還等著再競買其他奴隸，所以他們還沒被帶走。人群馬上分開，讓他們三位走出來，他們和凱斯賓熱烈握手並互相問候。兩個卡羅門商人立刻走上前來。卡羅門人都有著黝黑的臉孔，留著長鬍子。他們穿著寬鬆的長袍，纏著橙色的頭巾，他們是一個聰明、富裕、有禮、殘忍和古老的民族。這兩個商人非常有禮貌地向凱斯賓鞠躬，對他說了一大篇恭維的話，說的全是關於富足興旺的噴泉、澆灌謹慎和美德的花園——諸如此類的事——當然，他們主要是想討回他們已經支付了的錢。

「先生們，你們的要求很公平，」凱斯賓說：「今天每個買了奴隸的人都應該得到退款。帕格，把你今天賣奴隸的錢全部拿出來，一個迷你木都不許剩。」（一迷你木等於四十分之一個月牙幣）。

「仁慈的陛下，你這是要讓我去要飯嗎？」帕格抱怨道。

「你一輩子都把自己的快樂建築在別人的痛苦上，」凱斯賓說：「如果你**成為**乞丐，當乞丐也比奴隸好。我的另一個朋友在哪裡？」

「噢，**他**啊？」帕格說：「噢，歡迎你把**他**帶走。我很高興能把他脫手。我這輩子還沒在市場上見過這麼討人厭的傢伙。最後把他降價到五個月牙幣都沒人要。就算買一送一要把他扔出去也還是沒人要。沒有人肯碰他。連看都不願意看他一眼。塔克斯，把那個晦氣的傢伙帶過來。」

尤斯塔斯就這樣被帶來了，他的臉果然看起來很臭；雖然沒有人願意被賣為奴隸，但變成明明很實用卻沒人願意買的奴隸，也許更令人氣惱。他走到凱斯賓面前說：「我懂了。像往常一樣，我們其他人都變成囚犯時，你卻在某個地方逍遙享樂。我想，你甚至連英國領事館都沒找到，對吧。」

那天晚上，他們在峽港的城堡中舉行了一場盛大的宴會，隨後，銳脾氣回去上床睡覺前，向每個人鞠躬時說：「明天開始我們真正的冒險！」不過，冒險不可能真的在隔天或隨後就展開，因為此時他們打算離開所有已知的陸地和海洋，而想將這一切全拋在身後，必須做好最充分的準備。黎明踏浪號被清空，放上滾軸，由八匹馬拖到陸地，再由最熟練的造船工人將它裡裡外外全部檢修了一遍。然後它再次下水，盡可能地儲足糧食和飲水——也就是說，備足二十八天的用量。即便如此，愛德蒙仍不免失望，因為這表示他們只能向東航行十四晝夜，然後就必須放棄探索並且返航。

在這一切工作進行的同時，凱斯賓沒有錯過任何機會，他詢問了在峽港能找到的所有最老的船長，請教他們知不知道更遠的東方有沒有陸地，或有沒有聽過這類的傳言。他將城堡中儲存的麥酒一壺一壺的倒出來，請那些飽經風浪、留著灰白短鬚、有清澈碧眼的老人痛飲，從他們口中聽了許多海上奇談。不過，那些看起來最誠實的人都說，過了孤獨群島之後再沒有陸地了。還有許多人認為，如果向東航行得太遠，會進入一片波濤洶湧、沒有陸地的大海，這些漩渦永遠環繞在世界的邊緣——「我想，陛下的朋友們就是在那裡沉入海底的。」其餘只剩各種荒誕的故事了：像是無頭人居住的島嶼、漂浮的島嶼、沖天水柱和沿著水面燃燒的大火等等。只有一個人的說詞讓銳脾氣大為高興，他說：「在那之外，就是阿斯蘭的國度了，但那是在世界盡頭之外，你無法去到那裡。」然而，當他們進一步追問詳情時，他只說這是從他父親那裡聽來的。

伯恩只能告訴他們，當年他看著六個同伴繼續往東航行，從此再也沒有聽到他們的消息。他說這話的時候，他和凱斯賓正站在阿夫拉的最高點，俯瞰著東方的大海。「我經常在這裡待上一個上午，」公爵說：「看著太陽從海面升起，有時那看起來好像只有幾英里遠。我常常想起我的朋友，想知道地平線後面究竟是什麼。很可能什麼也沒有吧，而我總是多少會因為自己留了下來而感到羞愧。不過我希望陛下不要去。我們這裡需要你的協助。這次關閉奴隸市場，可能會開創出一個新世界；我預見與卡羅門會有一戰。陛下，請你再想一想吧。」

「我發過誓了，公爵大人，」凱斯賓說：「再說，我該**怎麼**對銳脾氣交代？」

05 暴風雨和餘波

在他們登陸將近三星期之後，黎明踏浪號才被拖船拖出峽港。所有人都鄭重道別，一大群人聚集在碼頭為它送行。凱斯賓最後一次向孤獨群島的居民發表講話，與公爵其他的家人分別時，眾人都又是歡呼，又是流淚。不過，隨著船漸漸遠離港口，儘管紫色的帆還在有一搭沒一搭地飄動，凱斯賓在船尾吹響的號角聲飄過水面變得愈來愈弱，所有人都沉默了下來。接著，船遇上了風，船帆鼓了起來，拖船解開纜繩，掉頭划了回去。第一個真正的浪頭在黎明踏浪號的船頭下方湧起，它再次成為一艘有生命的船。不需值班的人都走下艙房休息，德里尼安在艉樓值第一班。船繞過阿夫拉島的南端，掉頭向東前進。

接下來的幾天都很愉快。露西認為自己是世界上最幸運的女孩。她每天早晨醒來，都會看見水面反射進來的陽光在艙房的天花板上跳舞，環顧四周，都是她在孤獨群島上得到的漂亮新東西：高筒防水靴、厚底靴、斗篷、衣服和圍巾。然後，她會走上甲板，從艏樓眺望每天早上都是一片蔚藍的大海，呼吸一天比一天暖和的空氣。之後是吃早餐，那是只有在海上航行的人才有的好胃口。

大部分時間，她都坐在船尾的小長凳上和銳脾氣下棋。看銳脾氣下棋是件很有趣的事，棋子對他來說太大了，如果要下到棋盤中間，他會用兩隻前爪抱起棋子，踮起腳尖走過去。他下棋下得不錯，只要他記得自己是在下棋，他通常會贏。不過露西偶爾也會贏，那是因為老鼠下了荒唐的棋步，把騎士送進王后和城堡聯合的險境裡。會發生這種情況，是因為他一時忘記這是在下棋，腦子裡想的是真正的戰鬥，因此讓騎士採取在這種情況下肯定會做的事。因為他心中充滿了絕望、死亡、光榮的衝鋒，以及背水一戰堅持不退的想法。

然而，好景不常。一天傍晚，露西懶洋洋地望著船尾劃下的長長的浪痕時，看見西邊天際一大團雲以驚人的速度堆積起來。隨後雲層裂開一道縫，從裂罅中傾洩出一道落日餘暉。他們後方的海浪似乎也變得很不尋常，大海變成一種土色或黃色調，就像骯髒的畫布。空氣變冷了。整艘船走得很不安，彷彿感覺到後方有危險逼近。船帆時而扁平無力，時而瘋狂鼓脹。就在她注意到這些現象，並對風中傳來的險惡聲響感到納悶時，突然聽見德里尼安大喊：「全員快上甲板集合。」不一會兒，所有人都瘋狂忙碌起來。

兩個艙口都用板條密封起來，廚房裡的爐火撲滅，有人爬上桅杆去收帆。他們還沒完成應變工作，暴風雨已經襲來。露西覺得船頭前的大海裂開成一個大山谷，深得令她無法相信，而他們就這麼一頭扎了進去。一道海浪形成遠比桅杆高的灰色大山，朝他們當頭壓下，他們看起來必死無疑了，不料船被拋上了大浪頂峰。接著船身似乎在打轉。一波海水如洪流般猛衝上甲板；船頭和船尾就像兩座孤島，中間橫著一片洶湧的大海。桅杆高處的水手們躺在帆桁上，拚命想控制船帆。一根斷纜繩在狂風中猛烈甩動，筆直僵硬，就像一根撥火棍似的。

「到下面去，女王。」德里尼安大喊。露西知道，不諳航海的人——無論男女——這時都是船員的累贅，於是她服從了。想下去可不容易。黎明踏浪號向右舷嚴重傾斜，甲板斜得像屋頂。她必須先伏身爬到梯子頂端，抓牢那裡的欄杆，站到一旁等兩名水手爬上來，讓他們先過，然後盡她所能爬下梯子。幸好，在另一波大浪呼嘯著沖過甲板、淹過她肩頭時，她已牢牢抓住梯腳。雖然她已被暴雨和浪濤打得全身濕透，但這波大浪特別冷。然後她衝向艙門，衝了進去，把他們猛然衝入黑暗的可怕景象暫時關在門外。然而，可怕的混亂聲響當然是擋不住的——嘎吱聲、呻吟聲、斷裂聲、嘩啦聲、咆哮聲和怒濤的隆隆聲——這些聲音在下面聽起來比在艉樓裡更驚心動魄。

第二天一整天，還有之後的日子，這種情況都繼續著。暴風雨一直持續到所有人都記不得它是哪天開始的。船上一直維持由三個人掌舵，需要三個人的力量才能保持住船的航向，同時還需要有人一直使用唧筒抽水。幾乎沒有人休息，什麼也不能煮，什麼也做不了，還有一個人落海失蹤了，太陽也一直沒有露面。

暴風雨結束後，尤斯塔斯在日記裡寫了這些紀錄。

「**九月三日**。好久了，這是我能寫日記的第一天。我們被颶風驅趕了足足十三個晝夜。我記得，是因為我仔細算著日子，儘管其他人都說只有十二天。和一群連日子都算不清楚的人一起從事危險的航海，真是**三生有幸**！我經歷了一段可怕的時光，一小時接一小時，被巨浪拋上拋下，通常渾身濕透，甚至沒人打算提供我們像樣的三餐。不用說，這裡沒有無線電，甚至沒有發信號用的火箭，所以沒有機會向任何人發出求救信號。我一直告訴他們，用這樣一個小浴缸似的破船來航海太瘋狂了，現在這一切證明我說的沒錯。就算和高尚的人一起航海也夠糟的，何況是和一群人形惡魔。凱斯賓和愛德蒙對我太粗暴了。桅杆折斷的那天晚上（現在只剩一截木樁了），雖然我**很**不舒服，他們還是強迫我上甲板，像奴隸一樣幹活。露西還把槳塞給我，說銳脾氣很想幹活，只是他個頭太小了。我很納悶，她難道看不出那個小畜生所做的一切都是為了**出風頭**。即使她年紀還小，也應該有點判斷力了吧。今天，這艘該死的船終於平穩下來，太陽也出來了，大家都在嘮叨接下來該怎麼做。我們的糧食，雖然大部分很難吃，也還足夠維持十六天。（家禽都被大浪沖走了，就算還在，暴風雨也會讓牠們嚇得下不了蛋。）真正的麻煩是飲用水。有兩個水桶似乎撞裂了，水都漏光了。（又是納尼亞的效率問題。）飲水配給縮減，每天半品脫，這樣可以足夠十二天用。（船上還有很多蘭姆酒和葡萄酒，不過連**他們**也明白，喝酒只會讓人更渴。）

「當然，如果我們辦得到的話，最明智的做法是立即掉頭向西，朝孤獨群島進發，但是我們花了十八天才到達現在的位置，而且是在背後有狂風驅趕的情況下往前直奔。即使有東風，回去也要花更長的時間。目前沒有任何東風的跡象——事實上，根本就沒有風。至於用槳划回去，會花更長的時間，凱斯賓說，一天只喝半品脫的水，水手根本划不了槳。我很確定他這麼說是錯的。我試著向他解釋，流汗真的能使人降低體溫，所以水手們工作的話，能降低他們對水的需求。他完全不理會我說的，每當他想不出答案時總是這樣。其他人一致贊成**繼續**前進，希望能找到陸地。我覺得我有責任指出，我們不知道前方**有沒有**陸地，並盡力讓他們明白一**廂情願**有多麼危險。他們不但不去訂出更好的計畫，反而厚著臉皮問我有什麼建議。於是我只冷淡地解釋，我是被綁架參與了這種**愚蠢的**航行，事前根本沒有經過我的同意，所以幫他們擺脫困境不是**我的**事。

「九月四日。還是風平浪靜。午餐的配給非常少，我的比任何人都少。凱斯賓給大家分配時很精明，還以為我看不出來！露西不知道什麼原因想把她的食物分一些給我做補償，但是那個**愛管閒事**的愛德蒙不讓她這麼做。太陽很熱。整個晚上都很渴。

「**九月五日**。還是風平浪靜，而且非常熱。一整天都感覺很難受，我肯定發燒了。當然，他們沒那個腦子在船上備一支體溫計。

「**九月六日**。可怕的一天。半夜裡醒來，我**知道**我發燒了，我必須喝點水。任何醫生都會這麼說的。天知道，我是最不會設法占便宜的人，可是我作夢也沒想到，這種限制飲水的配給方式竟然會用到病人身上。事實上，我可以叫醒其他人，要他們拿些水給我，只不過我認為叫醒他們太自私了。因此我起身拿了杯子，踮著腳尖走出我們睡覺的『黑洞』，小心翼翼不打擾到凱斯賓和愛德蒙，因為自從炎熱和缺水開始以後，他們就一直睡得不好。不管別人對我好不好，我總是盡力為他們著想。我順利來到大房間——如果它能稱為房間的話——那裡擺的全是划槳的長凳和行李。水就在房間的另一頭。一切都進展得很順利，但我還沒裝滿一杯水，就被那個**小間諜**銳脾氣逮住了。我試著解釋我是要到甲板上去透透氣（水的事和他毫不相干），他卻問我手上為什麼拿著一個杯子。他發出好大的聲音，把整艘船的人都吵醒了。他們對待我的態度很無恥。我問（我想每個人都會這麼問），三更半夜了，銳脾氣還在水桶旁邊鬼鬼祟祟的幹什麼。他說，因為他個頭太小，在甲板上幫不了任何忙，所以每晚值班看水，這樣可以多讓一個人去睡覺。

這下他們那套該死的不公平又來了：他們全都相信他。你有什麼辦法呢？

「我只好道歉了事，否則那危險的小畜生就要拿他的劍攻擊我了。接著，凱斯賓露出他真正的暴君嘴臉，大聲對眾人宣布，再發現有任何人『偷』水就「罰兩打」。我不懂那是什麼意思，直到愛德蒙跟我解釋，我才知道這話出自佩文西家孩子讀的那種書。

「做了這種懦弱的威脅以後，凱斯賓語調一轉，又開始擺出一副**屈尊俯就**的態度，說他對我感到抱歉，其實每個人都像我一樣感覺發燒了，然而我們必須慎用飲水等等。

真是個裝腔作勢、自吹自擂的討厭鬼。今天一整天都躺在床上。

「**九月七日**。今天有點風，但仍是從西邊吹來。只用了部分風帆向東航行了幾英里，帆掛在德里尼安說的應急桅杆上，所謂應急桅杆，就是把船首的斜桁豎起來，綁在原來桅杆的殘樁上（他們稱之為「繫索」）。還是口渴得要命。

「**九月八日**。仍在向東航行。我整天待在我的臥鋪，除了露西誰也不見，直到那兩個**討厭鬼**回來睡覺。露西分了一點她的水給我。她說女孩不像男孩那麼容易口渴。我以前就常想到這一點，但是在海上大家更應該知道。

「**九月九日**。看得見陸地了；在很遠的東南方有一座很高的山。

「**九月十日**。那座山更大更清楚了，但是仍然很遠。今天又見到海鷗了，已經隔了不知道有多久沒見過了。

「**九月十一日**。抓了些魚來做午飯。大約晚上七點左右，在這座山巒島嶼的一處海灣內，大約三英哼深的地方下了錨。那個白痴凱斯賓不讓我們上岸，他說因為天黑了，怕碰上野蠻人和野獸。今晚額外多配給了一些水。」

在這座島嶼上等待他們的，對尤斯塔斯的影響比對其他人更大，但這無法用他的話來說，因為在九月十一日之後，他有很長一段時間忘了寫日記。

早晨來臨，天空灰暗，雲層很低，但是很熱，這群冒險家發現自己身在一個懸崖和岩壁包圍的海灣裡，那很像挪威的峽灣。在他們前方，海灣的盡頭處有一片平地，長滿看起來像是雪松的樹，有一條湍急的小溪從那裡流出來。再過去是個拔地而起的陡峭山坡，坡頂是參差不齊的山脊，山脊後方是一片蒼莽黑暗的群山往上直入雲霄，因此看不見山頂。海灣兩旁較近的懸崖上，到處可見一條條掛著的白線，雖然隔著距離看不出它們有任何動靜，也聽不見任何聲音，但所有人都知道那是瀑布。這地方確實非常安靜，海灣的水面平滑如鏡，倒映出懸崖上的每個細節。這樣的景色若是放在畫中一定很美，但在現實裡卻令人感到相當沉重。這不是一個歡迎訪客的地方。

全船的人分兩批搭小船上岸，每個人都在河裡舒服又痛快地喝水和梳洗，又吃了一頓飯，稍事休息後，凱斯賓派四個人回去看守大船，接著這一天的工作就開始了。要做的事情很多。木桶必須運到岸上，損壞的要盡可能修好，全部重新裝滿水；要砍一棵樹來做新桅杆，如果能找到松樹最好；船帆必須修補；組織一支狩獵隊去獵捕這片陸地上可能會有的野味；清洗和修補衣服；還有，船上無數的小裂口也需要修好。至於黎明踏浪號本身，幾乎認不出它就是離開峽港時那艘華麗的大船了，從他們現在的位置遠遠看過去更明顯。它看起來像一艘破敗、褪色的廢船，任何人都會以為它是殘骸。它的管理者和水手們也都沒好到哪裡去──個個骨瘦如柴，面色蒼白，因睡眠不足而兩眼通紅，衣服也都襤褸不堪。

尤斯塔斯躺在樹下聽他們討論所有這些計畫，心往下沉。難道都不休息嗎？他們才剛到達渴望已久的陸地，看樣子第一天就要像在海上時一樣苦幹。接著，他想到一個令人愉快的主意。沒有人在看他，所有人都在談論他們那艘船，好像他們真的很喜歡那些瑣事似的。他何不乾脆溜走呢？他可以到內陸散散步，在山上找一個涼爽、通風的地方好好睡一覺，等所有人忙完一天的工作後，再回來和他們會合。他覺得這麼做對他有利。不過他會非常注意，要讓海灣和船的位置保持在視線內，以確保找得到路回來。他可不想被留在這個地方。

他立刻把計畫付諸行動。他悄悄起身，走進樹林，小心翼翼慢慢走，裝作漫無目的的樣子，這樣任何看見他的人都會以為他只是在散步。他才走了一會兒就驚訝地發現，背後的談話聲音那麼快就消失了，樹林變得那麼寂靜、那麼溫暖、那麼濃綠。很快的，他就覺得自己能以迅速且更堅定的步伐冒險前進。

他很快就走出了樹林。在他前方是逐漸拔高陡峭的山坡。坡上的草又乾又滑，不過如果他手腳並用，儘管氣喘吁吁、不停用手擦拭滿臉的汗，還是穩穩地往上爬。順便補充一下，這表示他沒有察覺的新生活已經為他帶來了良好的效果；如果是從前那個尤斯塔斯——哈樂德和艾貝塔的尤斯塔斯——來爬的話，恐怕不到十分鐘就放棄了。

經過幾次休息，他慢慢爬上山脊。他本來期望在這裡看見島的中心，但此時雲層愈來愈低，愈來愈近，一片霧海正朝他滾滾而來。他坐下來，回頭看了看。此刻他已經在很高的地方了，海灣在他下方顯得很小，他可以看見綿延幾英里的大海。這時，從山脈飄來的迷霧籠罩了他，霧很濃，但是不冷，他躺下來，身體翻來覆去的，想找個最舒服的位置讓自己享受一下獨處。

不過他並沒享受獨處，或者說沒享受很長的時間。他開始感到寂寞，這幾乎是他人生中第一次感到寂寞。這種感覺起初不強，但是逐漸增加。然後他開始擔心時間。周遭一點聲音也沒有。突然，他想到自己可能已經在這裡躺了好幾個鐘頭了，說不定其他人都已經走了！也許他們是故意讓他離開，只為了把他丟下！他驚慌失措地跳起來，開始下山。

一開始他只想走快點，結果在陡峭的草坡上滑倒，滑了好幾英尺遠。接著他覺得這一滑讓他太偏左了——他在爬上來時看到那邊有懸崖，因此又往上爬，盡可能回到他猜是自己出發的地方，然後重新開始朝他的右邊下山。之後情況似乎變得比較順利。他小心翼翼地走著，因為他的能見度只有前方一碼多的地方，四周仍是一片寂靜。當內心有個聲音不斷催促你「快點，快點，快點」，而你卻不得不小心翼翼地走的時候，那感覺真是非常討厭。那種被人拋棄的可怕念頭隨著時間的過去愈來愈強烈。當然，如果他瞭解凱斯賓和佩文西兄妹，他就知道他們絕不會做這種事，但是他已經說服自己，他們全是披著人皮的惡魔。

「終於下來了！」尤斯塔斯脫口說。他剛滑下一段碎石坡（人們稱為「岩屑堆」），發現自己站在平地上：「好啦，那些樹在哪裡呢？前方有某種黑黑的東西。哎呀，我相信霧正在消散。」

沒錯。光線愈來愈亮，讓他直眨眼睛。霧散了。他置身在一個完全陌生的山谷裡，根本看不見大海。

06 尤斯塔斯歷險

同一時刻，其他人正在河裡洗手洗臉，準備吃午飯和休息。三個最優秀的弓箭手到海灣北側山上獵了一對野山羊回來，這時正架在火上烤著。凱斯賓下令搬了一桶酒到岸去，那是一桶阿欽蘭的烈酒，必須兌了水才能喝，因此足夠讓每個人痛快暢飲。到目前為止，工作進行得都很順利，這頓飯所有人都吃得很開心。等到吃完第二盤羊肉之後，愛德蒙才說：「那個討厭鬼尤斯塔斯到哪裡去了？」

此時，尤斯塔斯正在環顧著那個未知的山谷。山谷又窄又深，四周的懸崖也很陡峭，它就像個大坑或深溝。雖然地面遍布岩石，也長滿青草，尤斯塔斯看見到處有一塊塊燒得焦黑的痕跡，像你在乾燥的夏天在鐵軌路堤兩邊看見的那種焦痕。在離他大約十五碼遠的地方有個清澈平靜的水塘。乍看之下，山谷裡沒有其他生物，沒有飛禽，沒有走獸，連一隻昆蟲都沒有。烈日當空直射，群山嚴峻崢嶸的峰尖俯瞰著山谷的邊緣。

尤斯塔斯當然明白，自己在大霧中走錯了方向，走下了山脊的另一邊，所以立刻轉身，想看看有沒有回去的路。不過，他一看就打了個寒顫。他顯然運氣非常好，找到了唯一可能的下山之路——一條長長的綠色坡道，陡峭狹窄，兩邊都是懸崖。想回去沒有其他路，但是他能爬得上去嗎？這時他看到了真實的情況，光想到要爬就頭暈。

他又轉過身來，心想無論如何最好先到水塘喝個飽。然而，他才轉身，還沒朝山谷踏出一步，就聽見背後有響聲。那只是一個很小的聲音，但是在這一片死寂中聽起來很響亮。他嚇得僵立在原地，好一會兒之後才轉過頭去看。

在懸崖底部，在他左邊有個低矮、黑暗的洞——也許是一個山洞的入口。從洞裡冒出了兩縷淡淡的青煙。黑洞底下那些鬆散的石頭在移動（這就是他剛才聽到的聲音），就好像有什麼東西正在石頭後方的黑暗中爬行一樣。

是有東西在爬。更糟糕的是，那東西正在往外爬。換成愛德蒙、露西或你，都會立刻認出牠來，但尤斯塔斯從沒讀過任何對的書。從洞裡爬出來的那個東西，是他連想像都不曾想像過的——鉛灰色的長鼻子、呆滯的紅眼睛、無羽無毛，長而柔軟的身軀拖在地上爬，兩條腿的關節彎起來比背部高，就像蜘蛛凶殘的腳爪，像蝙蝠般的翅膀拖過石頭時發出刺耳的聲音，尾巴有好幾碼長。一縷縷的煙從牠兩個鼻孔冒出來。他呆看著，嘴裡始終沒有吐出**龍**這個字。就算他說了，也於事無補。

不過，假如他對龍有點瞭解的話，他就會對這條龍的舉動感到有點驚訝。牠沒有坐起來拍拍翅膀，也沒有從嘴裡噴出火焰。從牠鼻孔裡冒出的煙就像火快熄滅時散發的。牠似乎沒注意到尤斯塔斯，只是非常緩慢地朝水塘爬去——不但慢，還停下來休息了許多次。尤斯塔斯即使在恐懼中，也覺得這是一隻又老又可憐的生物。他心裡想著要不要冒險衝出去往山上爬，但是如果他發出聲音，牠可能會到處張望，說不定還會活躍起來。說不定牠只是在裝病。再說，面對一隻會飛的生物，爬山能逃得掉嗎？

牠爬到水塘邊，把可怕、長著鱗甲的下巴順著沙礫滑下去喝水，但還沒喝到水就先發出好大一聲咳嗽或號叫，接著抽搐了幾下，翻身歪倒在地，一隻爪子伸向空中，一動也不動了。牠張大的嘴裡溢出了一點黑血，鼻孔冒出的煙由淡變黑，特續了一會兒，隨即飄散。再也沒有動靜。

尤斯塔斯等了很長一段時間，動都不敢動。也許這是那個怪物的詭計，以此誘騙旅人送死。可是誰也不能永遠等下去啊。他朝前走近一步，又走了兩步，再停下來。龍一動也不動；他還注意到牠眼中那種紅光已經消失了。終於，他走到牠面前。這時他很確定牠已經死了。他戰戰兢兢地摸了牠一下，什麼事也沒有。

尤斯塔斯如釋重負，差點大聲笑出來。他開始覺得自己宛如與龍經過一番激戰後殺了牠，而不是只有看著牠死去。他跨過死去的龍，走到水塘邊喝水，因為天氣愈來愈熱得讓人受不了。他聽到一陣雷聲響起時，並不驚訝。雷響過後太陽幾乎是立刻消失，他水還沒喝完，豆大的雨點就落下來了。

這島的氣候很不舒服。不到一分鐘，尤斯塔斯就全身濕透了，連眼睛也睜不開，歐洲從未見過這樣的大雨。只要雨一直這麼大，他根本不可能從山谷中爬出去。他衝向眼前唯一可以避雨的地方——那個龍的洞。他進入洞裡，躺下來試著喘口氣。

我們大多數人都知道在龍的巢穴裡會發現什麼，但正如我前面說的，尤斯塔斯讀的書都不對。那些書寫的都是關於出口、進口、政府和排水溝，但是關於龍卻什麼也沒提。這就是為什麼他對自己所躺的地面很困惑。有些不像是石頭，因為刺得人發痛，也不可能是荊棘，因為太硬，而且似乎還有很多圓而扁的東西，他一挪動就聽到叮噹響。洞口有足夠的光線可以察看這些東西。當然，尤斯塔斯發現的東西，是我們任何人都能事先告訴他的——珍寶。有各種王冠（就是那些刺人的東西）、硬幣、戒指、手鐲、金錠、酒杯、盤子和寶石。

尤斯塔斯（和大多數男孩不一樣）從來沒想過寶藏什麼的，但他立刻看到了財寶在這個新世界——他從露西臥室的那幅畫裡糊裡糊塗闖入的新世界——當中的用途。「他們這裡沒有任何稅收，」他說：「你也不用把財寶繳給政府。有了這些東西，我可以在這裡——也許在卡羅門——過相當舒服的日子。卡羅門聽起來是這些國家當中最不虛偽的。不知道我能帶得了多少？那個手鐲——它上面的東西大概都是鑽石——我先把它戴到自己的手腕上。太大了，不過我可以把它擼到手肘上方就好了。然後，再把口袋裝滿鑽石——這比黃金來得輕。這場該死的雨到底什麼時候才會停？」他找到一個比較舒服的地方坐下來等，那裡大部分是金幣。不過，經過了這樣一番驚嚇，一旦驚嚇結束，加上之前還走了那樣一趟下山的路，會讓人感到非常疲憊，因此尤斯塔斯睡著了。

就在他熟睡打鼾時，其他人已經吃完中飯，開始對他的失蹤真正著急起來。他們大喊：「尤斯塔斯！尤斯塔斯！喂……！」他們嗓子都喊啞了，凱斯賓還吹響了號角。

「他不在附近，否則他早就聽到了。」露西臉色蒼白地說。

「那傢伙真是混蛋。」愛德蒙說：「他這樣溜走，到底是想幹什麼？」

「可是我們必須找找看啊，」露西說：「他可能迷路了，或掉進了洞裡，或被野蠻人抓走了。」

「或被野獸吃掉了。」德里尼安說。

「我說，吃了也好，那就擺脫他了。」萊因斯喃喃道。

「萊因斯先生，」銳脾氣說：「你從未說過一句讓自己有失身分的話。那傢伙不是我的朋友，但他是女王的親戚，也是我們同船的夥伴，我們不能不去找他，這關係到我們的榮譽，如果他死了，我們也要為他復仇。」

「當然，我們必須找到他（如果**找得到**的話），」凱斯賓厭倦地說：「這是一件麻煩的事。這表示我們必須組織一個搜索隊，還有無數的麻煩。尤斯塔斯真是太麻煩了。」

與此同時，尤斯塔斯還在睡，一直睡——呼呼大睡。是手臂上的疼痛讓他醒過來的。月光照進洞口，寶物積聚的床似乎變得舒服多了。事實上，他幾乎沒感覺到它的存在。起初他不明白手臂為什麼會痛，但他很快意識到，他擼到手肘上方的手鐲這時箍得異常的緊。他的手臂（左臂）一定是在他睡著的時候腫起來了。

他抬起右手想去摸摸左臂，但還沒抬起一英寸就停住了，並且嚇得咬住了嘴唇。因為就在他前面稍微靠右的地方，月光清楚照在地面上，他看見一個可怕的影子在移動。他認得那形狀：那是一隻龍爪。他抬手的時候看見它也動了，他停下來的時候它也停下不動。

「噢，我真是個傻瓜，」尤斯塔斯想：「那畜生有個伴，就躺在我旁邊。」

有好幾分鐘時間，他連一根指頭都不敢動。他看見兩縷細細的煙在眼前升起，襯著月光看是黑色的，和先前另一條龍在快死之前從鼻孔裡噴出來的一樣。這實在太嚇人了，他屏住了呼吸。那兩縷煙消失了。當他再也屏不住呼吸，偷偷透一口氣時，那兩縷煙立刻又冒了出來。即便如此，他仍對真相毫無概念。

一會兒之後，他決定小心翼翼地挪到左側，試著爬出洞去。也許那怪物睡著了——

不管怎麼說，這是他唯一的機會。不過，在他朝左邊挪過去之前，他當然先向左看。噢，太恐怖！那邊也有一隻龍爪。

如果尤斯塔斯這時流淚，誰看見都不會怪他。看見眼淚濺到面前的寶藏上時，他驚呆了，沒想到他的淚珠竟然那麼大一顆，而且看起來異常滾燙，還冒著熱氣。

可是哭也沒用。他必須設法從兩條龍中間爬出去。他才剛伸出右臂，右邊那條龍也同樣伸出前腿和右爪。接著，他想嘗試伸出左臂，他左邊那條龍也同樣伸出臂爪。

兩條龍，各據一邊，模仿他做的所有動作！他嚇破了膽，只能不顧一切往外衝出去。

他衝出山洞時，耳中聽見一陣刺耳的咔嗒聲、金子的叮叮噹噹聲，還有石頭軋碎的聲音，他以為那兩條龍都在跟著他。他完全不敢回頭，拚命衝到水塘邊。那條躺在月光下的死龍的扭曲形狀足以嚇死任何人，但他現在根本視而不見，一心只想衝進水塘裡。

不過，就在他衝到水塘邊時，發生了兩件事。第一，他如遭五雷轟頂般發現，自己竟四肢著地在跑——天知道他為什麼要這樣跑？第二，當他彎下腰靠近水面時，他頓了一下，心想水裡怎麼有一條龍正盯著他。不過，他隨即明白了真相。水塘裡那張龍臉是他自己的倒影。這點毫無疑問。因為他動它也動，他張嘴它也張嘴，他閉嘴它也閉嘴。

他睡著之後變成了一條龍。他睡在龍的寶藏上，心裡懷著像龍一樣貪婪的心思，於是，他變成了一條龍。

這解釋了一切。在山洞裡的時候，他旁邊並沒有兩條龍。在他右邊和左邊的爪子，是他自己的右爪和左爪。那兩縷黑煙是從他自己的鼻孔裡冒出來的。至於他左臂（或說他原來的左臂）的疼痛，這時他可以斜著左眼看見是怎麼回事。原來戴在男孩手臂上很合適的手鐲，此時對粗大結實的龍的前肢來說當然太小了。它深深嵌進他那有鱗甲的肉裡，手鐲兩邊的肌肉都腫得很高，而且不停搏動。他用龍牙去咬那個地方，但是無法把它弄下來。

儘管很痛苦，不過他的第一個感覺是鬆了一口氣。再也沒有什麼好怕的了。他自己就是個讓人懼怕的怪物，這個世界上，除了騎士（而且不是所有的騎士），再也沒有人敢攻擊他。現在他可以找凱斯賓和愛德蒙算帳了……

不過，他一想到這一點，就明白自己不想這樣做。他想和他們做朋友。他想回到人類之間，一起談笑，一起分享事物。他明白自己現在是個與所有人類隔絕的怪物。一種可怕的孤獨感襲來，占據了他的心。他開始明白其他人根本不是真正的惡魔。他開始懷疑自己是不是他向來所認為的好人。他渴望聽到他們的聲音。即使是銳脾氣對他說句好話，他都會感激不盡。

想到這裡，那條原本是尤斯塔斯的可憐的龍放聲大哭起來。一條強大的龍在荒山野嶺裡的月亮下號啕大哭，這景象和聲音都令人難以想像。

最後，他決定還是要找到路回海邊。這時，他明白凱斯賓永遠不會拋下他揚帆而去。他還確信自己能以某種方式讓大家明白他是誰。

他喝了許多水，然後將那條死龍幾乎全部吃光（我知道這聽起來太令人震驚，不過仔細想想也沒什麼）。他吃了一半以後才意識到自己在做什麼；因為，你瞧，雖然他的頭腦是尤斯塔斯的頭腦，但是他的口味和消化系統都是龍。在龍看來，沒有什麼比新鮮龍肉更好吃了。這就是為什麼你在一個地方多半只會看見一條龍。

然後他轉身爬出山谷。他一開始是連爬帶跳，沒想到一跳之下竟發現自己飛起來了。他已經完全忘了自己有翅膀，這使他大為驚喜——他有很長一段時間沒有享受過驚喜了。他飛到高空，在月光中看見有無數山嶺散布在他腳下。他看見海灣像一塊銀色的石板，黎明踏浪號下了錨，横停在海灣裡，海灘旁的樹林裡有營火在閃爍。他從高空中俯衝而下，朝他們滑翔過去。

露西睡得很香，因為她希望能聽到尤斯塔斯的好消息，一直等到搜索隊回來才睡。搜索隊由凱斯賓率領，很晚才回來，個個疲憊不堪。他們帶回來的消息令人不安。他們沒發現尤斯塔斯的蹤跡，但是在一個山谷裡看見一條死龍。他們儘量往好處想，彼此互相保證附近不可能再有其他的龍，而那條龍是那天下午三點左右死的（也就是他們看見牠的時候），不太可能在死前幾個小時殺過人。

「除非牠吃了那個小畜生，被毒死了；他能毒死任何東西。」萊因斯說。不過他聲音極低，沒人聽見。

儘管如此，到了深夜，露西被一陣輕聲細語驚醒，發現所有人聚在一處竊竊私語。

「怎麼了？」露西說。

「我們所有人都必須顯得無比堅定。」凱斯賓說：「一條龍剛剛飛過樹梢，降落在海灘上。沒錯，恐怕就橫在我們和大船之間。箭傷不了龍的。牠們也完全不怕火。」

「請陛下允許……」銳脾氣開口。

「不，銳脾氣，」國王非常堅定地說：「你**別想**找牠單打獨鬥。除非你答應這件事聽我的，否則我就把你捆起來。我們必須密切監視，等天一亮就到海灘上去與牠戰鬥。我來帶頭。愛德蒙國王在我右翼，德里尼安勳爵在我左翼。此外沒有其他安排。再過幾個小時天就亮了。一個小時後開飯，把剩下的酒都喝了。一切都要安靜地進行。」

「也許牠會離開。」露西說。

「牠離開的話就更糟了。」愛德蒙說：「如此一來，我們就不知道牠在哪裡。如果房間裡進來一隻黃蜂，能看見牠比較好。」

這個夜裡剩下的時間太難熬了，早飯做好送上來時，雖然他們知道該吃，但所有人都發現自己沒胃口。在黑暗漸漸變淡，鳥兒開始鳴叫之前，長夜的等待似乎沒有盡頭，周遭變得比過去一整夜更冷更濕。凱斯賓說：「朋友們，現在動手吧。」

他們站起來，全都拔劍在手，聚攏成一個堅實的陣式，露西在中間，銳脾氣在她的肩上。這比等待好多了，人人都覺得比平時更親愛其他人。片刻之後，他們開始前進。他們來到樹林邊時，天又亮了一些。那條龐大、可怕、隆起一團的龍就趴在沙灘上，像一隻巨大的蜥蜴，一條柔韌的鱷魚，或一條長著腿的蛇。

然而，龍看見他們時，沒有起身噴火和煙，而是撤退——幾乎可說是步履蹣跚地後退到海灣的淺水中。

「牠那樣搖頭做什麼？」愛德蒙說。

「現在牠在點頭。」凱斯賓說。

「牠的眼睛裡有東西流出來。」德里尼安說。

「噢，你們還看不出來嗎？」露西說：「牠在哭。那是眼淚。」

「我不應該相信，女王陛下。」德里尼安說：「鱷魚也會這麼做，讓你放鬆警戒。」

「你說這話時，牠一直搖搖頭，」愛德蒙說：「就像牠在說『不』一樣。瞧，牠又來了。」

「你想，牠明白我們在說什麼嗎？」露西問。

那條龍拚命點頭。

銳脾氣從露西的肩上滑了下來，走到前面去。

「龍，」他尖聲說：「你聽得懂我們的話嗎？」

龍點了點頭。

「你能說話嗎？」

牠搖搖頭。

「那麼，」銳脾氣說：「問你也是白搭。不過，如果你發誓和我們做朋友，請把你的左手高舉過頭。」

牠照做了，不過動作很笨拙，因為那條腿被金手鐲勒得又腫又痛。

「噢，你們看，」露西說：「牠的腿有毛病。可憐的傢伙——那可能就是牠哭的原因。也許牠是來找我們求醫，就像《安德魯克里斯和獅子》[3]那個故事一樣。」

「小心，露西，」凱斯賓說：「這是條非常聰明的龍，但也可能有詐。」

然而露西已經跑上前去了，銳脾氣撒開兩條短腿緊跟在後，接著，兩個男孩和德里尼安當然也跟上了。

「讓我看看你可憐的爪子，」露西說：「我說不定可以治好它。」

3《伊索寓言》中的故事，奴隸安德魯克里斯因緣際會幫了一隻獅子，日後他被扔到鬥獸場上時遇到同一隻獅子，獅子口下留情饒了他性命，最後雙方都獲得了自由。

那條原本是尤斯塔斯的龍高興地伸出了牠疼痛的腿，想起在他變成龍之前，露西如何親切地治好了他的暈船。不過，這次他很失望。神奇的甘露只減輕了腫脹並舒緩了疼痛，但它無法融解金手鐲。

這時所有人都圍上來看她治傷，凱斯賓突然喊道：「你們看！」他目不轉睛地盯著那個手鐲。

07 冒險結束

「看什麼？」愛德蒙說。

「看金鐲子上的圖案。」凱斯賓說。

「一把小錘子，上面有顆鑽石，像顆星星。」德里尼安說：「咦，我以前見過。」

「你見過！」凱斯賓說：「你當然見過啊。這是納尼亞一個偉大家族的標誌。這是奧克特先動爵的臂環。」

「壞蛋，」銳脾氣對龍說：「你吞過一個納尼亞爵爺？」但那條龍拚命搖頭。

「也許，」露西說：「這是奧克特先動爵變成的龍——你知道，中了某種的魔法。」

「也不見得，」愛德蒙說：「所有的龍都喜歡收集金子。不過，我想我們可以確定的是，奧克特先沒有活著離開這座島嶼。」

「你是奧克特先動爵嗎？」露西對那條龍說，見牠傷心地搖搖頭，露西又問：「你是中了魔法的人嗎？我是說，你是人變的嗎？」

牠拚命點頭。

然後有人說——事後人們都在爭議這句話是露西還是愛德蒙說的：「你該不是……尤斯塔斯吧？」

尤斯塔斯點了點他可怕的龍頭，尾巴用力拍打著海水，所有人連忙往後跳開（有些水手甚至驚叫出聲，我就不寫了），避免他眼睛裡流出來的巨大又滾燙的眼淚滴到他們身上。

露西竭力安慰他，甚至鼓起勇氣去親吻那張滿是鱗甲的臉。幾乎人人都說「運氣真壞」，還有幾個人向尤斯塔斯保證，他們都會支援他。有不少人說，他身上的魔法一定會有辦法解除，他們會在一、兩天之內使他恢復正常。當然，他們都急著想聽他講事情的經過，但他無法說話。在接下來的日子裡，他不只一次試圖把經過寫在沙灘上讓他們看，但是從來沒有成功過。首先，尤斯塔斯（從來沒有讀過一本對的書）不知道如何直截了當講述一個故事。另一方面，他必須藉助龍爪來寫，那些肌肉和神經都不是用來寫字的，也從來沒學過寫字。結果，每次他還沒寫完，潮水一漲，就把所有文字都沖走了，只剩下他踩住或碰巧尾巴蓋住的一小部分留了下來。所有人看到的都像以下那樣，是斷斷續續、殘缺不全的片段：

我去睡……龍我是說龍洞因為牠死了風雨很大……醒來……逃出來……我的手臂噢天啊……

不過，大家都清楚察覺到，因為變成龍，尤斯塔斯的性格大有改善。他急於幫忙。他飛遍全島，發現島上全是山嶺，只有野山羊和成群野豬。他帶回許多這些弄死的野物供船上的人食用。他也用非常人道的方式捕殺獵物，他只要抬起尾巴用力一掃，山羊和野豬（大概還不知道怎麼回事）就死了。當然，他自己會吃掉一些，但總是獨自一個人吃，因為他現在是龍，喜歡吃生食，但他完全不能忍受有人看見他髒亂血腥的進食。有一天，他費力又得意地慢慢飛著，把一棵高大的松樹帶回了營地，這棵樹是他在遙遠的山谷裡連根拔起的，帶回來讓船做主桅杆。到了晚上，如果天氣變冷了——有時在大雨過後會降溫——他便成為眾人的暖爐，所有人都會過來圍著他，背靠著他熱烘烘的身體兩側坐下，把全身烤暖烘乾；而他只要噴出一口火，連最難點燃的木柴都會燒起來。有時候，他會挑選幾個夥伴騎在他背上，帶他們盤旋飛行，讓他們看看青翠的山坡、多岩的高山、狹窄如坑的山谷，也會遠遠向東飛到大海上，遙遙望見藍色的地平線上有個深藍的小點，或許那是一塊陸地。

這種被人喜歡（對他來說是全新的體驗），而且更重要的是喜歡人的感覺，讓尤斯塔斯免於絕望。因為當龍是很沉悶的。無論何時，當他飛過山上的湖泊望見自己的倒影，他都忍不住發抖。他討厭那蝙蝠似的巨大翅膀，討厭那鋸齒狀的背脊，以及凶殘彎曲的爪子。他幾乎害怕獨處，卻又羞於和其他人待在一起。不必權充熱水袋的夜裡，他會偷偷溜出營地，像蛇一樣蜷曲著身體，躺在樹林和大海之間。令他大感驚訝的是，每當這種時候，銳脾氣都會過來陪伴他。那隻高尚的老鼠會悄悄離開營火旁那圈快樂的夥伴，跑來在龍頭旁邊找個迎風的方向坐下，避免被他呼出來的煙霧薰著。在那裡，他會對尤斯塔斯解釋，說尤斯塔斯現在的遭遇是命運之輪轉動過程中的插曲，如果他能請尤斯塔斯到他在納尼亞的家（其實那只是一個洞，不是房子，不用說龍的身體，就算龍的頭都進不去），他可以向尤斯塔斯展示上百個例子：皇帝、國王、公爵、騎士、詩人、情人、天文學家、哲學家和魔術師等，都曾經從榮華富貴之中跌落最悲慘的境地，但這些人當中有許多振作起來，後來過著幸福快樂的生活。這些話在當時聽起來並不那麼令人感到安慰，但確實是一片好意，尤斯塔斯始終沒有忘記。

不過，有個問題一直像烏雲一樣籠罩在所有人頭上，那就是他們準備啟航時，該拿他們這條龍怎麼辦。當他在場時，他們都儘量不去談這件事，但他還是難免會聽到一些這樣的話：「騰出一邊的甲板能容下他嗎？這樣我們就必須把所有儲藏的物品搬到底下或另一邊，才能保持平衡。」或「拖著他走行嗎？」或「他能一直保持飛行跟上嗎？」還有（最常聽到的是）「但是我們要拿什麼餵他呢？」可憐的尤斯塔斯愈來愈意識到，從他上船的第一天起，他就是個十足的討厭鬼，如今他成了更大的累贅。這念頭啃噬著他的心，就像那個手鐲啃噬著他的前腿一樣。他知道，用大牙去撕咬只會更糟，但他依舊忍不住不時要去撕咬，尤其是在炎熱的夜裡。

在他們登陸龍島大約六天後，有一天清晨，愛德蒙碰巧醒得很早。天剛濛濛亮，你可以看見在自己和海灣之間那些在海灣襯托之下的樹幹，但其他方向仍是一片暗。他醒過來時覺得聽見了某種動靜，於是他用一隻手肘撐起身子，環顧四周。不久，他覺得看見一個黑影在靠海那邊的林子裡走動。他腦中突然冒出一個想法：「這個島上真的沒有原住民嗎？」接著他又想那是凱斯賓吧——身材大小差不多——但他知道凱斯賓就睡在他旁邊，動都沒動過。愛德蒙摸摸還掛在腰上的劍，起身去看個究竟。

他輕手輕腳走到樹林邊，那個黑影還在。他現在看出那人的個子比凱斯賓小，又比露西大得多。黑影沒有逃跑。愛德蒙拔出劍來，正打算開口喝問時，陌生人低聲說：「愛德蒙，是你嗎？」

「是的。你是誰？」他說。

「你不認識我了嗎？」那人說：「是我尤斯塔斯。」

「老天爺，」愛德蒙說：「真的是你。我親愛的兄弟……」

「噓……」尤斯塔斯說，身子晃了晃，好像要跌倒似的。

「喂！」愛德蒙連忙扶住他說：「怎麼了？你病了嗎？」

尤斯塔斯沉默了很久，愛德蒙以為他暈過去了；不過，最後他開口說：「過去這段日子太可怕了。你不知道……不過現在沒事了。我們可以到其他地方去談談嗎？我還不想見其他人。」

「可以，你想去哪裡都行。」愛德蒙說：「我們可以去坐在那邊的岩石上。我說，我**真**高興看見你……呃……再次看見你本人。你這段時間一定難受極了。」

他們走到岩石堆裡，面對海灣坐下。這時天色變得愈來愈亮，星星都消失了，只剩一顆非常明亮的星星低懸在地平線上。

「我不想告訴你我是怎麼變成一條……一條龍的，等我可以告訴大家時，才一次說個明白吧。」尤斯塔斯說：「順便說一句，我甚至不知道我變成的生物**是**龍，直到那天早上我出現在這裡，聽到你們都在用這個詞時才知道。我想告訴你我是怎麼變回人的。」

「快說吧。」愛德蒙說。

「嗯，昨天晚上，我比之前更痛苦。那個要命的手環讓我痛得要死……」

「現在好了嗎？」

尤斯塔斯笑了——一種很不一樣的笑聲，愛德蒙以前從未聽他這樣笑過——並輕鬆地將手鐲從胳膊上褪下來。「在這兒，」他說：「我想，誰喜歡就給誰吧。嗯，就像我說的，昨晚我躺著卻睡不著，心想自己到底會變成什麼樣子。接著，請注意，這可能只是個夢。我不知道。」

「繼續說。」愛德蒙很有耐心地說。

「嗯，總之，我一抬起頭，就看見了我最意想不到的東西：一隻大獅子正慢慢朝我走過來。有一件事很古怪。昨晚沒有月亮，但獅子周圍卻有月光。牠愈走愈近，愈走愈近。我非常怕牠。你可能認為，我身為龍可以輕易擊倒任何獅子，但我不是那種恐懼。我不是怕牠吃掉我，我就是單純的懼怕牠——如果你能明白我的意思。牠來到我面前，直視著我的眼睛。我把雙眼緊緊閉上，但是一點用也沒有，因為牠告訴我跟牠走。」

「你是說，牠開口說話了？」

「我不知道。現在你這麼一提，我想牠沒開口說話。不過牠還是告訴了我。而且我知道我必須照牠的話做，因此我站起來跟隨牠。牠帶我走了很遠，進入深山裡。無論我們走到哪裡，總是有月光籠罩著獅子。最後，我們來到一座我從未見過的高山山頂，在這山頂有一座花園——有樹木、水果、什麼都有。花園中央有一口井。

「我知道這是口井，因為可以看見水從井底湧出來，不過它比大多數井大得多——很像一個非常大的圓形浴池，有大理石臺階可以讓人走進井裡。井水很清澈，我心裡想，假如我能進去洗個澡，一定可以減輕我腿上的疼痛。不過，獅子告訴我必須先脫掉衣服。請注意，我不知道他是否開口出聲說話。

「我正要說我無法脫衣服，因為我沒穿衣服，就突然想到，龍和蛇是同一類動物，而蛇會蛻皮。我想，噢，這當然就是獅子的意思，所以我開始抓自己，我的鱗片開始落得滿地都是。然後我再抓得更深一點，這時掉下來的不再是鱗片，我的整張皮都剝下來了，感覺就像生了一場大病似的，又好像我是一條香蕉一樣。一、兩分鐘之後，我就剝下整張外皮走了出來。我看見它躺在我腳邊，看起來很噁心。那種蛻皮的感覺很爽快。於是我邁步想下井洗個澡。

「可是我正要把腳伸進水裡時，低頭一看，發現它們還是堅硬、粗糙、皺巴巴的，布滿了鱗片，跟之前一樣。噢，沒關係，我說，意思是我在第一層皮底下還有一層小一點的皮甲，我也得脫了它。於是我再次又抓又扯，把這層皮漂亮地剝下來，我跨出來，讓它躺在另一張皮旁邊，要走下井去洗澡。

「結果，一模一樣的事又發生了。我心裡想，噢，我的老天，我到底要蛻多少層皮啊？因為我很想洗洗我的腿。所以我像前兩次一樣，第三次扒掉了第三層皮，跨了出來，但是，我一俯瞰自己在水中的倒影，就知道沒用。

「然後獅子說——但我不知道牠是不是出聲了——『你得讓我來幫你脫。』我老實告訴你，我很怕他的爪子，但那時我已經很絕望了，所以我乾脆躺平，讓他來脫。

「他一撕就撕得極深，我以為直接深達心臟了。他開始把皮撕扯下來的時候，痛極了，我從來沒經歷過那種痛。唯一讓我能忍住這痛的是剝落時的那股快感。如果你曾經慢慢剝掉傷口的結痂，你就知道。它痛得要死，但是看它被剝下來，可好玩了。」

「我完全明白你的意思。」愛德蒙說。

「嗯，他直接剝掉那層可怕的東西——就像我之前自己剝過三次一樣，差別只在自己剝的時候不痛——它就躺在草地上，不過看上去更厚、更黑，而且比我剝下的皮有更多的疙瘩。我這時就像剝了皮的樹枝，又光滑又柔軟，比原來的我還小一號。然後他把我抓起來——我不大喜歡，因為這時我沒有皮膚了，全身都很細嫩——把我扔進水裡。入水的剎那我全身劇烈刺痛，但是這痛只持續了一會兒，之後就變得非常非常舒服。等我開始游泳和拍起水花，我發現手臂的疼痛已經完全消失了。然後我明白了原因。我又變回男孩了。如果我告訴你，我看到自己的手臂時有多麼欣喜若狂，你大概會覺得我是個騙子。我知道我的手臂沒有肌肉，和凱斯賓的比起來很軟弱，但我還是很高興看見自己的手臂。

「過了一會兒，獅子把我拉出水井，為我穿上衣服……」

「為你穿上衣服。用他的爪子嗎？」

「呃，我不記得過程了，但不管怎樣，他做到了：我穿上了一套新衣服——事實上就是我現在身上這套。然後我突然就回到了這裡。所以我才覺得那一定是一場夢。」

「不。那不是夢。」愛德蒙說。

「為什麼？」

「因為，首先，有這一身衣服為證。其次，你已經……嗯，從龍變回人了。」

「那你認為那是怎麼回事？」尤斯塔斯問。

「我想你見到阿斯蘭了。」愛德蒙說。

「阿斯蘭！」尤斯塔斯說：「自從我們加入黎明踏浪號以來，我已經聽到大家提起這個名字好幾次了。當時我感覺——我不知道為什麼——我討厭它。不過，那時候我什麼都討厭。順便說一句，我想向你道歉。我恐怕一直都很令人討厭吧。」

「沒什麼。」愛德蒙說：「我私下告訴你，你還沒我第一次到納尼亞來時那麼壞。你不過是個混蛋，而我是個叛徒。」

「好吧，那就別告訴我了。」尤斯塔斯說：「不過，阿斯蘭是誰？你認識他嗎？」

「嗯……是他認識我。」愛德蒙說：「他是最偉大的獅子，海外大君王的兒子，他救了我，也救了納尼亞。我們全都見過他。露西最常見到他。還有，我們或許正在航向阿斯蘭的國度。」

有好一會兒，兩人誰也沒說話。最後一顆明亮的星星也消失了，他們雖然因為右邊山脈的阻擋而看不見日出，但是他們知道太陽正在升起，因為他們上方的天空和面前的海灣都變成了玫瑰紅。接著，在他們背後的樹林裡有一隻鸚鵡尖叫起來，他們聽見樹林裡有了動靜，最後凱斯賓的號角響了起來。營地裡的人開始起來活動了。

當愛德蒙和復原的尤斯塔斯走進圍著營火吃早餐的人群時，所有人都非常高興。當然，這時大家都聽到他前半段的故事了。眾人好奇的是，另一條龍是在數年之前殺害了奧克特先動爵，還是那條龍本身就是奧克特先變的。尤斯塔斯在龍洞中塞滿口袋裡的珠寶，隨著他當時穿的衣服都不見了，但是沒有人想回到那個山谷裡去尋找更多的財寶，尤斯塔斯更不想去。

過沒幾天，黎明踏浪號重新安裝好船桅，重新油漆過，並儲滿食物飲水，準備啟航了。上船之前，凱斯賓在面向海灣的一塊平滑的懸崖上，刻下了這些字：

龍島

由納尼亞國王凱斯賓十世等人，

在其執政第四年時發現。

據吾人推測，

奧克特先動爵於此遇難身亡。

如果說，「從那時起，尤斯塔斯判若兩人」，這話非但一點不假，而且很恰當。嚴格說來，他開始變成一個大不相同的男孩。他會故態復萌，有許多時候還是讓人感到非常厭煩，但那些事我大多不會在意。他開始變好了。

奧克特先動爵的手鐲有個奇特的結局。尤斯塔斯不想要它，把它給了凱斯賓，凱斯賓把它給了露西。她也不想要它。「好吧，那麼，誰能接住就歸誰。」凱斯賓說完，抬手將它拋向空中。這時他們都站在那裡看懸崖上的題詞。手鐲高高飛起，在陽光下閃閃發光，就像一個正中目標的圈環，不偏不倚套在岩石的一個小尖角上。沒有人能從底下爬上去拿下它，也沒有人能從上面爬下來取得它。據我所知，它到現在還掛在那裡，也許會一直掛著，直到那個世界終結。

08兩度死裡逃生

黎明踏浪號從龍島啟航時，所有人都興高采烈地歡呼。他們一出海灣就遇上順風，第二天一早就到達了那塊不知名的陸地，也就是尤斯塔斯還是龍的時候，有些人騎在他背上飛越群山時遠遠看到的陸地。那是個低矮的綠色小島，除了兔子和少數山羊外，什麼也沒有。不過從石屋的廢墟和幾處被火燒黑的地方來看，他們斷定不久前這裡有人居住過。島上還有一些骨頭和壞了的武器。

「海盜幹的。」凱斯賓說。

「或者龍幹的。」愛德蒙說。

除此之外，他們還在沙灘上發現一艘小皮艇，或說皮筏。那是用生皮綁在柳條框架上做成的，十分小巧，只有四英尺長，筏上放著以同樣比例製作的小槳。他們認為，這皮筏若不是做給小孩划的，就是那個地方的居民是矮人。銳脾氣決定留著它，因為皮筏的大小正好適合他用。於是小皮筏被帶上了船。他們為那個小島取名火燒島，並在中午前就離開了。

他們在南南東風的吹送下航行了五天，沒看到任何陸地，也沒看見魚和海鷗。後來，有一天下大雨，一直下到下午。尤斯塔斯輸鋭脾氣兩局棋，又開始老毛病復發，像以前那樣看什麼都不順眼。愛德蒙說，他真希望他們那時候能和蘇珊一起去美國。隨後，露西從船尾的窗戶向外望了望，說：

「喂！我相信大雨快停了。不過，**那是**什麼？」

他們全都跌跌撞撞登上艉樓，發現雨已經停了，值班守望的德里尼安也正認真盯著後方的某樣東西。或說，某幾樣東西。它們看起來有點像光滑渾圓的礁石，每隔差不多四十英尺就有一個，排成長長一列。

「不可能是礁石，」德里尼安說，「因為五分鐘前它們還不在那裡呢。」

「有一個剛剛不見了。」露西說。

「對，還冒出了另一個。」愛德蒙說。

「而且愈來愈近了。」尤斯塔斯說。

「不妙啊！」凱斯賓說：「那整個東西都朝我們這邊過來了。」

「而且移動得比我們的船快多了，陛下，」德里尼安說：「馬上就會追上我們了。」

他們全都屏住了呼吸，因為不管是在陸地還是海上，被一個不知名的東西追逐都不好玩。然而，結果比任何人猜想的都更可怕。突然間，在船的左舷邊上，距離他們大約一個板球場遠的地方，從海裡直豎起一顆駭人的腦袋。那頭的形狀像馬，只是沒有耳朵，腦袋上除了貝殼黏附的地方外，全都是碧綠與朱紅色，上面還長著紫色的疙瘩。牠那雙巨大的眼睛是生來在黑暗的海洋深處視物用的，大張的嘴裡長著兩排像魚一樣鋒利的牙齒。這顆腦袋長在他們乍看以為是個巨大的脖子上，但隨著牠愈伸愈長，所有人才知道那不是牠的脖子，而是牠的身體，最後，他們看見了許多人傻乎乎想要見識到的——大海蛇。牠巨大的尾巴伸得好遠，身軀陸續起伏露出在海面。這時，牠的頭不斷上升，升得比桅杆還高。

每個人都衝回去拿出武器，但是毫無用處，這海怪太高太遠了。「放箭！放箭！」弓箭隊隊長喊道，好幾個人聽命放箭，但是箭從海蛇的皮上擦過，好像那身皮是鐵板做的。接下來那可怕的片刻，他們全都呆若木雞似的站著，仰頭盯著牠的眼睛和嘴，心想不知道牠會撲向哪裡。

然而牠沒有撲過來，只是把頭朝前伸，橫過船身與桅杆平行，這時已經來到桅頂的瞭望臺旁。不過牠還是繼續往前伸，一直來到右舷的舷牆上才開始往下垂——不是垂到擁擠的甲板上，而是伸進水裡。如此一來，整艘船就在蛇身形成的拱弧裡了。這個拱弧幾乎立刻開始縮小：事實上，海蛇位於右舷的身體幾乎觸碰到黎明踏浪號的船身了。

尤斯塔斯（他一直都在努力學好，直到下大雨和下棋才使他故態復萌）這時做了他生平第一件勇敢的事。他身上佩戴著凱斯賓借給他的劍，一看海蛇的身體靠右舷夠近，立刻跳上舷牆，使盡全力開始砍。對一個初次用劍的人來說，他做得挺不錯的，只不過他除了把凱斯賓的第二好劍砍斷外，實際上只是徒勞一場。

若不是銳脾氣那時大喊：「別砍了！推！」其他人可能也會加入一起動手。這隻尚武的老鼠，竟然在這可怕的時刻勸大家不要戰鬥，這真是太不尋常了，所有人都把目光轉向他。當他跳上舷牆，走到海蛇前面，用他那毛茸茸的小背脊抵住海蛇那長滿鱗甲、黏滑兮兮的龐大身軀，開始拚命用力推的時候，許多人這才明白他的意思，並火速衝到船舷兩側，同樣用力去推。過了一會兒，海蛇的頭又出現了，這次是在左舷，而且是背對著他們，於是每一個人都明白了。

這畜生竟然用身體把黎明踏浪號繞了一圈，然後開始把圓圈縮緊。等到牠把圓圈收得夠緊時——「啪嚓」一聲，整艘船所在之處，恐怕會只剩一片片漂浮在海上的木料了，然後牠就可以在水裡把他們一個接一個吞下肚去。他們唯一的機會就是把蛇身往後推，直到牠滑出船尾，或者（換一個方向）把船往前推出這個圈圈。

這事光靠銳脾氣單獨來做，那就像要他托起一座大教堂一樣，不可能成功。等到其他人把他推到一旁時，他幾乎已經力氣用盡，奄奄一息了。很快的，除了露西和已經暈倒的老鼠以外，整艘船的人都沿著舷牆排成兩列，每個人的前胸都緊貼著前一個人的後背，使整列隊伍的重量都落在最後一人身上，所有人使盡全力拚命推。過了要命的幾秒鐘（感覺似乎過了幾個鐘頭），似乎什麼也沒有發生。關節咯咯作響，汗水直往下滴，個個累得氣喘如牛。然後，他們才覺得船開始動了。他們看見海蛇那圈身體離桅杆更遠一點了，但是他們也看見牠收得更小了。這時他們才面臨真正的危險。他們能把艉樓從圈中推出去嗎？或者圈子已經收得太小，擺脫不了了？沒錯，蛇圈縮小到正好包住艉樓，牠就歇在船尾欄杆上。於是有十幾二十人奔上艉樓，這時海蛇的身體已經很低了，這太好了，他們可以在艉樓上橫排成一列，肩並肩來推。希望愈來愈大，直到所有人想起黎明踏浪號那個翹得高高的雕刻龍尾。想把蛇身從那裡推出去是非常不可能的。

「拿斧頭來！」凱斯賓嘶啞地吼道：「繼續用力推。」露西知道船上每樣東西的位置，本來站在甲板上瞪著船尾的她，聽見凱斯賓的話，立刻奔下艙去，沒幾秒鐘便拿了斧頭，奔上梯子趕往船尾。可是她剛爬到樓梯頂上，便聽到咔嚓一聲巨響，就像一棵大樹倒下一樣，船身一陣搖晃，向前衝了出去。原來，就在那一瞬間，不管海蛇是因為被推得太厲害，還是因為牠愚蠢地決定把圈子縮緊，整個精美雕刻的船尾就此折斷，船也脫困獲得自由。

其他人都累得精疲力竭，沒有看見露西看見的景象。就在他們後方幾碼遠的地方，海蛇身體捲成的圈圈迅速縮小，消失在水花中。露西總是說（當然，她當時太興奮了，這有可能只是她想像的），她看見那條海蛇的臉上露出一種愚蠢的滿足的表情。可以確定的是，那條海蛇非常愚蠢，因為牠沒有追趕黎明踏浪號，而是轉頭沿著自己的身體到處嗅探，彷彿期望在那裡找到黎明踏浪號的殘骸一樣，但黎明踏浪號已乘著清新的微風遠颺而去了。甲板上到處癱著人，或坐或臥，不停喘氣或呻吟，直到所有人緩過來後才暢談剛才經歷的事，並放聲大笑。等到蘭姆酒端上來時，他們甚至歡呼起來，每個人都稱讚尤斯塔斯（儘管砍蛇無用）和銳脾氣的英勇。

在這之後，他們又航行了三天，除了大海和天空，什麼也沒看見。到了第四天，風向轉成北風，海面開始升高；到了下午，風勢幾乎變成了狂風。與此同時，他們看見船的左前方出現了陸地。

「陛下，若你允許，」德里尼安說：「我們將試著把船划到那個地方，找個背風的港灣停靠，等待這陣強風結束。」凱斯賓同意了，但是頂著狂風搖槳，速度很慢，直到傍晚才到達那片陸地。趁著最後一道天光，他們駛進一個天然港灣，在那裡下了錨，但那天晚上沒有人上岸。到了早晨，他們才發現自己是停泊在一個崎嶇、看起來很荒涼的綠色海灣裡，海灣盡頭是一片斜坡，往上通到一個岩石陡峭的山頂。越過山頂，強勁的北風帶著烏雲滾滾而來。他們放下小船，把喝空的水桶都裝上船帶上岸去。

「德里尼安，我們該到哪條河去裝水？」凱斯賓在船尾的薄板上坐下，說：「好像有兩條溪流進海灣裡。」

「哪條都行，差別不大，陛下。」德里尼安說：「不過我想右邊，也就是東邊那條要近一些。」

「下雨了。」露西說。

「我想是下了！」愛德蒙說，因為雨已經下得大了：「我說，我們去另一條小溪吧。那裡有樹，我們可以避雨。」

「對，我們去那邊吧。」尤斯塔斯說：「沒必要淋得比現在更濕。」

然而德里尼安從頭到尾一直穩定地朝右舷方向前進，就像一些討厭的司機，儘管你向他們解釋走錯了路，他們仍不理你，繼續以每小時四十英里的速度前進。

「他們說得對，德里尼安，」凱斯賓說：「你為什麼不把船掉頭，去西邊那條溪？」

「隨陛下高興。」德里尼安有點唐突地說。他前一天為天氣焦慮了一天，而且他不喜歡非航海人的意見。不過他把船掉頭了；事後證明，他這麼做是對的。

他們裝完水時，雨也停了，凱斯賓、尤斯塔斯、佩文西兄妹和銳脾氣決定走上山頂，去看看能看見什麼。上山的路很難爬，一路上都是粗草和石楠，除了海鷗，他們既沒看見人，也沒看見野獸。到達山頂後，他們發現這是一個很小的島，面積不到二十英畝；從這個高度往下看，大海比他們從黎明踏浪號的甲板上或桅樓上看出去的更廣闊，也更荒涼。

「真是瘋了，你知道，」尤斯塔斯望著東方的地平線，低聲對露西說：「持續不停往**那個**方向航行，卻不知道我們會到達什麼地方。」不過，他這麼說只是出於習慣，並不像他以往說這種話時那樣刻薄。

北風仍然颳得很猛，山脊上太冷，不能待久。

露西在大家轉身要走的時候說：「我們不要走同樣的路回去。我們往前走一段，從另一條小溪下去，就是德里尼安本來想去的那條。」

所有人都同意這項提議。大約十五分鐘後，他們來到了第二條河的源頭。這地方比他們預想的更有趣。一個很深的山中小湖，周圍懸崖環繞，只有向海那一側有一條狹窄的溝，水就從那裡流出去。到了這裡，他們終於有了避風的地方，所有人在懸崖上的石楠叢裡坐下來休息。

眾人都坐了下來，但有個人（是愛德蒙）馬上又跳了起來。

「這島上怎麼盡是尖利的石頭，」他說著，在石楠叢裡摸索：「那要命的東西在哪裡？……啊，這下我找到了……。哎呀！這哪是石頭，是個劍柄啊。不，老天，這是一把完整的劍，只是鏽得剩下這個部分。它一定被扔在這裡很多年了。」

「看模樣還是一把納尼亞的寶劍。」凱斯賓說，他們全都圍攏過來了。

「我也坐在什麼東西上，」露西說：「很硬的東西。」結果是一套殘破的鎧甲。到這時候，人人都跪下來在石楠叢裡到處摸索。他們接二連三搜尋出來的東西有一個頭盔，一把匕首和幾枚錢幣；不是卡羅門使用的月牙幣，而是地地道道的、納尼亞的「獅子幣」和「樹幣」，如果你到海狸水壩或貝魯納市場上，隨時都可以看到這種錢幣。

愛德蒙說：「看來這可能是我們七位勳爵中的某一位留下的。」

「我正這麼想。」凱斯賓說：「我想知道是哪一個。匕首上沒任何標誌。不知道他是怎麼死的。」

「我們要怎麼為他報仇呢？」銳脾氣補上一句。

愛德蒙是這群人裡唯一讀過幾本偵探小說的人，他這時正在思索。

「聽著，」他說：「這件事有點可疑。他不可能是在戰鬥中被殺的。」

「為什麼？」凱斯賓問。

「沒有骨頭，」愛德蒙說：「敵人可能會拿走鎧甲，拋下屍體，但是誰聽說過一個打贏的傢伙會把屍體帶走，把鎧甲拋下？」

「也許他是被野獸殺害的。」露西提議道。

「那就得是一隻聰明的野獸，」愛德蒙說：「才能把一個人的鎧甲脫下來。」
「也許是條龍？」凱斯賓說。
「不可能，」尤斯塔斯說：「龍做不到。這點我清楚。」
「好吧，我們還是離開這裡吧。」露西說。自從愛德蒙提出屍骨的問題後，她就不想繼續坐在這裡了。
「你想走的話，我們就走吧。」凱斯賓站起來說：「我想這些東西都不值得帶走。」
他們走下來，繞了一圈走到一小塊空地上，也就是湖水流出小溪的地方，停下來看著被這一圈懸崖環繞著的一泓深水。如果這天很熱，無疑有人會忍不住想下去泡泡水，大家也都會喝上幾口解渴。事實上，即使是今天這種天氣，尤斯塔斯也已經彎下腰，想用手舀些水來喝，但銳脾氣和露西這時同時出口喊道：「看。」於是尤斯塔斯忘了喝水，抬頭看去。
湖水非常清澈，湖底都是灰藍色的大石頭，只見湖底有個真人大小、顯然是金子做的人像。它臉朝下躺著，兩手高舉過頭。就在他們盯著看的時候，烏雲散了，陽光照射下來。金像從頭到腳被照得亮晃晃的。露西認為這是她所見過最美的雕像。
「好啊！」凱斯賓吹了一聲口哨說：「這真是值得一看啊！我好奇我們能不能把它弄出來？」

「我們可以潛下水去打撈，陛下。」銳脾氣說。

「不可能，」愛德蒙說：「如果它是真的金子——純金——那就太重了，撈不上來的。還有，這潭水少說也有十二或十五英尺深，不是只有一、兩寸。不過，等一下，幸好我帶了一根打獵的長矛。讓我們來看看這水有多深。「凱斯賓，你抓住我的手，我把身體探過去一點。」凱斯賓抓住他的手，愛德蒙把身體傾向前，開始把長矛放進水裡。

長矛還沒放到一半，露西就說：「我根本不相信那座雕像是金子做的。那只是陽光的關係吧，你的長矛看上去也是金色的了。」

「怎麼了？」幾個人同時問，因為愛德蒙突然鬆手放開了長矛。

「我拿不住了，」愛德蒙氣喘吁吁地說：「它變得**太重**了。」

「現在它沉到水底去了。」凱斯賓說：「露西說的沒錯。它看起來和雕像同一個顏色。」

不過愛德蒙彎下腰看他的鞋——那雙靴子似乎有點不對勁——這時他猛地挺直了身子，用令人無法違抗的尖厲聲音大喊：

「退後！所有的人立刻離開湖邊。馬上！」

他們都立刻後退，並瞪大眼睛看著他。

「看，」愛德蒙說：「看我靴子的靴尖。」

「它們看上去有點黃。」尤斯塔斯開口說。

「它們是金的，純金。」愛德蒙打斷他說：「仔細看。摸一摸。皮革已經剝落了。現在它們和鉛一樣重。」

「阿斯蘭保佑！」凱斯賓說：「你的意思難道是……？」

「是的，我就是那意思。」愛德蒙說：「那個湖水會把所有東西變成金子。它把矛變成了金子，所以它變得那麼重。剛才湖水只是浸到我的腳尖（還好我不是打赤腳），就把腳趾部位變成了金子，而沉在水底的那個可憐的傢伙……嗯，你們明白吧。」

「所以那根本不是一座雕像。」露西低聲說。

「沒錯。現在整件事情很清楚了。他來到這裡的那天是個大熱天，他在懸崖上脫了衣服……就是我們剛才坐的地方。衣服已經腐爛了，或被鳥叼去做窩了，只剩鎧甲還在那裡，然後他跳進水中……」

「別說了，」露西說：「這事太可怕了。」

「**我們**也差一點就下去了。」愛德蒙說。

「確實只差一點點。」銳脾氣說：「不管誰的手指，誰的腳，誰的鬍鬚，誰的尾巴，隨時都有可能掉進水裡。」

「不管怎樣，」凱斯賓說：「我們都可以再試一試。」他彎下腰，拔了一束石楠，再小心翼翼地跪在湖邊，把它浸進水裡。他浸入的是石楠，取出的卻是純金製成的、完美的石楠模型，像鉛一樣沉重和柔軟。

「擁有這個小島的國王，」凱斯賓慢吞吞地說，臉也變紅了：「很快會成為世界上最富有的國王。我宣布這個島嶼永遠是納尼亞的屬地，並將它命名為『金水島』。我要求你們所有的人保密，不得有任何其他的人知道這件事。甚至連德里尼安也不能說——違者處以死刑，你們聽到了嗎？」

「你在和誰說話？」愛德蒙說：「我不是你的臣民。甚至可說事情正好倒過來。我是納尼亞古代的四大君主之一，而你效忠於我哥哥最高王。」

「所以事情終於到了這個地步了，愛德蒙國王，是嗎？」凱斯賓說著，將手按在劍柄上。

「哎呀，你們兩個都住口。」露西說：「你們男孩子做事就這點最糟糕。你們都是趾高氣昂、恃強凌弱的白痴……啊！」她的聲音一下子中斷了，變成倒抽一口氣。其他人也都看見了她所看見的。

一隻人類眼睛所見過最巨大的獅子，正慢慢從他們上方的灰色山坡上（因為石楠還沒有開花，所以是灰色的）走過，悄然無聲，也沒有看他們。雖然太陽其實已經被雲層遮蔽，但是他全身宛如沐浴在陽光下那般閃閃發亮。後來露西描述這情景時說：「他像一頭大象那麼大。」不過另一次她說：「他像拉車的馬那麼大。」但重要的不是體型的大小。沒有人敢開口問那是什麼。他們心裡都知道，那是阿斯蘭。

沒有人看見他怎麼走開，走去了哪裡。他們面面相覷，彷彿大夢初醒。

「我們剛才在說什麼？」凱斯賓說：「我是不是讓自己變成了大蠢蛋？」

「陛下，」銳脾氣說：「這是個受到詛咒的地方。我們立刻回船上去吧。如果我有這個榮幸能為這個島命名，我會叫它『死水島』。」

「我覺得這名字取得太好了，銳脾氣，」凱斯賓說：「不知道為什麼我現在才這麼想。不過，天氣似乎已經穩定下來了，我敢說德里尼安想要啟航。我們有太多事要告訴他了。」

然而，事實上他們沒有什麼可說的，因為剛才那一小時的事，在他們的記憶中已經變得模糊不清了。

幾個小時後，黎明踏浪號再次啟航，死水島已經沒入地平線下方看不見了，德里尼安對萊因斯說：「幾位陛下上船的時候好像都著了魔似的。他們在那個島上一定出了什麼事。我唯一能弄清楚的是，他們在島上找到一具屍體，他們認為是我們要找的七位勳爵中的一位。」

「真的嗎？船長，」萊因斯回答說：「好吧，這是第三位了，現在只剩四個了。按照這個速度，我們說不定在新年後就可以回家了。這也是件好事。我的菸草快抽完了。

晚安，船長。」

09 聲音之島

颳了許多天的西北風，現在開始轉為西風了，每天早晨太陽從東方海面升起時，黎明踏浪號高高昂起的雕花船頭都會正對著太陽的中心。有些人認為太陽看起來比在納尼亞所見的要大，不過其他人不這麼想。他們在穩定的微風中航行，沒見到魚，沒見到海鷗，沒見到船，也沒見到海岸。補給品又開始減少了，他們心裡都在暗暗想著，也許他們已經來到一片永遠沒有盡頭的大海。不過，就在他們認為還能繼續冒險向東航行的最後一天，天亮時，他們看見在船和日出之處之間，躺臥著一片像雲一樣低矮的陸地。

大約下午三、四點左右，他們駛進一個寬闊的海灣，下錨登岸。這裡和他們過去見過的任何地方都很不一樣。他們穿過沙灘時，發現四周一片寂靜，空空蕩蕩，彷彿是無人居住的土地，但他們面前那些平坦草坪上的草又短又光滑，就像英國的豪門宅院養了十個園丁在打理的那種。那裡還有許多樹木，它們分布均勻，整齊排列，樹上或地面都沒有斷枝，也不見滿地落葉。除了偶爾聽見鴿子咕咕一聲，沒聽見半點其他聲音。

不一會兒，他們走上一條長而筆直、鋪著沙子的小路，路面上沒有一棵雜草，兩邊都種著樹。在這條小路遠端的盡頭處，他們看見一幢房子——很長，很灰暗，在下午的陽光裡顯得十分安靜。

他們一踏上小路時，露西察覺自己的鞋子裡有顆小石頭。在這種不知底細的地方，她比較明智的做法應該是叫其他人等她一下，等她取出小石頭後再走。可是她沒說，只是不聲不響地落在後面，在路邊坐下來脫鞋，可是她的鞋帶打了個死結。

她還沒解開死結，其他人都已經走得很遠了，等她把石頭取出來再穿上鞋子時，她已經聽不見他們的聲音了。不過，差不多就在這時候，她聽見了其他聲音。那不是從房子的方向傳來的。

她聽見砰的一聲。聽起來像有十幾個強壯的工人掄起巨大的木錘使勁敲打地面。那聲音來勢很快，愈來愈近。她本來靠著一棵樹坐著，這不是那種她能爬上去的樹，所以她除了緊貼著樹靜靜坐著，希望不會被人看見外，真的別無他法。

砰，砰，砰……不管這是什麼聲音，此時一定非常近了，因為她感覺到地面在震動。可是她什麼也沒看見。她覺得那東西——或那些東西——就在她背後。然而，緊接著，在她面前的小路傳來砰的一聲巨響。她知道它在小路上，不只是因為聲音，也因為她看見沙子像是遭到重擊似的飛散開來。然而，她沒看見重擊地面的東西。接著，所有的砰砰聲聚集在距離她大約二十英尺的地方，然後突然停止。接著，有個聲音說話了。

這真的很可怕，因為她仍然看不見任何人。這整片像公園似的地方依舊像他們剛登陸時那樣安靜和空曠，可是在離她只有幾英尺遠的地方有個聲音在說話。它說的是：

「夥計們，現在我們的機會來了。」

其他聲音立刻齊聲回答：「聽他說。聽他說。他說我們的機會來了。說得好，頭兒。你說得太對了。」

「我的意思是，」第一個聲音繼續說：「走下岸邊，攔在他們和他們的船之間，大家都把武器準備好。等他們要上船的時候，就把他們全抓起來。」

「啊，就用這個辦法。」所有的聲音都喊道：「你這計畫太好了，頭兒。就這麼幹，頭兒。你不會想出比這更好的計畫了。」

「那就動起來吧，夥計們，都動起來。」第一個聲音說：「我們走吧。」

「又說對了，頭兒。」其他聲音說：「這命令再好不過了。我們自己也正想這麼說。我們走吧。」

立刻，砰砰聲又開始了——起初聲音很大，但很快就變小，愈來愈弱，直到消失在前往海邊的方向。

露西知道自己沒有時間坐在那裡猜測這些隱形的生物是什麼。那陣砰砰聲一消失，她立刻站起來，沿著小路以最快的速度奔跑，去追其他人。她無論如何都必須警告他們。

就在發生這件事的時候，其他人已經抵達了那幢房子。那是一幢低矮的建築物，只有兩層樓高，由一種美麗而圓潤的石頭砌成，窗戶很多，有一部分爬滿了常春藤。每樣東西都是靜止的，尤斯塔斯說：「我想它是空的。」但是凱斯賓靜靜指了指從一根煙囪裡冒出來的一縷炊煙。

他們發現一扇大大敞開的門，於是穿過門走進去，裡面是鋪著石板的院子。在這裡，他們第一次發現這個島一定有什麼古怪之處。院子中央有一個抽水幫浦，幫浦下有個水桶。這一點沒什麼奇怪的。奇怪的是，雖然不見有人在操作，幫浦的把柄卻在上下移動。

凱斯賓說：「這地方有魔法在運作。」

「機械！」尤斯塔斯說：「我相信我們終於來到了一個文明的國家。」

就在這時候，滿頭大汗、氣喘吁吁的露西在他們背後衝進了院子。她壓低聲音，把自己無意中聽見的對話告訴他們。等他們約略明白她說的事情後，即使是他們當中最勇敢的人，也顯得不安。

「看不見的敵人。」凱斯賓喃喃地說：「切斷我們回船上的路。這真的十分棘手。」

「露西，你想不出它們是**哪**一**類**的生物嗎？」愛德蒙問。

「愛德，我看不見它們，怎麼可能知道？」

「它們的腳步聲聽起來像人類嗎？」

「我沒聽見任何腳步聲……只有說話聲和那種可怕的咚咚咚、砰砰砰——像是敲打大木槌。」

「我很好奇，」銳脾氣說：「你拿劍刺進他們身體的時候，他們會不會現形？」

「看來我們似乎得弄個水落石出了。」凱斯賓說：「不過，我們還是先到門外去吧。那個幫浦旁邊還有一個它們的同伴在聽我們說話呢。」

他們走出院子回到小路上，路旁的樹能讓他們不那麼顯眼。「要躲開你看不見的人，」尤斯塔斯說：「走到這裡來也沒用，**真的**。他們說不定就在我們周圍。」

「德里尼安，」凱斯賓說：「如果我們放棄小船，走到海灣的另一頭，再發信號給黎明踏浪號，讓他們開過來接我們上船，行不行呢？」

「水不夠深，陛下，船進不來。」德里尼安說。

「我們可以游泳過去。」露西說。

「三位陛下，」銳脾氣說：「請聽我說。想用任何偷偷摸摸的方式來躲避看不見的敵人，是很荒唐的。如果這些生物蓄意挑起戰鬥，它們肯定會贏。不管結果如何，我寧願和它們正面交鋒，也不願意被它們抓住尾巴。」

「我認為這次銳脾氣說得對。」愛德蒙說。

「當然，」露西說：「如果萊因斯和黎明踏浪號上的其他人看見我們在岸上戰鬥，他們就能採取**某種行動**。」

「可是如果他們看不見敵人，就看不見我們在戰鬥啊。」尤斯塔斯喪氣地說：「他們會認為我們只是為了好玩，在對空舞劍。」

所有人一陣沉默，都很不安。

「好吧，」凱斯賓最後說：「我們就奉陪到底吧。我們必須面對他們。先禮後兵，露西，把箭上弦，其他人都拔劍在手，這就出發。也許他們會願意談判。」

他們走回海邊，一路上只見草地和樹木都很祥和，那感覺很奇怪。等他們到達海邊，看見小船仍在他們離開時的位置，光滑的沙灘上沒有半個人影，不只一個人懷疑露西告訴他們的只是出於她的想像。不過，就在他們踏上沙灘前，空中突然傳來一個聲音。

「別再往前走了，先生們，現在別再過來了。」它說：「我們得先跟你們談談。我們這裡有五十多人，手裡都拿著武器。」

「聽他的，聽他的，」眾人的聲音像大合唱似的說：「這是我們的頭兒。他說的話都很靠譜。他對你們說的是實話，真的。」

「我沒看見這五十名戰士。」銳脾氣說。

「沒錯，沒錯，」那個頭兒的聲音說：「你看不見我們。為什麼看不見？因為我們是隱形的。」

「繼續說，頭兒，繼續說。」其他聲音說：「你說話就像書本。他們不能獲得比這更好的答案了。」

「銳脾氣，別說話。」凱斯賓說，接著用更響亮的聲音補充道：「各位隱形的朋友，你們對我們有什麼要求嗎？我們做了什麼事得罪你們了嗎？」

「我們想要那位小姑娘幫我們做一件事。」那個頭兒的聲音說。（其他聲音也解釋說這正是他們自己要說的。）

「小姑娘！」銳脾氣說：「這位女士是個女王。」

「我們不知道什麼女王不女王，」頭兒的聲音說（「我們也不知道，我們也不知道。」其他聲音附和道。）：「但是這件事只有她能做。」

「什麼事？」露西說。

「如果這件事對女王陛下的榮譽或安全有損，」銳脾氣補充說：「你們會很驚訝，我們在戰死之前能把你們殺得血流成河。」

「嗯，」那頭兒的聲音說：「說來話長。我們都坐下來說吧？」

這個建議得到其他聲音的熱烈贊同，但是納尼亞人仍然站著。

「嗯，」頭兒的聲音說：「事情是這樣的。這個島一直以來都由一位偉大的魔法師擁有。我們都是——或者用另一種說法來說，我會說，我們曾經都是——他的僕人。好吧，長話短說，我說的這個魔法師，他讓我們做一些我們不喜歡的事。為什麼不喜歡？因為我們不想做。嗯，後來，這個魔法師大發雷霆；我得告訴你，他是這個島的島主，他不習慣有人忤逆他。他非常直率，你懂吧。讓我想想，我說到哪裡了？噢，對，這位魔法師，他上了樓（你一定知道，他把他所有魔法用品都放在樓上，我們都住在樓下），我說，他上了樓，對我們施了咒語。一個把人變醜的咒語。如果你現在看到我們，照我的看法，你們會感謝你們吉星高照，看不見我們的樣子，你們不會相信我們在變醜之前的模樣。你們真的不會相信。就這樣，我們都變得很醜，我們無法忍受看見彼此的模樣。那麼，我們做了什麼呢？我來告訴你我們做了什麼。我們一直等，等到這個魔法師下午睡著了以後，我們偷偷爬上樓去看他的魔法書，膽大包天，想看看有什麼辦法能破解這個變醜的魔咒。我們全都嚇得大汗淋漓，渾身發抖，我真的不騙你。不過，信不信由你，我向你保證，我們找不到任何可以讓我們擺脫醜陋的魔咒。隨著時間不停過去，加上害怕那位老先生隨時可能醒來——我渾身淌著大汗，絕不騙你——好吧，長話短說，不管我們做對還是做錯，我們最後找到一個讓人隱形的咒語。我們想，我們寧可隱形，也不願意繼續看到自己那麼醜。為什麼？因為我們覺得隱身比較好。所以，我的小女兒，她那時和你們這位小姑娘差不多年紀，在她變醜之前是個很可愛的孩子，雖然現在——還是閒話少說——我說，我的小女兒唸了咒語，因為，咒語必須由小姑娘或魔法師親自來唸，你明白我的意思吧，否則不會靈驗。為什麼不靈呢？因為什麼都沒改變。所以我的小克莉蒲賽唸了咒語，我得告訴你，她唸得可流利了，於是，那當下正如你所期望的，我們全都變得看不見了。我跟你保證，看不見彼此的臉真是一種解脫。不管怎麼說，一開始確實是解脫。可是說長不長，說短不短，我們這些凡俗人還是厭倦了隱形。而且還有另一件事。我們從來沒有料到，那個魔法師（就我之前跟你說的那個）也會隱形。總之，從那時候開始，我們就再也沒見過他。所以我們不知道他是死了，還是走了，或者他只是坐在樓上但我們看不見，或是下樓來了但是隱身的。還有，相信我，聆聽動靜是沒用的，因為他總是光著腳四處走，發出的聲音比一隻大貓的腳步聲還輕。我對各位先生直說吧，這已經超出我們的神經所能忍受的範圍了。」

這是頭兒的聲音說的故事，不過已經大大縮短了，因為我省略掉了其他聲音說的話。實際上，他每說出六、七個字，其他聲音就大聲附和、鼓勵，打斷他說話，這讓納尼亞人非常不耐煩，幾乎發瘋。等他說完後，所有人沉默了很長一段時間。

「可是，」露西終於開口說：「我不明白，這和我們有什麼關係？」

「啊，老天保佑我，如果我沒說完，而且還漏了重點。」頭兒的聲音說。

「你漏了，你漏了，」其他聲音以極大的熱情叫喊著：「誰都可能忘得一乾二淨。繼續，頭兒，繼續。」

「好吧，我不需要再把整個故事重說一遍了。」頭兒的聲音說。

「不用。當然不用。」凱斯賓和愛德蒙說。

「好吧，那麼，簡單地說，」頭兒的聲音說：「我們已經等了很久很久，等待一個從外國來的可愛的小姑娘——很可能就是你，小姐——上樓去找到魔法書，找到解除隱形的咒語，然後唸出來。我們全發過誓，最先來到這個島上的陌生人（我是說，要有個可愛的小姑娘和他們在一起，如果沒有，那就另當別論），除非他們為我們完成這件必要的事，否則我們不會讓他們活著離開。因此，各位先生，如果你們的小姑娘沒有做到我們的要求，我們就要執行這項痛苦的任務，把你們全都殺了。你可以說，這是公事公辦，我希望沒有冒犯你們。」

「我沒看見你們的武器，」銳脾氣說：「武器也是隱形的嗎？」他的話剛說完，大家就聽到嗖的一聲，接著一根長矛插進他們背後的一棵樹上，並且還在顫動。

「那是一根長矛，看見了吧。」頭兒的聲音說。

「看見了，頭兒，看見了。」其他聲音說：「你說得再對不過了。」

「它是從我手裡扔出去的。」頭兒的聲音繼續說：「武器一脫離我們的手，就能看見了。」

「但是你為什麼一定要**我**去做呢？」露西問：「為什麼你們自己的人不能做呢？你們沒有小姑娘嗎？」

「我們不敢，我們不敢。」所有的聲音說：「我們再不會再上樓了。」

「換句話說，」凱斯賓說：「你是在要求這位女士去面對某種你不敢要求自己的姊妹和女兒去面對的危險！」

「是的，是的。」所有的聲音都很歡樂地說：「你說得太好了。啊，你是受過教育的人。誰都看得出來。」

「嗯，真是可惡之至……」愛德蒙開口說，但露西打斷了他的話。

「我必須在晚上上樓，還是白天上樓？」

「噢，白天，當然是白天。」頭兒的聲音說：「晚上不行。沒人叫你晚上去。在黑暗中上樓？呃。」

「好吧，那麼我會去。」露西說，然後她改對其他人說：「不，你們別阻止我。你們看不出來這沒用嗎？他們有幾十個人。我們打不過他們的。另一種方式**還能**有機會。」

「可是……一個魔法師！」凱斯賓說。

「我知道，」露西說：「但是他可能沒有他們說的那麼壞。你不覺得這些人都膽子很小嗎？」

「他們顯然也非常不聰明。」尤斯塔斯說。

「聽著，露西，」愛德蒙說：「我們真的不能讓你去做這樣的事。你問銳脾氣，我相信他也會這麼說。」

「但這是為了救我自己和你們的命。」露西說：「我和任何人一樣，都不想被看不見的劍剁成肉醬。」

「女王陛下是對的。」銳脾氣說：「如果戰鬥能確保我們救**她**，我們自然責無旁貸。可是依我看，我們沒有把握。而他們對她的要求，並不違背女王陛下的榮譽，而是一種高尚又英勇的行動。如果女王心裡願意去冒險見這魔法師，我不會再說反對的話。」

因為大家都知道銳脾氣向來不怕任何事，所以他說這些話並不會感到尷尬，但是那幾個經常感到害怕的男孩聽了都滿臉通紅。然而，事實如此明顯，他們不得不讓步。當他們宣布決定，那些隱形人都大聲歡呼，那個頭兒開聲邀請納尼亞人與他們共進晚餐，一同過夜（這也得到其他聲音的熱烈支持）。尤斯塔斯不想接受，但是露西說：「我相信他們不是奸詐的壞人。他們一點也不像。」其他人也都同意露西的看法。於是，在一片砰砰巨響的陪伴下（當他們到達鋪著石板、有回音的院子時，砰砰聲更大了），他們又都回到了那幢房子裡。

10 魔法書

隱形人以盛宴款待客人。看見各種大小盤碟被端上桌，卻又看不見端盤的人，實在非常有趣。如果這些盤碟是如你想像的那樣，被看不見的手端著，保持與地板平行一路往前移動，那確實十分有趣。可是事實並非如此。它們是一蹦一跳地沿著長長的餐廳前進。跳得最高的時候，盤子大概會在十五英尺高的半空中，然後，會在離地大約三英尺的地方突然停住。當餐盤裡裝的是湯湯水水或燉肉之類的東西時，結果就很慘了。

「我開始對這些人感到好奇了。」尤斯塔斯低聲對愛德蒙說：「你想，他們是人類嗎？我看他們更像大蚱蜢或大青蛙。」

「看起來確實很像，」愛德蒙說：「但千萬別把這想法告訴露西。她不太喜歡昆蟲，尤其是大昆蟲。」

如果上菜不是那麼混亂，談話不總是一致同意的話，這頓飯一定會吃得更盡興。隱形人對任何事都表示同意。事實上，他們大多數的話都很難讓人不同意。比如「我總是說，人餓了就喜歡吃點東西。」或「現在天黑了，到了晚上，天總是會變黑。」甚至「啊，你們是從水上過來的。那是威力強大的濕東西，對吧？」露西情不自禁望著樓梯腳下那黑洞洞的樓梯口——從她坐的地方可以看到——想著明天早晨她上樓時會發現什麼。若不管這些的話，這頓飯確實不錯，有蘑菇湯、煮熟的雞、煮熟的熱火腿，還有黑醋栗、紅醋栗、乳酪、奶油、牛奶和蜂蜜酒。其他人都喜歡這種酒，只有尤斯塔斯後來後悔自己喝了。

第二天早晨，露西醒來以後，心情就像那天要去考試，或那天要去看牙醫一樣。這是個美好的早晨，蜜蜂嗡嗡地從敞開的窗戶飛進飛出，外面的草坪看起來很像英國的風光。她起床盥洗，穿好衣服，儘量像平日那樣正常交談和吃早餐。然後，在頭兒的聲音指示她在樓上該怎麼做以後，她向其他人道別，一語不發走到樓梯底部，頭也不回就直接上樓。

光線很亮，這是好事。事實上，在她正前方，也就是第一段樓梯頂端，有一扇窗戶。她走上第一段樓梯時，還聽到下面大廳裡那座老式大鐘滴答滴答走著的聲音。然後，她來到樓梯拐角的平臺，不得不左轉踏上第二段樓梯，之後，她就聽不到鐘聲了。

這時，露西來到了樓梯頂端。她看見一條很長很寬的走廊，盡頭是一扇大窗戶。這條走廊顯然從房子的這頭一直通到另一頭。走廊鋪著地毯，兩旁都是雕花鑲板，各有許多的門，都是打開的。她動也不動地站著，聽不見老鼠吱吱叫，聽不見蒼蠅嗡嗡響，也聽不見窗簾飄動的聲音，什麼都聽不見——只聽見自己的心跳聲。

「左邊最後一扇門。」她自言自語道。要走到最後一扇門似乎有點難。要到達那裡，她必須經過一間又一間的房間。魔法師有可能在任何一個房間裡——睡著，或醒著，或隱形，或甚至死了。不過光想沒用，她開始踏上她的旅程。地毯非常厚，她的腳走上去一點聲音也沒有。

「到現在為止還沒有什麼可怕的。」露西對自己說。當然，那是一條安靜、陽光明媚的走廊；或許太安靜了點。如果那些門上沒有漆著猩紅的奇怪符號會更好些，那些彎彎曲曲、看起來相當複雜的符號，顯然具有意義，也許不是什麼太好的意義。如果牆上沒有掛那些面具就更好了。倒不是說它們很醜——或不太醜——而是那些空洞的眼洞看起來確實很詭異，如果你放任自己瞎想，馬上就會覺得自己一背對它們，它們就會做出什麼事來。

大概經過第六扇門之後，她第一次真正嚇到。有一瞬間，她幾乎確定有一張頑皮、長著鬍鬚的小臉從牆上冒出來，朝她扮了鬼臉。她強迫自己停下來細看。那根本不是一張臉。那是一面小鏡子，大小形狀正好和她的臉一樣，鏡子上方有頭髮，下方掛著一把鬍子，所以只要朝鏡中一望，你自己的臉就正好配上頭髮和鬍子，看上去就像你自己的頭髮和鬍子。「原來是我經過的時候，眼角瞥見了自己的臉。」露西自言自語說：「只是這樣而已。沒事。」不過她不喜歡自己的臉搭配那樣的頭髮和鬍子，於是她繼續往前走。（我不知道那面有鬍子的鏡子有什麼作用，因為我不是魔法師。）

在她走到左邊最後一扇門以前，露西開始懷疑，是不是從她開始走這段路之後，走廊就變長了，還有，這是不是房子的魔法的一部分。不過，她最後還是走到了。門是開著的。

這是一間有三扇大窗戶的大房間，從地板到天花板擺滿一排排的書；露西從來沒見過這麼多的書，有些小巧玲瓏，有些厚胖笨重，還有些書比你在任何教堂見過的《聖經》還大，全是皮面精裝，散發著古老、博學和神奇的氣息。不過從她獲得的指示中，她知道自己不需要去管這些書。因為，**那本**書，那本魔法書，就擺在房間正中央的書桌上。她看見自己必須站著讀（反正房間裡沒有椅子），而且讀的時候是背對著門。於是，她立刻轉身想把門關上。

門關不上。

有些人可能不同意露西這麼做，但我認為她是對的。她說，如果能把門關上，她就不用擔心，而在這樣一個地方，背對著門站著，感覺總是不太舒服。換成我也會有同樣的感覺。不過，實在沒有其他辦法。

有一件事令她很為難，就是這本書太大了。頭兒的聲音無法告訴她，使東西現形的魔咒是在書上什麼地方。她問的時候，他甚至顯得很詫異。他希望她從第一頁開始找，直到她找到為止。他顯然從來沒想過還有其他方法能在書中找到某條咒語。「可是從頭開始的話，可能要花我幾天甚至幾星期的時間！」露西看著那本巨大的書說：「而且我覺得自己已經在這個地方待好幾個小時了。」

她走到書桌前，把手放在書上；她的手指一碰到書，就感到一陣刺痛，彷彿書上有電似的。她試著翻開它，但是一開始翻不動；不過這只是因為有兩個鉛夾子把書扣著，等她解開扣子，書很容易就翻開了。多奇特的一本書啊！

這是一本手寫的書，不是印刷的；字跡清晰、筆畫均勻，向下捺的筆畫粗，向上挑的筆畫細，字非常大，比印刷的更容易看，而且非常漂亮，露西盯著它看了整整一分鐘，忘了要讀。書的用紙又挺又滑，散發出一股香味。在頁面周圍空白的地方還有每個咒語開頭彩色的大寫字母周圍，都畫有圖案。

這本書沒有目錄，也沒有標題，開門見山就是咒語，最初幾條沒什麼重要的，都是一些治疣（在月光下用銀盆洗手）、治牙痛和抽筋的良方，還有一條是摘除蜂窩的咒語。那張牙痛病人的圖畫得栩栩如生，如果看太久，你都會感到自己的牙也痛了。第四條咒語周圍畫滿了金蜜蜂，乍看好像真的在飛一樣。

露西真不想翻過第一頁，但等她翻到第二頁時，內容也同樣有趣。「可是我必須繼續往下翻。」她自言自語說。就這樣，她翻了大約三十頁，如果她能記得住，那些咒語教了她如何找到埋藏的寶藏，如何記起忘記的東西，如何忘記你想忘記的東西，如何判斷別人說的是不是真話，如何召喚（或阻止）風、霧、雪、冰雹或雨，如何用魔法催眠，以及如何把人的頭變成驢頭（像可憐的波頓先生一樣[4]）。她看得愈久，愈覺得那些圖畫精彩逼真。

接著，她翻到一頁，上面的圖案燦爛奪目，幾乎使人忘了它的文字。幾乎忘了——不過她**確實**注意到了第一句話。那句話是：「這條咒語絕對可靠，能使女性變得美若天仙，超越一切凡人。」露西把臉湊近去看書上的圖畫，雖然那些圖案看起來似乎很擁擠、混亂，但這時她能看得很清楚了。第一張圖是有個女孩站在書桌前看一本很大的書。那女孩的衣著和露西一模一樣。下一張圖畫著露西（因為圖畫中的女孩就是露西）張嘴站著，臉上神情相當可怕，正在唸誦或背誦什麼。第三張圖畫中，她變成了傾國傾城的美人。奇怪的是，那些圖畫初看時非常小，但是圖畫中的露西這時看起來和真正的露西一樣大；她們互相對視了幾分鐘，真正的露西就把目光移開了，因為另一個露西的美貌

4 波頓（Bottom）是莎士比亞《仲夏夜夢》裡的一個角色，他被變成驢頭，還有美女愛上了他。

讓她目眩神迷；不過，她仍可在那張美麗的臉上看見對方與自己的相似之處。接下來各種畫面朝她蜂擁而來，擁擠又快速。她看見自己在卡羅門一場盛大的比武中高坐在寶座上，全世界的國王都為她的美貌拚命。後來，比武變成真正的戰爭，各國的國王、公爵和大領主為了爭奪她的青睞，彼此憤怒宣戰，整個納尼亞、阿欽蘭、泰爾馬、卡羅門、加爾馬和泰瑞賓西亞全都變得一片荒蕪，杳無人煙。接著畫面變了，依舊美若天仙的露西回到了英國。蘇珊（她一直是家中的美人）從美國回來了。畫中的蘇珊看起來和真實的蘇珊一模一樣，只是樣貌變得比較平淡，表情也惡狠狠的。蘇珊嫉妒露西那令人目眩神馳的美麗，但那無關緊要，因為這時沒有人在乎蘇珊了。

「我**要**唸這個咒語。」露西說：「我不在乎。我要唸。」她說我**不在乎**，是因為她有一種強烈的感覺——她不能這麼做。

不過，當她回去看這條咒語開頭的字句時，在文字之間——她之前很確定那裡沒有圖案——她看見一張獅子的大臉，是那隻獅子，是阿斯蘭，正在盯著她看。圖畫是燦亮的金色，獅子似乎正從書上朝她走來；事實上，事後她一直不確定獅子是不是真的動了動。無論如何，她非常熟悉他臉上的表情。他正在咆哮，你可以看見他大部分的牙齒。她嚇壞了，立刻把這頁翻過去。

過了一會兒，她翻到一條咒語，是一條讓你知道朋友對你的看法的咒語。這時露西非常想唸另外那條咒語，就是會讓你美若天仙那條，因此她覺得，為了彌補沒有唸到上一條，她必須唸這一條。她怕自己會改變主意，於是把這條咒語唸得飛快（什麼也不能誘使我告訴你它的內容）。然後，她等著看看會發生什麼事。

結果什麼事也沒有發生，所以她開始看那些圖畫。不料，她突然看見自己最沒想到的事——圖上是一節三等座的火車車廂，裡面坐著兩個女學生。她立刻認出她們是瑪喬麗．普勒斯頓和安妮．費瑟斯通。只不過這時它不是一幅靜態的畫了。它在動。露西看見電線杆從窗外飛馳而過，接著，她逐漸聽到她們正在說的話（就像打開收音機後聲音逐漸增大）。

「這學期我會常常見到你嗎？」安妮說：「還是你會繼續和露西．佩文西黏在一起？」

「我不懂你說的**黏在一起**是什麼意思？」瑪喬麗說。

「噢，你當然懂，」安妮說：「上學期你迷她迷得要命。」

「沒有，我才沒有。」瑪喬麗說：「我現在更理智了。她不是個壞小孩。可是在學期結束以前，我就已經對她很厭煩了。」

「好吧，接下來任何一個學期你都不會有機會了！」露西大喊道：「你這兩面討好的小畜生。」話一出口，她立刻想起自己是對著一張圖在說話，而真正的瑪喬麗遠在另一個世界。

「好吧，」露西自言自語說：「我把她想得太好了一點。上學期我為她做了各種各樣的事，其他女孩都不願理她的時候，我還是一直跟她在一起。她自己心裡也明白。她什麼人不好找，偏偏對安妮．費瑟斯通這麼說！難道我所有的朋友都是這種人？這裡還有很多圖畫。不。我不想再看了。我不看，我不看。」她費了很大的勁才把這一頁翻過去，但是書頁已經濺上很大一滴憤怒的淚水。

下一頁，她看到一條「使人提振精神」的咒語。這裡的圖畫比較少，但是非常漂亮。露西發現自己讀的不像一條咒語，更像一則故事。這篇東西長達三頁，但她第一頁還沒讀到最後一行，就已經忘了自己是在閱讀。她已經身臨其境，活在這個故事裡，彷彿一切都是真的，所有的圖畫也都是真的。當她讀到第三頁最後一行時，她說：「這是我一生中讀過最美好的故事，我這輩子不會再讀到這麼好的故事了。噢，我真希望我能一直讀下去，讀上十年。現在我至少要再讀一遍。」

可是，到了這裡，這本書有部分魔法發揮了作用。你不能往回翻。你可以翻動右邊的書頁，也就是往前翻能翻動，但是左邊往回翻的書頁卻翻不動。

「噢，太可惜了！」露西說：「我真的好想再讀一遍。至少我得把它記住。讓我想想……它說的是……是……噢，天啊，它全部消失了。連這最後一頁都變成空白一片。

這本書實在太古怪了。我怎麼會忘記呢？那是個有關一個杯子，一把劍，一棵樹和一座綠色山丘的故事，我只記得這些。可是我記不住了，我**該**怎麼辦？」

她始終沒想起那個故事。從那天起，露西所謂的好故事，就是能讓她想起在這本魔法師之書中被遺忘之故事的故事。

她繼續往下翻，隨後翻到有一頁上面完全沒有圖畫，她非常詫異；不過開頭第一句是**使隱形之物現形的咒語**。她先默唸了一遍，確定所有的難字她都會讀，然後便大聲唸出來。她立刻知道咒語生效了，因為就在她唸的時候，書頁頂端的大寫字母開始變成彩色的，頁邊空白處也逐一顯出圖案來。就像一些用隱形墨水寫的東西，你拿到火上烤，文字就會逐漸顯現出來。只不過，那種最簡易的隱形墨水再現時，字跡是昏暗的檸檬黃，這裡顯出來的卻是金色、靛藍和深紅色。這些圖案很怪，圖上的人的模樣露西不太喜歡。隨後她想：「我想，不只是那些發出砰砰聲的人，我已經讓所有的東西都現形了。這個地方可能還有很多其他隱形的東西。我不確定自己想統統都看到。」

這時候，她聽見背後走廊上傳來一陣輕柔、沉穩的腳步聲；當然，她還記得他們告訴過她，那個魔法師總是光著腳走路，腳步聲比貓還輕。在這種情況下，轉身面對總比任由什麼東西偷偷摸到你背後來要好得多。露西就是這麼做。

接著，她的臉一下子亮了起來（當然她自己不知道），有一瞬間，她看上去幾乎和畫中的那個露西一樣漂亮。她高興地叫了一聲，張開雙臂奔上前去。因為，站在門口的正是阿斯蘭，那頭偉大的雄獅，萬王之王。他又真又活，溫暖無比。他讓露西親吻他，讓她把自己埋在他閃亮的鬃毛裡。從他體內發出一股股低沉的、地震般的震動聲，使露西大膽地認為那是他在舒服地打呼嚕。

「噢，阿斯蘭，」她說：「你能來真是太好了。」

「我一直都在這裡，」他說：「是你剛剛讓我顯形了。」

「阿斯蘭！」露西有點責怪地說：「別開我玩笑了。好像**我**真能讓**你**顯形似的！」

「確實是這樣。」阿斯蘭說：「你以為我會不遵守自己立下的規則嗎？」

他稍微頓了頓，又開口說：「孩子，我想你偷聽了別人說話。」

「偷聽？」

「你聽了你兩個同學對你的議論。」

「噢，那個？我從沒想過那是偷聽，阿斯蘭。那是魔法嗎？」

「利用魔法監視他人，和利用其他方法監視他人是一樣的。你對你朋友的判斷不公平。她很軟弱，但是她愛你。她因為怕那個比她大的女孩，才說了違心的話。」

「我想我永遠也忘不了她說的話。」

「對，你不會忘記。」

「噢，天哪，」露西說：「我是不是把所有的事都弄糟了？你的意思是說，如果不是因為這件事，我們會繼續做朋友——真正的好朋友——也許一輩子都是——而現在我們再也不可能了。」

「孩子，」阿斯蘭說：「我不是對你說明過，誰也說不準**未來會發生什麼事**嗎？」

「是的，阿斯蘭，你說過。」露西說：「對不起。可是……」

「說吧，親愛的。」

「我能不能再讀一遍那個故事？那個我記不起來的故事？你能說給我聽嗎，阿斯蘭？噢，說嘛，說嘛，說嘛。」

「好，會的，我會一年又一年把這個故事說給你聽。不過，現在，來吧。我們必須去見這幢房子的主人。」

11 快樂的笨莢人

露西隨著那隻偉大的獅子走出房間，來到走廊，她立刻看見一位身穿紅袍、赤著雙腳的老人朝他們走來。他的白髮上戴著一頂橡樹葉編的花冠，長鬍鬚一直垂到腰帶上，他拄著一根雕刻得很奇怪的手杖。他一看見阿斯蘭，立刻彎腰深深鞠了一躬，說：

「歡迎閣下蒞臨寒舍。」

「寇里亞金，我讓你在這裡管理那些笨東西，你感到厭倦了嗎？」

「沒有，」魔法師說：「他們雖然很笨，但是他們也沒什麼害處。我開始變得喜歡這些生物了。有時候，在等待他們有一天能靠智慧來管理而不是靠這種粗糙的魔法來管理時，我或許是有點不耐煩。」

「時候到了就會好的，寇里亞金。」阿斯蘭說。

「是的，閣下，時候到了就會好的。」寇里亞金回答道：「你打算在他們面前出現嗎？」

「不。」獅子說，聲音略帶點咆哮，露西認為那是他在發笑。「我會把他們嚇得神不附體吧。等許多星星都變老了，落到諸海島上休息時，你的子民還沒長出智慧呢。今天日落之前，我必須去看看矮人特朗普金，他在凱爾帕拉維爾城堡裡，數著日子等他的主人凱斯賓回家。我會把你們的故事都告訴他的，露西。別看起來那麼難過啊。我們很快就會再見面的。」

「求你了，阿斯蘭，」露西說：「你說的**很快**是多快？」

「所有的時間對我來說都是很快。」阿斯蘭說完立刻消失了，只剩露西獨自和魔法師在一起。

「走了！」他說：「你和我一樣都很沮喪。他總是這樣，你留不住他；他不是一隻**馴服**的獅子。怎麼樣，你喜歡我的書嗎？」

「有一部分我確實很喜歡。」露西說：「你一直知道我在那裡嗎？」

「嗯，我當然知道，我讓那群笨瓜把他們自己弄成隱形的時候就知道，不久之後你就會來解除咒語了，我只是不太確定是哪一天。今天早上我也沒有特別留意。你瞧，他們也把我變隱形了，隱形之後我總是變得很睏。呵……噢，你看，我又打呵欠了。你餓了嗎？」

「嗯，我好像有點餓了。」露西說：「我不知道現在幾點了。」

「來吧，」魔法師說：「所有的時間對阿斯蘭來說都是很快，但在我家，所有肚子餓的時間都是一點鐘。」

他領著她順著走廊走了一小段，然後打開一扇門。露西走進去，發現自己來到一個令人愉快的房間，房裡充滿陽光和鮮花。他們進來時，桌上是空的，不過那當然是一張魔法桌子，老人一下令，桌布、銀器、碗盤、酒杯和食物就全出現了。

「我希望這些都是你愛吃的。」他說：「我想辦法幫你弄來你的家鄉菜，也許比你最近吃的東西更合你胃口。」

「太棒了。」露西說，確實如此。一份熱騰騰的煎蛋捲、羊羔肉冷盤配青豆、一個草莓霜淇淋、一杯配餐的榨檸檬汁，還有一杯巧克力。不過魔法師自己只喝葡萄酒，只吃麵包。他一點也不令人驚慌不安，露西很快就和他像老朋友一樣閒聊起來。

「這個咒語什麼時候生效的？」露西問：「那群笨瓜是立刻現形嗎？」

「噢，是的，他們現在都現形了。不過他們大概還在睡覺；他們每天中午總會休息一陣子。」

「現在他們既然現形了，你還會讓他們繼續醜下去嗎？你要不要讓他們恢復從前的模樣？」

「嗯，這是個相當微妙的問題。」魔法師說：「你看，只有**他們**覺得自己以前看起來美。他們說他們被變醜了，但我不那麼認為。很多人可能會說他們是變得好看了。」

「他們都很自以為是嗎？」

「是的。或者至少笨瓜的首領是，而且他已經教會所有其他的人自誇自大。他們一貫相信他說的每一句話。」

「我們已經注意到了。」露西說。

「是的……就某方面而言，沒有他，我們會過得更好。當然，我可以把他變成其他東西，甚至對他施個咒語，讓他說出來的話他們一個字都不信。可是我不喜歡那麼做。讓他們有個欽佩的對象總比沒有好。」

「他們不欽佩**你**嗎？」露西問。

「噢，不是**我**，」魔法師說：「他們不會欽佩**我**的。」

「你為什麼要把他們變醜——我是說，他們所謂的**變醜**？」

「嗯，他們不聽話，不會按照吩咐的去做。他們的工作是照料花園，栽種莊稼——不是他們想的那樣是為我種的，而是為他們自己。如果我不命令他們做，他們就什麼都不做。當然，照料花園需要水。在大約半英里外的山上有一股很好的山泉。有一條小溪從那股泉水發源，流下來經過花園。我只要求他們從這條小溪裡取水，而不是一天跋涉兩、三趟，帶著水桶到山泉那裡去取，那不但把自己搞得疲憊不堪，而且在回來的路上就把水灑掉了一半。可是他們不明白。最後乾脆斷然拒絕了。」

「他們竟然笨到這種地步？」露西問。

魔法師歎了口氣，說：「他們笨到什麼地步，我說了你都不信。幾個月前，他們一致贊成在飯前洗碗盤刀叉，他們說這樣省時間，飯後就不用洗了。我還逮到他們種煮熟的土豆，說這樣挖出來以後可以直接吃，省得煮。有一天，貓跑進了牛奶房，他們叫了二十個人進去把所有的牛奶都搬出來，沒有人想到把貓抓出來。好，我看你已經吃完了。我們去看看那些笨瓜吧，現在可以看見他們的模樣了。」

他們走進另一個房間，裡面擺滿擦得雪亮卻難以理解的儀器，比如星盤、太陽系儀、分秒儀、經緯儀、詩律儀、音韻儀和測量儀等等。魔法師領她走到窗前，說：「在那裡，那就是你的笨瓜們。」

「我沒看見人啊。」露西說：「那些像蘑菇的東西是什麼？」

她指的是遍布在草坪上的那些東西。它們確實很像蘑菇，但遠比蘑菇大得多——菇柄高約三英尺，傘蓋的直徑差不多相同。等她仔細一看，才注意到菇柄和傘蓋相連的地方不在傘蓋中央，而是在傘蓋的一側，這讓它們看起來很不平衡。在每根菇柄的根部都有個東西躺在草地上，看起來像個小包袱。事實上，她盯著它們看得愈久，就愈覺得它們不像蘑菇。傘蓋的部分並不是她一開始以為的圓形。它的長度比寬度長，一頭比另一頭寬。數量不少，有五十多個。

鐘敲了三下。

剎那間，一件最奇特的事發生了。每一個「蘑菇」都突然顛倒過來。連在菇柄根部的小包袱原來是頭和身體。那些菇柄是他們的腿，但不是每個身體兩條腿，而是每個身體底下只有一條粗腿（不像只有一條腿的人腿是在身體的一側），腿下端是一隻巨大的腳——一隻看起來像一艘小獨木舟似的腳，腳板很寬、腳趾稍微往上翹。她一下子就明白他們為什麼看起來像蘑菇了。他們一直仰天平躺在地上，一條腿直直地伸向空中，巨大的腳就平攤在上頭。後來她才知道，這是他們平常的休息方式，因為那隻大腳既能擋雨又可遮陽，對獨莢人[5]來說，躺在自己的腳底下差不多就像躺在帳篷裡一樣舒服。

「噢，真滑稽，真滑稽。」露西放聲大笑，說：「是**你**把他們變成這樣的嗎？」

「是的，是的。我把那些笨瓜變成了獨莢人。」魔法師說。他也在笑，笑到眼淚都流下來了。「不過，你看。」他補充說。

確實值得一看。當然，這些小小的獨莢人不能像我們一樣行走或跑步。他們只能像跳蚤或青蛙那樣跳來跳去。他們好會跳啊！彷彿每隻大腳都是一大團彈簧。他們每次蹦

5 獨莢人的原文是Monopod，mono是個字首，有單、獨的意思，pod是豆莢。這些獨腳小人的大腳長得很像豆莢。

起落下，都發出巨大的響聲，這就是昨天使露西很困惑的砰砰聲。這時，他們正四面八方跳來跳去，互相喊著：「嘿，小伙子們！我們又現形了。」

「我們現形了。」一個戴著紅色流蘇帽、顯然是首領的人說：「我說嘛，等夥計們都現形了，大家就能看見彼此了。」

「啊，說得對，說得對，頭兒。」其他人叫道：「就是這個意思。沒有人頭腦比你更清楚。你說得再明白不過了。」

「那小姑娘逮到老人在打盹，她做到了。」獨莢人首領說：「這次我們打敗他了。」

「這正是我們想說的，我們自己正想這麼說，」所有人如合唱般齊聲說：「你今天比以往更強了，頭兒。繼續說，繼續說。」

「他們竟敢這樣談論你？」露西說：「昨天他們似乎還很怕你。難道他們不曉得你可能在聽他們說話嗎？」

「這是笨瓜們有趣的事情之一。」魔法師說：「他們上一分鐘把我說得好像我操縱一切，無所不知，非常危險。下一分鐘，他們又認為可以靠那些連嬰兒都能看穿的小把戲來收買我……真是可憐！」

「一定要把他們變回原來模樣嗎？」露西問：「噢，我真希望他們能保持現在的樣子，如果這對他們不是太殘酷的話。他們真的很介意嗎？他們似乎很開心。我是說——

瞧他們跳躍的樣子。他們以前是什麼模樣？」

「普通的小矮人，」他說：「遠不及你在納尼亞見過的矮人好看。」

「把他們變回去的話**就**可惜了。」露西說：「他們太好玩了，而且個性還挺好的。如果我把這些話告訴他們，你認為會有什麼影響嗎？」

「如果你能讓他們聽進去——我相信會有影響的。」

「你願意和我一起去試試嗎？」

「不，不。沒有我在場，你會比較順利。」

「非常感謝你的午餐。」露西說著，迅速轉身離開。她跑下樓梯（早晨這樓梯還讓她走得膽戰心驚的），一頭撞上了站在樓梯口的愛德蒙。其他人也都和他站在一起等著，當她看見他們焦急的面孔時，才意識到自己把他們忘了多久，頓時感到良心不安。

「沒事了。」她大聲喊道：「一切都很好。魔法師是個好人……而且我還見到**他**了……阿斯蘭。」

說完，她像一陣風似的離開他們，衝進花園。花園裡，地面被跳得不住震動，空氣中飄蕩著他們響亮的吶喊。當他們看見露西時，跳得更起勁，也喊得更大聲。

「她來了，她來了。」他們喊道：「為小姑娘歡呼三聲。啊！她把那位老先生擺平了，她辦到了。」

「我們非常遺憾，」獨莢人首領說：「我們無法讓你享有看見我們變醜之前原來那個模樣的樂趣，因為你不會相信兩者之間有差別，真的，誰都不能否認，我們現在的樣子太難看了，不騙你。」

「啊，我們是難看，頭兒，我們是難看。」其他人附和著，像許多玩具氣球一樣蹦來跳去：「你已經說過了，你已經說過了。」

「可是我覺得你們一點也不醜。」露西大喊著說，這樣大家才能聽見：「我覺得你們看起來很漂亮。」

「聽她說，聽她說，」獨莢人說：「你說得對，小姐。我們看起來很漂亮。你找不到比我們更漂亮的了。」他們說這些話時毫無驚訝之情，似乎沒注意到自己改變了主意。

「她是說，」獨莢人首領說：「在我們變醜以前，我們看起來非常漂亮。」

「你說得對，頭兒，你說得對。」其他人一起喊道：「她是這麼說的。我們都親耳聽到了。」

「我**沒**這麼說，」露西大喊：「我是說你們**現在**很好看。」

「她那麼說了，她那麼說了，」獨莢人首領說：「說我們以前很好看。」

「聽他們說，聽他們說。」獨莢人說：「你們真是好搭檔。永遠是對的。他們說得再好不過了。」

「但是，我們說的正好相反啊。」露西說，不耐煩地跺跺腳。

「你說得是，當然，你說得是，」獨荚人說：「完全相反。繼續說，你們倆繼續說。」

「你們真會把人逼瘋。」露西說，然後放棄再講下去。可是獨荚人似乎非常滿意，所以她斷定這次對話算是成功。

那天晚上，在所有人上床睡覺前發生了另一件事，讓他們對自己的獨腳更加滿意。凱斯賓和所有納尼亞人都盡快回到岸邊，把消息告訴萊因斯，以及其他在黎明踏浪號上的人，他們早已焦急萬分。當然，獨荚人也跟著一起去，一個個像足球一樣蹦跳起落，並大聲相互認同，直到尤斯塔斯說：「我希望魔法師能把他們變隱聲，而不是隱形。」（他馬上就後悔自己說了這番話，因為接下來他不得不解釋隱聲是指聽不到，雖然他費盡唇舌，卻始終不確定那些獨荚人真的明白了，尤其讓他惱火的是，他們最後竟說：「呃，他無法像我們頭兒那樣把話說清楚。可是你能學會的，年輕人。跟**他**學。他會教你怎麼說話。那裡有個演說家讓你學習！」）他們到達海灣後，銳脾氣想到一個絕妙的主意。他放下他的小筏，坐上去來回划了幾圈，直到那些獨荚人全都感興趣了，他才在小筏裡站起來說：「各位值得尊敬也很聰明的獨荚人啊，你們不需要船。你們每個人都有一隻可以代替船的大腳。你們只要儘量在水面上輕輕跳就行了，看看會有什麼結果。」

獨荚人首領退縮了，並警告其他人，海水是很濕的東西，但是有一、兩個年輕人馬上去試了一下；接著又有幾個有樣學樣，最後所有人都下海去試了。效果非常好。獨莢人的巨大單腳就像一艘天然的木筏或小船，銳脾氣又教他們如何製作粗槳，然後，他們都在海灣裡繞著黎明踏浪號划來划去，探索整個世界，看起來像一支小獨木舟組成的艦隊，每條獨木舟的船尾站著一個胖矮人。他們還進行了比賽，一瓶瓶的酒從船上垂下來給他們當作獎品，水手們靠在兩側船舷上觀看，笑得腰痠肚子痛。

這些笨傢伙也非常喜歡「獨莢人」這個新名字，他們覺得這是個很氣派的名字，但是他們從未把名字說對過。「我們就該叫這名字。」他們大吼著說：「獨甲人，胖夾人，莢腳人。這名字就在我們舌尖上，我們就這麼稱呼自己。」但是他們很快就把它和他們的舊名字「笨瓜」搞混了，最終他們決定稱自己是「笨莢人」；大概往後幾百年他們都會被這麼稱呼了。

那天晚上，所有納尼亞人都在樓上和魔法師共進晚餐。露西注意到，在自己不害怕之後，現在整個樓上看起來完全不同了。門上的神祕符號依舊神祕，但這時看起來似乎含有親切和愉快的含義，甚至那面有鬍鬚的鏡子，似乎也變得好玩，而不是可怕。吃飯時，每個人都藉由魔法獲得自己最喜歡吃和喝的東西，飯後，魔法師又表演了一個非常有用也很美麗的魔術。他在桌上放了兩張空白的羊皮紙，請德里尼安把他們航行至今的經過詳細告訴他。當德里尼安一邊敘述，羊皮紙上便一邊顯示出清晰細緻的線條，將他所說的繪製出來，最後，每張紙都變成一幅壯麗的東海地圖，上面顯示著加爾馬島、泰瑞賓西亞、七島群島、孤獨群島、龍島、火燒島、死水島和這個笨瓜島，它們的大小和地理位置全都絲毫不差。這是這片海域有史以來第一次有地圖繪成，而且比沒有魔法之後所繪的任何地圖都要好。因為在這兩張地圖上，城鎮和山脈起初看起來就和普通地圖上的一樣，可是等魔法師把放大鏡借給他們以後，用放大鏡看見的就是真實事物的完美縮影，因此，你能看見窄港的那個城堡、奴隸市場和每條街道，所有景物都很清晰，但是很遙遠，就像把望遠鏡倒過來看到的情況。唯一的缺點是因為地圖只顯示德里尼安親眼所見的景物，所以大部分島嶼的海岸線都不完整。地圖完成之後，魔法師自己留一張，把另一張送給了凱斯賓，這張地圖至今仍掛在凱爾帕拉維爾城堡的儀器廳中。然而，再往東去的海洋或陸地，魔法師卻無法告訴他們。不過，他確實告訴他們，大約在七年前，有一艘納尼亞的船駛進他的水域，船上載著雷威廉、阿爾戈茲、馬拉蒙和羅普幾位勳爵。所以他們推斷，他們看見的那個躺在死水湖中的黃金人一定是雷斯提馬勳爵。

第二天，魔法師用魔法修復了黎明踏浪號被「大海蛇」損壞的船尾，又為船上裝載了許多有用的禮物。下午兩點，船隻啟航，那是個最友好的告別，所有的笨莢人全都划著水陪它到出海口，並大聲歡呼送行，直到船上再也聽不見他們的歡呼聲。

12 黑暗之島

這次奇遇之後，他們順著溫和的風向南偏東航行了十二天，大部分時間天空清朗，空氣溫暖，但是看不見鳥和魚，除了有一次看見鯨魚在離右舷很遠的地方噴水。這回，露西和銳脾氣下了很多盤棋。到了第十三天，愛德蒙從桅樓的瞭望臺上看見船頭左舷前方的海面上升起一團墨黑的東西，像是一座大山。

他們調整航向，朝那片陸地駛去，由於沒有西南風助他們往東北航行，他們大部分時候靠划槳前進。夜幕降臨時，他們離那裡還很遠，於是又划了一整夜。第二天早晨，天氣晴朗，但周遭一片寂靜。那一大團墨黑的東西就橫在前方，看起來近得多也大得多，但仍非常模糊，因此有人認為它還在很遠的地方，另一些人則認為他們駛進一團霧裡。

那天早上九點左右，那團墨黑的東西突然近在咫尺，他們這才看出它根本不是陸地，甚至不是一般所說的霧。它是一團黑暗。這樣說也許很難理解，不過你若想像自己朝鐵路隧道的入口往裡望——一條很長，或彎彎曲曲的隧道，以至於你看不見盡頭出口的光亮。還有，你也知道穿過它會是什麼樣子。靠近洞口幾英尺的地方還有天光照進去，你還可以看見鐵軌、枕木和礫石，再進去一點會是半明半暗的朦朧地帶。然後，突然之間，一切全都一起消失在均勻、堅實的黑暗裡（其中當然沒有一條清楚分明的分界線）。這裡就是這樣。在船頭前幾英尺的地方，他們可以看見明亮起伏的碧綠波濤。再過去一點，他們看見海水呈灰白色，好像夜幕低垂時的海面。再過去則是一片漆黑，彷彿來到了無月無星的黑夜邊緣。

凱斯賓喝令水手長把船停下來，除了划槳的人外，其餘的人都衝到船頭，凝視前方。可是什麼也看不見。在他們背後是大海和太陽，在他們前方是黑暗。

「我們要進去嗎？」凱斯賓終於問道。

「我建議不進去的好。」德里尼安說。

「船長說得對。」好幾個水手說。

「我也認可他的建議。」愛德蒙說。

露西和尤斯塔斯沒說話，不過內心很高興，感覺事情似乎有了轉機。可是，突然間，銳脾氣清脆的聲音打破了沉默。

「為什麼不去？」他說：「誰為我解釋一下不去的原因。」

無人急於解釋，於是銳脾氣繼續說：

「如果我現在說話的對象是農民或奴隸，」他說：「我會以為提出這樣的建議是出於懦弱。可是我希望將來納尼亞永遠不會有人傳言說，有一群正當花樣年華的貴族和王室成員，因為懼怕黑暗而掉頭逃走。」

「但是朝那團黑暗闖去有什麼用處呢？」德里尼安問道。

「用處？」銳脾氣回答：「船長，你是說用處嗎？如果你指的用處是填飽我們的肚子或錢包，我承認這麼做是毫無用處的。據我所知，我們這趟航行的目的不是為了尋找有用處的東西，而是為了尋求榮譽和冒險。我們眼前面臨的是一場我前所未聞的大冒險，此刻，我們若是往回走，我們全體的榮譽將毀於一旦。」

有幾個水手低聲說了幾句聽起來像「榮譽算個屁」的話，但凱斯賓說：

「噢，銳脾氣，你**真煩**。我簡直希望當初把你留在家裡才好。好吧。既然你這麼說，我想我們還得往前走。除非露西不願意？」

露西心裡覺得最好是不去，但口裡大聲說出來的卻是：「我要去。」

「陛下，至少下令點燈吧？」德里尼安說。

「肯定要。」凱斯賓說：「你來負責，船長。」

於是，船尾、船頭和桅頂，三盞燈都點亮了，德里尼安還下令在船中間點了兩支火把。這些燈火在陽光下顯得黯淡又微弱。接著，除了留在底下划槳的人以外，其餘所有人都奉命上到甲板，全副武裝，刀劍出鞘，堅守在他們的戰鬥崗位上。露西和兩個弓箭手被派到桅頂擔任警戒，彎弓搭箭，隨時待發。水手賴尼夫在船頭，準備好了繩子探測水深。銳脾氣、愛德蒙、尤斯塔斯和凱斯賓都穿著雪亮的鎧甲，和他一起站在船頭。德里尼安負責掌舵。

「現在，奉阿斯蘭的名，前進！」凱斯賓喊道：「要緩慢、穩定地前進。大家都保持安靜，留心聽我命令。」

船槳划動，黎明踏浪號隨著一陣吱吱嘎嘎、咿咿呀呀的聲音，開始緩緩前進。露西高踞在桅樓，清楚看見他們進入黑暗那一瞬間的奇景。陽光還沒離開船尾，船頭就已經消失了。她看著船消失。前一刻，鍍金的船尾、蔚藍的大海和天空，還在明亮的陽光下，下一分鐘，海洋和天空都消失了。之前幾乎看不見的船尾燈，是唯一能顯示船尾盡頭的標記。在船尾燈的前方，她可以看見德里尼安躬著腰掌舵的黑影。在她正下方，兩支火把照出甲板上兩小塊地方，也把寶劍和盔甲照得閃閃發亮。前方船頭船樓上的那盞燈，是另一座孤懸的燈島。除此之外，只有她頭頂那盞桅樓的燈，使桅樓本身像是一個小小的光明世界，漂浮在孤獨的黑暗中。所有這些燈光看起來都既陰慘又不自然，就像你在白天不該點燈的時刻不得不點燈時所看到的樣子。此外，她還覺得自己冷得要命。

這段黑暗中的航行走了多久，誰也不知道。除了划船的吱嘎聲和船槳撥水聲，沒有任何跡象顯示船在前進。愛德蒙從船頭望去，除了船頭燈落在他前方水面上的倒影外，什麼也看不見。那個倒影看起來很陰沉，船頭前進時激起的漣漪也顯得沉重、細微、毫無生氣。隨著時間一分一秒流逝，除了划船的人之外，每個人都開始冷得發抖。

突然，不知道從什麼地方——這時已沒人有清楚的方向感了——傳來一聲喊叫，那若不是人類發出來的，就是一個人在極度恐懼中發出的，以至於聽起來不像人的聲音。

凱斯賓張口想說話，卻發不出聲音。他的嘴太乾了。這時，銳脾氣開口了，他那尖利的聲音在這片寂靜中聽起來比平常更響亮。

「是誰在喊？」他尖聲問：「如果你是敵人，我們並不怕你。如果你是朋友，那麼你的敵人會得到教訓，知道我們的厲害。」

「救命！」那聲音喊道：「救命！就算你只是另一場夢，也發發慈悲吧。帶我上船。就算你們把我打死，也帶我走。看在慈悲老天爺的分上，不要消失，不要把我丟在這可怕的地方。」

「你在哪裡？」凱斯賓高喊道：「請上船來。我們歡迎你。」

又一聲叫喊傳來，不知是出於歡喜還是恐懼，接著，他們知道有人朝他們游過來了。

「夥計們，準備把他拉上來。」凱斯賓說。

「是的，陛下，」水手們說。有幾個人拿著繩索聚集到左舷的舷牆邊，其中一人俯身到船外，舉著火把照明。一張瘋狂、蒼白的臉出現在漆黑的水面上，接著，經過眾人七手八腳的拉扯之後，十幾隻友好的手終於把那個陌生人拉上了船。

愛德蒙覺得自己從來沒見過一個外表如此狂亂的人。雖然他看起來並不算老，卻滿頭盡是凌亂的白髮。他的臉瘦削又憔悴，衣服也只剩一些濕淋淋的破布掛在身上。不過最令人注目的是他的眼睛，那雙眼睛睜得很大，似乎一點眼皮都沒有，空洞呆滯，好像落入純粹恐懼的痛苦中。他一踏上甲板，立刻就說：

「逃啊！快逃啊！連船帶人快逃啊！快划，快划，拚命划，遠離這受詛咒的海岸。」

「鎮定一點，」鋭脾氣說：「告訴我們有什麼危險。我們不習慣逃跑。」

陌生人之前沒注意到鋭脾氣，這時聽見老鼠說話，嚇了一大跳。

「不管怎樣，你們還是要趕快離開這個地方。」他喘著氣說：「這是一個會讓夢成真的島嶼。」

「我找了好久就在找這樣一個島，」有個水手說：「如果我們在這裡登陸，我想我會發現自己和南茜結婚了。」

「我會發現湯姆又活過來了。」另一個人說。

「傻瓜！」那人憤怒地跺著腳說：「我就是聽了這種話才到這裡來的，我寧可淹死，或永遠沒出生，也不要來到這裡。你們聽見我說的了嗎？這是夢——你作的夢，會變成活生生的現實的地方，你們明白嗎？不是白日夢，是所有各種夢。」

眾人沉默了大約半分鐘，接著，只聽見一陣盔甲叮噹響，全體船員連滾帶爬奔下主艙口，撲向船槳，抓起便划，彷彿過去從來沒有划過船似的。德里尼安將舵柄轉了個彎，水手長帶領眾人划出航海史上不曾聽過的最快速划法。因為所有人在那半分鐘裡都想起了自己曾經作過的夢——那些讓你怕得不敢闔眼的夢——並且明白過來，如果在這樣一個地方登陸，夢會成真是什麼意思。

只有銳脾氣沒動。

「陛下，陛下，」他說：「您能忍受這種叛變，這種怯懦嗎？這是恐慌，是潰不成軍啊。」

「划，快划，」凱斯賓咆哮道：「拚盡全力撤退。德里尼安，船頭的方向對嗎？你愛說什麼就說什麼吧，銳脾氣。有些事是任何人都無法面對的。」

「那麼，我沒生為人類真是運氣好。」銳脾氣非常僵硬地躬身回答。

露西在高空中聽到了所有的對話。剎那間，她腦海中浮現了一個她竭力想忘記的夢，栩栩如生，彷彿她才剛剛從夢中醒來一般。原來，在他們後方的**那個**島，在那黑暗之中的，就是他們一心想要遺忘的東西！有那麼一瞬間，她想要走下甲板，去和愛德蒙與凱斯賓待在一起。但是那有什麼用？如果夢能成真，等到她來到他們面前時，愛德蒙和凱斯賓也可能變成某種恐怖的東西。她緊緊抓住桅樓的欄杆，努力穩住自己。他們正在拚命划回有光的地方，再過幾秒鐘就沒事了。但是，噢，要是現在能沒事就好了！

雖然划槳發出很大的聲音，卻蓋不過包圍著船身的一片死寂。

每個人都知道最好不要聽，不要伸長耳朵去聽來自那團黑暗裡的任何聲音。可是誰也禁不住不去聽。很快，每個人都聽見有動靜。每個人都聽到了不同的聲音。

「你有聽到一種像……像一把巨大的剪刀在哢嚓哢嚓剪東西嗎？……在那邊。」尤斯塔斯問賴尼夫。

「噓！」賴尼夫說：「我聽見**它們**爬上船舷了。」

「**它會**爬到桅杆上待著。」凱斯賓說。

「啊！」一個水手說：「開始敲鑼了。我就知道他們會這麼做。」

凱斯賓朝著位在船尾的德里尼安走去時，拚命克制自己什麼也別看（尤其不要一直往後看）。

「德里尼安，」他低聲說：「我們用了多久時間划進來？我是說，划到我們救起那個陌生人的地方，花了多久時間。」

「大概五分鐘吧，」德里尼安低聲說：「怎麼了？」

「因為我們已經朝外划了不只五分鐘，卻還沒划出去。」

德里尼安握著舵柄的手開始顫抖，一道冷汗流下他的臉。船上每個人都想到了這一點。「我們永遠出不去了，永遠出不去了。」划槳的人呻吟著說：「他掌舵卻領錯方向。我們在這裡繞了一圈又一圈。我們永遠都出不去了。」那個陌生人本來躺在甲板上蜷縮成一團，這時猛坐起來，發出恐怖的大笑。

「永遠出不去了！」他嘶喊道：「就是這樣。沒錯。我們永遠都出不去了。我真傻，還以為他們會這麼輕易放我走。不，不，我們永遠都出不去了。」

露西把頭抵著桅樓的欄杆邊，低聲說：「阿斯蘭，阿斯蘭，如果你真的愛過我們，現在快派人來救我們吧。」黑暗並未減少，但她開始覺得好一點點了——很小很小一點點。「畢竟，我們還沒真正遇到什麼事。」她想。

「看！」賴尼夫的聲音在船頭嘶吼著。前方有一個小光點，當他們注視著那光點時，它射出一大束光，落在船上。它沒有改變周圍的黑暗，但整艘船被照得通明，就像被探照燈照到一樣。凱斯賓眨了眨眼睛，環顧四周，看見每個同伴臉上的神情都很激動，也很專注。每個人都盯著同一個方向，每個人的背後都出現自己那輪廓分明的影子。

露西沿著那道光束往上看，不一會兒就看見光裡有個東西。起初看上去像個十字架，再看又像一架飛機，然後又像一只風箏，最後是頭頂上方傳來翅膀揮動盤旋的聲音，原來，那是一隻信天翁。牠繞著桅杆轉了三圈，然後停在船頭鍍金的龍頭上。牠發出一串有力又甜美的叫聲，好像在說話，但是沒有人聽得懂。然後，牠展開翅膀飛起來，開始慢慢往稍微偏右的方向飛去。德里尼安立刻轉舵跟著牠，毫不懷疑牠引領的是正確的方向，但整艘船上只有露西知道，當牠繞著桅杆盤旋時，牠輕聲對她說：「要勇敢，親愛的。」她確信那是阿斯蘭的聲音，她聽見的同時，也有一股甜美的香氣飄到她臉上。

過了不久，前方的黑暗變成了灰暗，接著，在他們有勇氣生出希望之前，他們已經衝進了陽光之中，又回到溫暖、藍色的世界裡。突然間，每個人都覺得沒有什麼可害怕的，從來都沒有。他們眨了眨眼睛，環顧四周。船身的亮麗色彩使他們大吃一驚。他們原本以為，黑暗會以某種汙垢或殘渣的形式附著在雪白、碧綠和金色的船身上。然後，他們一個接一個，開始大笑起來。

「我想我們給自己鬧了個大笑話。」賴尼夫說。

露西很快走下到甲板上，發現所有人都圍著那個新來的人。有好一會兒，他高興得說不出話來，只顧望著大海和太陽，摸著舷牆和纜繩，彷彿想確定自己真的清醒了，與此同時，兩行眼淚從他臉頰上滾落下來。

「謝謝你，」他終於開口說：「你把我從……救了出來，唉，我不想再提起那地方。現在，請告訴我你是誰。我是納尼亞的泰爾馬人，在我還有點權勢的時候，人們稱我為羅普動爵。」

凱斯賓說：「我是納尼亞的國王凱斯賓，我遠渡重洋來找你和你的同伴，你們都是我父親的朋友。」

羅普動爵跪下親吻國王的手，說：「陛下，您是這個世界上我最想見到的人。我有一個請求。」

「什麼請求？」凱斯賓問。

「永遠不要把我帶回去那裡。」他說，向船尾後方指了指。他們全往後看，但是只看到明亮的碧海藍天，那個黑暗島和那團黑暗已經永遠消失了。

「天啊！」羅普動爵喊道：「你把它摧毀了！」

「我想不是我們做的。」露西說。

「陛下，」德里尼安說：「這股風正朝東南方吹。我能不能叫我可憐的夥伴們上來，升帆航行？然後不需幹活的人都到吊床上去好好休息。」

「可以，」凱斯賓說：「讓大家都開懷暢飲幾杯。呵……我覺得自己也能睡上十二個鐘頭不醒。」

於是，整個下午，所有人都歡歡喜喜地順著風向東南方向航行。不過，沒有人注意到信天翁是在什麼時候飛走的。

13 三個沉睡的人

風一直沒有停，但一天比一天柔和，最後，海面上的浪亦小如漣漪，船一小時接一小時地滑行，就好像航行在湖面上一樣。每天晚上，他們都看見東方升起一些新的星座，是從來沒有人在納尼亞見過的。露西內心喜憂參半地想，也許這個世界上也沒有人見過這些星座。那些新的星星又大又亮，夜晚也很溫暖。他們大多數人會睡在甲板上，談天說地到深夜，或伏在船舷邊，觀賞船頭激起的亮白泡沫閃爍舞動。

在一個美得令人驚歎的傍晚，落日在他們背後散發出漫天霞光，深紅姹紫，使天空變得似乎比往日更加廣闊。這時，他們看見船頭右前方出現了陸地。船慢慢接近陸地，霞光從他們背後照來，使這個新地域的海岬和高地都像著了火似的。不久，他們已沿著海岸航行，此時西部的海角聳立在他們船尾後方，海岬的黑影襯著火紅的天空，輪廓分明得就像從硬紙板上剪下來的一樣，這下他們才看清楚這地方是什麼樣子。它沒有叢山峻嶺，但有許多平緩如枕頭的山丘。從陸地上飄來一股迷人的氣味——露西稱之為「一股淡淡的、華美的氣味」，愛德蒙則說那是一種腐爛的氣味（萊因斯也這麼認為），但凱斯賓說：「我明白你的意思。」

他們航行了好長一段路，經過一個又一個岬角，希望能找到一個深水良港，但最後還是只能將就停在一個寬而淺的海灣裡。海面上看起來似乎很平靜，可是仍有一波波海浪拍打著沙灘，他們無法把黎明踏浪號駛到他們想要的位置，只能在離海灘很遠的地方拋錨，然後乘小船顛簸著登陸，人人搞得一身濕。羅普勳爵留在黎明踏浪號上。他不希望再看見任何島嶼。他們在島上停留期間，浪濤拍岸的聲音始終不絕於耳。

凱斯賓留下兩人看守小船，然後領著其他人向內陸出發，但是沒有走很遠，因為時間太晚，不宜探險，天很快就要黑了。不過，也不需要走遠去探險。位於海灣頂端的平坦谷地裡既沒有路，沒有小徑，也沒有人居住的跡象。腳下是一片鬆軟的草地，間或夾雜著一些低矮植物叢，愛德蒙和露西認為是石楠。對植物學相當精通的尤斯塔斯卻說不是石楠。他可能說對了；不過這種植物和石楠確實很像，大概是同一類。

他們走到距離海岸還不到一箭之遙的地方時，德里尼安說：「看！那是什麼？」所有人都停了下來。

「那些是大樹嗎？」凱斯賓說。

「我想是塔樓。」尤斯塔斯說。

「可能是巨人。」愛德蒙低聲說。

「得知真相的方法是直接闖進它們之中。」銳脾氣說著，拔出劍，啪嗒啪嗒一馬當先走在眾人前面。

他們走得很近時，露西說：「我想那是個廢墟。」她的猜測，是截至目前為止最正確的。他們這時看見的是一個寬闊的橢圓形空地，地上鋪著光滑的石板，周圍立著灰色的石柱，但是沒有屋頂。空地當中從這頭到那頭擺著一張很長的長桌，桌上鋪著一塊鮮紅的桌布，邊緣幾乎拖到地上。長桌兩邊有許多雕刻精美的石椅，椅上有絲質的軟墊。那張長桌上擺著一桌前所未見的盛宴，即使是最高王彼得在凱爾帕拉維爾城堡中設宴時也不曾有過。桌上有火雞、鵝和孔雀，有野豬頭、鹿肉，有形狀像揚帆的船、像龍以及像大象的餡餅，有冰布丁、鮮紅的龍蝦和新鮮得發亮的鮭魚，還有堅果和葡萄、鳳梨和桃子、石榴、瓜和番茄，有金銀打造的大肚酒壺，以及做工奇特的玻璃酒杯。一陣陣水果和葡萄酒的芬芳朝他們撲鼻而來，就像保證他們可以吃得心滿意足一樣。

「**我的天！**」露西說。

他們愈走愈近，愈走愈近，全都一語不發。

「可是客人在哪裡呢？」尤斯塔斯問。

「我們可以來當客人，閣下。」萊因斯說。

「看！」愛德蒙突然說。這時他們走進石柱內，站在鋪石地板上了。所有人都望向愛德蒙所指的地方。那些椅子不全是空著的。在桌首和左右兩邊的座位上都有東西——可能是三個什麼東西。

「那些是**什麼**？」露西低聲問：「看起來像有三隻海狸坐在桌子上。」

「或者是巨大的鳥巢。」愛德蒙說。

「我看很像乾草堆。」凱斯賓說。

銳脾氣一個箭步上前，跳上椅子，接著跳上桌子，沿著桌子往前跑去，就像個敏捷靈巧的舞蹈家，在那些鑲寶石的杯子、堆積如山的水果，以及象牙鹽瓶之間穿梭。最後，他直接跑到那堆灰色的神祕物體前，上下打量，又摸了摸，然後喊道：

「我想，這些無法戰鬥了。」

這時所有人都靠過來了，這才發現三張座椅上坐著的是三個人，但是很難辨認，要靠近仔細看才看得出是三個男人。他們灰白的頭髮長得遮住了眼睛，幾乎蓋住了他們整張臉，他們的鬍鬚長得蓋住桌面，像籬笆上的葛藤一樣，攀爬、盤繞著盤子和高腳杯，最後纏成一個大毛團，蔓過桌沿，垂落到地板上。他們還有部分頭髮垂到了椅背上，把整個身子都隱藏起來了。事實上，這三個人幾乎可說是三大團毛髮。

「死了嗎？」凱斯賓說。

「我想不是，陛下，」銳脾氣說著，用兩隻小爪子從亂糟糟的毛髮中抬起其中一隻手：「這手是溫的，他的脈搏還在跳。」

「這個也是，還有這個。」德里尼安說。

「啊，那他們只是睡著了。」尤斯塔斯說。

「那一定是睡了很久了，」愛德蒙說：「才能讓頭髮長成這樣。」

「這一定是中了魔法的沉睡。」露西說：「我們一登上這個島，我就感覺它充滿了魔力。噢！你們想，我們會不會是來這裡破除魔咒的？」

「我們可以試試。」凱斯賓說著，開始去搖那三個沉睡者中離他最近的那一個。有那麼一會兒，所有人都以為他會成功，因為那人重重呼吸了幾下，嘟噥著說：「我再也不往東走了。划回納尼亞去吧。」但是一說完又立刻沉沉睡去，而且比之前睡得更深沉，也就是說，他沉重的腦袋朝桌面又趴低了幾英寸，再怎麼努力搖晃都是徒勞。第二個人的情況也差不多。「我們不是生來做牛做馬的。趁你還有機會快朝東走吧——到太陽背後的陸地去。」說完就又沉睡了。第三個人只說：「請遞給我芥末，謝謝。」然後睡得更沉。

「**划回納尼亞去**，是吧？」德里尼安說。

「是的，」凱斯賓說：「你說得對，德里尼安。我想我們的探索到此結束了。讓我們看看他們的戒指。沒錯，這些是他們的徽記。這是雷威廉勳爵，這是阿爾戈茲勳爵，這是馬拉蒙勳爵。」

「可是我們叫不醒他們，」露西說：「我們該怎麼辦？」

「請求各位陛下原諒，」萊因斯說：「你們討論這件事情的時候，為什麼不坐下來吃飯呢？我們可不是每天都能見到這樣豐盛的晚餐啊。」

「你一輩子都見不到！」凱斯賓說。

「沒錯，沒錯，」幾個水手說：「這裡的魔法太多了。我們愈快回船上去愈好。」

「看來，」銳脾氣說：「這三位爵爺就是吃了這些東西才會一睡七年不醒。」

「我不會碰它，我還想要命。」德里尼安說。

「天黑得這麼快，很不尋常。」賴尼夫說。

「回船上去吧，回船上去吧。」水手們喃喃道。

「我認為他們說得對。」愛德蒙說：「我們可以明天再決定應該怎麼處理這三個沉睡的人。我們不敢吃這些東西，待在這裡過夜也沒有意義。這整個地方都瀰漫著魔法……還有危險的味道。」

「對整條船上的夥伴來說，我完全贊成愛德蒙國王的意見。」銳脾氣說：「不過，我自己會坐在這張桌子前面，直到天亮。」

「這究竟是為什麼？」尤斯塔斯說。

「因為，」老鼠說：「這是一場非常偉大的冒險，對我而言，沒有什麼危險能比這更大……在我回到納尼亞以後，心裡知道自己因為恐懼而留下一個謎沒解開。」

「我留下來陪你，銳脾氣。」愛德蒙說。

「我也是。」凱斯賓說。

「還有我。」露西說。尤斯塔斯也自願加入。這對他來說是非常勇敢的表現，因為他在登上黎明踏浪號之前，從來沒在書上讀過這種事，甚至聽也沒聽過，因此他會比其他人更難下決定。

「我懇求陛下……」德里尼安開始說。

「不，勳爵，」凱斯賓說：「你的職責和船在一起，你勞累了一整天，而我們五個人閒晃著什麼也沒做。」他們為此爭論了很久，不過，最終凱斯賓還是依照自己的心意行事。船員在暮靄四合中朝海岸走去，五個留下來守望的人，也許除了銳脾氣外，全都忍不住感到腹中升起一股寒意。

他們花了一些時間才在這張危險的桌子前選定座位。也許他們都出於同樣的理由，只是沒有人說出來。因為這確實是一個相當令人討厭的選擇。誰也無法忍受整夜坐在三個可怕的長毛怪旁邊，他們即使不是死人，按常理來說也不算是活人。反過來說，如果選擇坐在桌子的另一頭，那麼天愈來愈黑之後你會愈來愈看不見他們，無法知道他們會不會動起來，也許到了半夜兩點就完全看不見他們了，不，最好別想這種事。於是他們繞著桌子轉來轉去，說：「這裡怎麼樣？」，或「再遠一點吧」，或「要不坐這一邊？」最後，他們在差不多中間但離三個沉睡者稍微近一點的位子坐下。這時差不多十點了，天幾乎完全黑了。那些陌生的新星座在東方燃燒。如果它們是納尼亞天空中的天豹座、天船座或其他老朋友，露西會更喜歡。

他們裹著航海用的斗篷，靜坐等候。起初他們還試著找話聊，但又聊不出什麼。於是他們就一直這麼坐著，聆聽潮水拍岸的聲音。

彷彿過了幾個世紀，但其實才過了幾小時之後，在某個時刻，他們都模模糊糊地知道自己剛才在打瞌睡，然後猛一下完全清醒過來。天上的星辰已經完全不在他們先前注意到的位置了。天很黑，只在東方有一點若隱若現的灰白。他們又冷又渴，並且渾身僵硬。沒有人說話，因為這時終於有事情發生了。

在他們前方石柱過去不遠處有一座低矮的山坡。此時，山坡上開了一扇門，露出了亮光，有個人走出來，隨後門關上了。那個人拿著一盞燈，這燈是他們唯一能看清楚的東西。它緩慢地接近，愈來愈近，最後來到桌子旁，站在他們對面。這時他們才看見那是一個高䠷的姑娘，穿著一襲簡單、無袖的淺藍色長袍，露出兩條光裸的手臂。她沒戴帽子，一頭金髮垂在背上。他們看著她，心想，直到今天才知道什麼叫做美女。

她一直拿在手上的光源，原來是一支插在銀燭臺裡的長蠟燭，這時，她把它放在餐桌上。如果像上半夜那樣有風從海上颳來的話，蠟燭早就熄滅了，不過此時蠟燭燃燒的火焰筆直不動，彷彿是在一個門窗緊閉、拉著窗簾的房間裡。桌上的金銀器皿在燭光下閃閃發亮。

露西這時才察覺桌上平擺著一件她之前沒注意到的東西。那是一把石刀，鋒利如精鋼，看著殺氣騰騰，看來是件古物。

到這時都還沒有人說話。接著——先是銳脾氣，接著是凱斯賓——他們紛紛起立，因為他們覺得她是一位偉大的女士。

「遠道而來的旅人，既然來到『阿斯蘭的餐桌』，為什麼不吃不喝？」那姑娘說。

「尊貴的小姐，」凱斯賓說：「我們不敢吃，因為我們認為它使我們的朋友陷入了沉睡。」

「他們連吃都沒吃。」她說。

「請問，」露西說：「他們究竟出了什麼事？」

「七年前，」姑娘說：「他們乘坐一艘船來到這裡，那船的船帆破爛，船身也快解體了。和他們一同前來的還有幾位水手，當他們來到這張餐桌前，有個人說：『這是一個好地方。我們把帆收起，不再搖槳，從此坐在這裡安享天年吧！』第二個說：『不，讓我們重新上船，航向納尼亞和西方，也許米拉茲已經死了。』第三個是個很專橫的人，他跳起來說：『不，老天在上，我們是男子漢大丈夫，是泰爾馬人，不是畜生。除了不斷冒險，我們還能做什麼呢？無論如何，我們也沒有多少日子好活了。讓我們把餘生用來探索太陽背後那個無人的世界吧。』三個人爭吵起來，第三人抓起擺在桌上這把石刀，想和他的同伴決鬥。可是，這把刀不是他能碰的。他的手指才握住刀柄，他們三人立刻陷入了沉睡。除非魔法解除，他們永遠不會醒來。」

「這把石刀有什麼特別？」尤斯塔斯問。

「你們沒有人知道嗎？」姑娘說。

「我……我想，」露西說：「我曾經見過這樣的東西。很久以前，白女巫在石桌上殺死阿斯蘭的時候，用的刀和這把很像。」

「這就是同一把刀。」姑娘說：「它被帶到這裡來保存著，作為紀念，直到世界的末了。」

剛才愈來愈顯得不自在的愛德蒙，這時開口說話了。

「聽著，」他說：「我希望我不是膽小鬼——我是指吃這些東西——我保證我無意冒犯，但是我們在這趟航行中已經歷了許多古怪的冒險，事情總是不像表面看起來的那樣。當我看著你的臉的時候，我不由自主相信你說的每一句話，但是這也可能就是面對女巫時會發生的事。我們怎麼知道你是朋友？」

「你無法知道，」姑娘說：「信不信由你。」

眾人安靜了片刻，接著聽見銳脾氣那小小的聲音。

「陛下，」他對凱斯賓說：「勞你大駕，幫我從那個大酒壺裡倒一杯酒，它太大了，我拿不動。我要敬這位女士一杯酒。」

凱斯賓依他的話做了，老鼠站在餐桌上，用兩隻小爪子捧起一個金杯，說：「女士，我敬您。」喝過酒後，他開始吃那道孔雀肉冷盤，不一會兒，每個人跟著他這麼做。所有人都很餓，這頓盛宴即使不是你在這麼早的時候想吃的早餐，也可說是一頓最晚的、絕佳的晚餐了。

「它為什麼叫『阿斯蘭的餐桌』？」露西這時候問。

「它是奉阿斯蘭之命設置的，」姑娘說：「是為那些遠道而來的人準備的。有人稱這個島是『世界的盡頭』，因為雖然你們可以繼續向前航行，但這裡是盡頭的開始。」

「可是，怎麼**保持**這些食物的新鮮呢？」講求實際的尤斯塔斯問。

「每天吃掉之後再做新的。」姑娘說：「待會兒你會看到的。」

「那我們該怎麼處理那些沉睡的人？」凱斯賓問（他一邊說，一邊朝尤斯塔斯和佩文西兄妹點了點頭）：「在我朋友來的那個世界裡，有一個故事說，有一個王子或是國王來到一個城堡，裡面的人因為中了魔咒全都在沉睡。故事中，直到他親吻了公主之後，魔咒才得以解除。」

「可是這裡不一樣，」姑娘說：「在這裡，除非他解除魔咒，否則不能親吻公主。」

「那麼，」凱斯賓說：「我以阿斯蘭之名發誓，我要立即著手解除魔咒，請告訴我該怎麼做。」

「我父親會教你。」姑娘說。

「你父親！」大家說：「他是誰？他在哪裡？」

「瞧。」姑娘說著，轉過身指著山坡上的那扇門。這時，他們可以更清楚看見那扇門了，因為他們說話時，天上的星辰逐漸黯淡下來，東方天際的那抹灰正露出大片的晨光來。

14 世界盡頭的開端

山坡上那扇門又慢慢打開，走出一個人影，像那姑娘一樣又高又挺，但不像她那麼窈窕。他沒帶燈火，但似乎有光從他身上散發出來。等他走近，露西見他像個老人。他銀白的鬍鬚一直垂到赤裸的腳背上，銀白的頭髮從腦後一直垂到腳後跟，他的長袍似乎是用銀白的羊毛織成。他看起來既和藹又嚴肅，所有的旅人再次起身，默不作聲。

不過老人走過來後沒有和一行旅人說話，而是走到桌子另一邊，站在他女兒對面。接著，兩人都高舉雙臂，轉身面向東方，以這樣的姿勢開始唱歌。我真盼望自己能把這首歌寫下來，但在場的人沒有一個記得。露西後來說，那首歌的音調很高亢，幾近尖叫，但是非常優美，「是一種清冷的歌，一首清晨唱的歌。」他們唱著、唱著，東方那些灰暗的雲散了，天空中那塊白愈來愈大，直到天空完全變白，大海開始如白銀般閃閃發亮。過了很久（那父女二人一直在唱），東方開始變紅，最後，一點雲也沒有了，太陽從海面升起，長長的光線平行照射在餐桌上，照在金銀的餐具上和石刀上。

之前有一、兩次，這些納尼亞人心裡納悶，在這邊海面上看到的旭日，是否比在家鄉看見的要大。這次他們確定了，毫無疑問，是比較大，而且曙光照在露珠和餐桌上的光芒，也遠比他們見過的更加明亮。正如愛德蒙事後說的：「雖然那趟旅程中發生許多**聽起來**很刺激的事，但那一刻才是最刺激的。」因為，他們知道，此時他們真正來到了世界盡頭的開端了。

接著，從那一輪升起的太陽的中心，似乎有什麼東西朝他們飛了過來。不過，當然沒有人能直視太陽的方向，所以無法確定。不一會兒，空氣中開始充滿各種聲音——它們應和著姑娘和她父親的歌聲，但聲調更狂野，唱的語言也無人能懂。不久，這些聲音的主人就清楚出現了。那是一群雪白的大鳥，成千上萬，飛過來停落在所有東西上；草地上、石板地上、餐桌上，你的肩膀上、手臂上和頭上，看起來就像下大雪似的。像下雪，是因為牠們不僅使一切變白，而且遮蔽、模糊了一切東西的形狀。不過，露西從覆蓋著她的鳥兒的翅膀間隙望出去，看見一隻鳥兒飛向老人，嘴裡銜著某種東西，看起來像一顆小果子，要不就是一小塊燃燒的炭，有可能真的是，因為它太耀眼了，看不清楚。那隻鳥將它放進老人的口中。

然後，那群鳥停止了歌唱，在餐桌上忙碌起來。等牠們再次飛起時，桌上所有可以吃或喝的東西都沒有了。成千上萬的鳥兒吃完之後又飛走了，並且帶走了那些不能吃或喝的東西，比如骨頭、果皮和外殼之類的，然後朝升起的太陽飛回去。然而，因為這時牠們沒有唱歌，成千上萬鼓動的翅膀使整個空氣都在震動。那張餐桌已經被啄食得乾乾淨淨，空無一物，只有那三位納尼亞的老勳爵還在沉睡。

這時，老人終於轉向一群旅人，對他們表示歡迎。

「閣下，」凱斯賓說：「您能告訴我們，怎麼解除讓這三位納尼亞勳爵沉睡的魔咒嗎？」

「我很樂意告訴你，孩子。」老人說：「要解除這個魔咒，你必須航行到世界的盡頭，或盡可能地接近它，然後必須留下至少一個同伴後再回來。」

「留下的那位會怎麼樣？」銳脾氣問。

「他必須繼續進入極東之地，永遠不再回到這個世界。」

「這正是我的心願。」銳脾氣說。

「閣下，我們現在接近世界的盡頭了嗎？」凱斯賓問：「您知道再往東邊去的海洋和陸地的情況嗎？」

「我很久以前見過，」老人說：「但那是從很高的地方看見的。至於水手想知道的情況，我無法告訴你。」

「您是說您在天空中飛過？」尤斯塔斯脫口而出。

「從天空之上很遠很遠的地方，孩子。」老人回答：「我是拉曼杜。不過我見你們面面相覷，就知道你們沒聽過這個名字。這也難怪，因為遠在你們知道這個世界之前，我當星星的日子就結束了，而且物換星移，所有的星座都已經改變了。」

「天哪，」愛德蒙低聲說：「他是一顆**退休的**星星。」

「您不再是一顆星星了？」露西問。

「孩子，我是一顆正在休息的星星。」拉曼杜答道：「我最後一次落下來時，衰老得遠超出你們的想像，我被送到這個島上。我現在不像以前那麼老了。每天早晨，會有一隻鳥從太陽谷裡為我帶來一顆火莓果，每一顆火莓果都能使我年輕幾歲。等到我又像昨天剛出生的嬰孩一樣年輕時，我將再次升起（因為我們在地球的東邊），再一次在空中踏著偉大的舞步。」

「在我們的世界裡，」尤斯塔斯說：「星星是一團燃燒的大火球。」

「孩子，即使在你們的世界裡，那也不是星星的本質，那是它的成分。在這個世界，你已經遇到過一顆星星了，我想，你們已經見過寇里亞金了。」

「他也是一顆退休的星星嗎？」露西說。

「嗯，不太一樣。」拉曼杜說：「那不算真正的休息，他被派下來管理那些笨瓜。

你可以說那是一種懲罰。如果事情沒出錯的話，他本來可以在冬天的南方天空中閃耀幾千年之久。」

「他做錯了什麼，閣下？」凱斯賓問。

「孩子，」拉曼杜說：「亞當之子，一顆星星會犯什麼錯，不是你該知道的事。好了，我們這樣閒聊是在浪費時間。你決定好了嗎？你們會繼續向東航行，留下一個同伴不再回來，然後返航來解除魔咒嗎？或者你們要向西航行？」

「陛下，」銳脾氣說：「這是毫無疑問的吧？把這三位爵爺從魔咒中解救出來，顯然是我們遠征的目的之一。」

「我也這麼認為，銳脾氣。」凱斯賓回答：「即使沒有這件事，如果我們不乘著黎明踏浪號接近世界的盡頭，我也會很傷心的。可是我必須為船員們著想。他們簽約出航是為了尋找七位勳爵，不是為了到達世界的邊緣。如果我們從這裡向東航行，我們是去尋找世界的邊緣，尋找極東之地。沒有人知道它有多遠。他們是勇敢的夥伴，不過我看見的跡象表明，他們當中有些人已經厭倦了航海，渴望我們掉頭返回納尼亞。我認為，在沒有告知他們實情，徵得他們同意的情況下，不應該要他們繼續往前走。何況，船上還有一個可憐的羅普勳爵，他是個心神交瘁的人。」

「孩子，」那顆星星說：「雖然你很想去，但是帶去的人如果不是自願，或是出於受騙，那麼航行到世界的盡頭也是沒有用的，偉大的魔咒是不能靠這種方式解除的。他們必須知道自己要去哪裡和為什麼去。不過你說的這個心神交瘁的人是誰？」

凱斯賓向拉曼杜講述了羅普的故事。

「我能給他他最需要的東西。」拉曼杜說：「在這座島上，睡眠是沒有限量的，而且在睡眠中永遠不會作夢。讓他來坐在這三個人旁邊，睡到忘卻一切，直到你們回來。」

「噢，就這麼辦吧，凱斯賓。」露西說：「我相信他一定會喜歡的。」

這時，一陣腳步聲和說話聲打斷了他們的談話。德里尼安和其他的船員都來了。他們看見拉曼杜和他女兒時，都驚訝地停下腳步；接著，他們看出那兩位顯然是大人物，便紛紛脫帽致敬。有些水手看著餐桌上的空盤子和酒壺，露出了遺憾的神色。

「爵爺，」國王對德里尼安說：「請你派兩個人回黎明踏浪號上，為羅普勳爵帶個口信。告訴他，他的最後幾位老戰友在這裡睡著了——一場沒有夢的睡眠——他也可以來一起作伴。」

人派出去之後，凱斯賓叫其餘的人都坐下，並且將整個情況告訴他們。他說完以後，眾人沉默良久，接著有幾個人低聲耳語，這時，水手長站起來，說：

「陛下，長久以來，我們有些人一直想問，等我們掉頭時，無論是在這裡掉頭還是在其他地方掉頭，我們要怎麼回家？一直以來，這一路上吹的都是西風和西北風，只有偶爾是風平浪靜。如果這樣的情況不變，我想知道，我們還有什麼希望能再次見到納尼亞。如果我們得一路划回去，補給也接續不上。」

「這是陸地人說的外行話。」德里尼安說：「整個夏末秋初，這片海域吹的經常是西風，等新年過後，風向就會變了。我們會有足夠的風助我們向西航行；風會多得比我們預估的還多。」

「這是真的，船長。」一位出生在加爾馬的老水手說：「在一月和二月的時候，東方會出現一些惡劣的天氣。陛下，容我建議，如果我是這艘船的船長，我會在這裡過冬，等三月才開始返航。」

「在這裡過冬，你們要吃什麼？」尤斯塔斯問。

拉曼杜說：「這張桌子在每天日落的時候都會擺滿國王的盛宴。」

「你不早說！」幾個水手說。

「諸位陛下，各位先生、女士，」賴尼夫說：「我只想說一件事。這趟遠航，我們當中沒有一個人是被逼的。我們都是志願者。這裡有幾個說話的人一直死死盯著桌子，心裡想著國王的盛宴，他們在我們從凱爾帕拉維爾出航的那一天，大聲談論冒險，發誓不找到世界的盡頭就不回家。還有一些人，站在碼頭上說他們願意拋棄一切，和我們同行。當時，大家都認為能在黎明踏浪號上占有一個船艙小廝的鋪位，要比佩上騎士綬帶還光榮。我不知道各位是不是明白我說這話的意思。我的意思是，我認為像我們這樣出來冒險的傢伙，如果回到家後，說我們已經走到了世界盡頭的開端，但沒有勇氣再往前走，那麼，我們看起來就會像那些笨萊人一樣傻。」

有些水手為此大聲歡呼，但也有人只說這話說得不錯。

「這可不怎麼好玩，」愛德蒙低聲對凱斯賓說：「如果有一半人退縮不去，我們該怎麼辦？」

「別急，」凱斯賓低聲說：「我還有一張王牌要打。」

「你不打算說點什麼嗎，銳脾氣？」露西低聲說。

「沒有。陛下為什麼要期待我說話呢？」銳脾氣用大多數人都聽得見的音量回答：「我早已訂下自己的計畫。只要我能，我就要乘著黎明踏浪號向東航行。如果它不去，我就乘我的小筏向東划去。如果小筏沉了，我就用我的四隻爪子向東游去。如果我游不動了，卻還沒有到達阿斯蘭的國度，或是被世界邊緣的大瀑布沖走了，我就算沉下去也會把鼻子對著日出的方向，讓銳脾氣成為納尼亞能言鼠的熱門話題。」

「聽啊，聽啊，」一個水手說：「撇開小筏不談——因為小筏載不動我——他說的也正是我要說的。」然後他又低聲補充說：「我才不會被一隻老鼠比下去呢。」

到這時候，凱斯賓才站起來，說：「朋友們，我想你們還沒有完全明白我們的用意。

你們說話的口氣，好像我們是手裡托著帽子來見你們，乞求你們當同船的夥伴。完全不是這麼回事。我們和我們的皇室兄妹及他們的親屬，以及高貴的銳脾氣騎士和德里尼安勳爵都有一項任務，就是前往世界的邊緣。我們很高興能從你們這些自願前來的人當中，挑選我們認為適合參與如此崇高冒險的人。我們並沒有說，任何人都可以請求參加。這就是為什麼我們現在要指派德里尼安勳爵和萊因斯大副仔細考慮一下，你們誰在戰鬥中最難對付，誰的航海技術最精良，誰的心地最純潔，對我們最忠誠，身家和作風最清白，把這樣的人列一張名單給我們。」他頓了頓，用更快的聲音大聲說：「阿斯蘭在上！你們以為親眼目睹世界盡頭的特權，是用一首歌就可輕易換得的嗎？聽著，每個跟隨我們去的人，將來都能把『黎明踏浪號』的頭銜留給他的子孫，還有，當我們返航在凱爾帕拉維爾登陸的時候，他將獲得足夠的黃金或土地，使他一生富裕無憂。現在——你們全都散開，各自好好考慮。半個小時以後，德里尼安勳爵把名單交給我。」

水手們困窘地沉默了半響，然後分別鞠躬離開，有的朝這個方向走，有的朝那個方向走，不過大多三三兩兩聚在一起交談。

「現在，輪到解決羅普勳爵的事了。」凱斯賓說。

不過他轉頭往桌子首席那邊一看，羅普已經在那裡了。他早到了，默不作聲，也沒人注意，那時大家討論得正熱烈，他就坐在阿爾戈茲勳爵旁邊。拉曼杜的女兒站在他旁邊，彷彿剛剛扶著他坐下；拉曼杜站在他背後，雙手放在羅普灰白的頭上。即使是大白天，仍有一絲微弱的銀光從這位星星手中發出來。羅普憔悴的臉上露出了微笑。他一隻手伸向露西，一隻手伸向凱斯賓。有那麼片刻，他看起來像要說什麼。接著，他的微笑變得更燦爛開朗了，彷彿他正在感受著一種美妙無比的感覺，他口裡發出一聲滿足的長歎，頭往前一趴，睡著了。

「可憐的羅普。」露西說：「我**真**高興。他一定受了很大的苦。」

「我們連想都別再想了。」尤斯塔斯說。

與此同時，凱斯賓的演講也許受到島上某種魔法的幫助，正產生他所想要的效果。許多急於**退出**這趟航程的人，此時感覺大不相同，都怕被**遺漏**在名單外。當然，每當有水手宣布自己決定請求加入航行，那些還沒開口的人就覺得不去的人愈來愈少，也益發感到不安。因此，挑選名單的那半小時還沒過完，已經有幾個水手積極地去向德里尼安和萊因斯「獻殷勤」（至少在我的學校裡大家是這麼說的），以求獲得好評。很快的，只剩下三個人不想去，這三個人拚命說服其他人和他們一起留下。又過了一會兒，就只剩下一個人不去了。最後，他開始害怕自己一個人被留下來，於是改變了主意。

半小時後，水手們成群結隊回到阿斯蘭的餐桌，列隊站在餐桌另一頭，德里尼安和萊因斯來到凱斯賓身旁坐下，向他報告。除了那個在最後一刻改變主意的人，其餘的凱斯賓都接受了。那人名叫皮頓克林，當所有的人都出航去尋找世界的盡頭時，他一直待在星辰島上，他真希望自己能和他們一起去。他不是那種能和拉曼杜和他女兒聊得來的人（他們也不喜歡和他多談），而且島上經常下雨，雖然每天晚上餐桌上都會出現一頓豐盛的美食，但是他並不享受。他說，孤伶伶坐在那裡（無論晴雨），陪著餐桌一頭四個沉睡不醒的爵爺，帶給他一種毛骨悚然的感覺。等到其他人回來以後，他更感覺自己和他們格格不入，以至於回航到孤獨群島時，他便脫離他們，獨自去了卡羅門。他在那裡大肆吹牛，講述自己在世界盡頭的冒險經歷，說到最後，連他自己也信以為真了。因此，從某方面來說，你可以說他從此過著幸福快樂的生活，只是他一見到老鼠就受不了。

那天晚上，他們圍坐在石柱中間的那張大餐桌旁，暢快吃喝那神奇重現的盛宴。第二天早晨，當那群白色大鳥飛來又飛走的時候，黎明踏浪號再次啟航了。

「小姐，」凱斯賓說：「我希望等我破除魔咒之後，再與你暢談。」拉曼杜的女兒看著他，露出了微笑。

15 最後之海的奇觀

離開拉曼杜的領土後不久，他們就開始感覺自己是航行到世界之外了。一切都不一樣了。首先，他們發現自己需要睡眠的時間減少了。人變得不想睡覺，也不大想吃東西，甚至不想說話，想說也是低聲說。另一件事是光。光太亮了。每天早晨升起的太陽看起來有平常的三倍大，如果不是三倍，起碼也有兩倍大。每天早上（所有的事當中讓露西感覺最奇特的就是這件）巨大的白鳥用人類的聲音唱著一種沒有人懂的語言的歌，川流不息地從他們頭頂飛過，消失在船尾的方向。牠們飛到阿斯蘭的餐桌上去吃早餐，過一會兒，又飛回來，消失在東方。

「多美多清澈的水啊！」第二天過午不久，露西靠在左舷上自言自語地說。

水確實很清澈。她注意到的第一件事是，有個黑色的小物體，大約一隻鞋那麼大，以和船一樣的速度往前行進。她起先以為那是個漂在水面上的東西，但這時有一塊老麵包漂了過來，是廚師剛從廚房裡扔出來的。眼看麵包好像要撞上那黑色的東西了，可是沒撞上，麵包從它上面漂過去了，露西這才看出那黑色的東西不在水面上。然後，那黑色的東西突然變得非常大，片刻之後又恢復了正常大小。

這時，露西想起自己在其他地方見過類似的景象——要是她能記得是在哪裡見過就好了。她雙手握拳撐住頭，用力揉著臉，吐著舌頭，使勁想要記起來。她終於想起來了。沒錯！它就像你在陽光燦爛的日子裡從火車上往外看的情景。你看見自己那列車廂的影子，在田野上以和火車相同的速度往前奔跑。然後，火車開進一個路塹；車廂的黑影立時貼近你並且變大了，沿著草坡向前飛掠。等到開出草坡——唰地一下！——黑影恢復了原來的大小，又沿著田野往前奔馳。

「這是我們的影子！黎明踏浪號的影子。」露西說：「我們的影子在海底飛馳。它變大的時候是經過了海底的一座山。這樣看來，水一定比我想像的要清澈！我的天啊，我一定是看見海底了，很深很深的海底。」

她一說完這話就意識到，自己已經看了一段時間（但卻沒留意到）的那一大片銀白的東西，實際上是海床上的沙，而那些一片深一片淺的斑塊，也不是海面上的光影，而是實際存在海底的東西。比如，這時他們正經過一大片柔軟、略呈紫色的綠色地帶，中間有一條寬闊、彎曲的淺灰色條紋，因為這時她知道那是海床，因此就看得更清楚了。

她看出那些深色的東西比其他東西高得多，並且還在輕輕地搖曳著。「就像風中的樹。」露西說：「我相信它們是樹。這是一片海底森林。」

他們的船繼續在這片東西上方前進，不久，有另一條淺色的條紋與那條灰白的條紋相互連結。「如果我是在底下，」露西想：「那條紋就像一條穿過樹林的路，而它與另一條交會的地方就是十字路口。噢，我真希望我就在底下。哇啊！森林到頭了。我相信那個條紋真的是一條道路！我可以看見它一直穿過開闊的沙地。顏色也不一樣了。它的邊緣還有一些標示──像虛線一樣的東西，也許是石頭。現在它愈來愈寬了。」

不過其實那不是愈來愈寬，而是愈來愈近。她是因為船的影子朝她衝過來的方式而意識到這一點的。那條路──這時她很確定那是一條路──開始呈之字形前進，顯然是在爬上一座陡峭的山崗。她把頭伸出去從船邊往後看，看見的情景就像你從山頂往下俯瞰一條蜿蜒的道路一樣。她甚至看見一束束的陽光透過深水照進樹木茂密的山谷。到了最遠的地方，一切都融成一片模糊的綠。可是有些地方是深藍色的──她認為那是陽光照射的緣故。

不過她不能花太多時間一直往後看；前方進入視野裡的東西太令人興奮了。那條路這時顯然已經到了山頂，筆直向前延伸，上面有許多小斑點來回移動。這時，幸好陽光充足──或者說，幸好陽光穿過這麼深的海水仍保持這麼清晰的亮度──某種最奇妙的東西映入了她的眼簾。那是一個櫛比嶙峋、參差不齊、呈珍珠色或者說象牙色的東西。她幾乎就在它的正上方。起初她幾乎看不出那是什麼，但等她注意到它的影子時，一切便清楚了然了。陽光從露西的肩後往下照，所以那東西的影子就落在它後方的沙地上。藉由影子的形狀，她清楚看出那是塔樓、尖塔、叫拜塔和圓頂的影子。

「哎呀！這是一座城市，要不就是一座巨大的城堡。」露西自言自語道：「不過，我很好奇他們為什麼把它建在一座高山的山頂？」

很久以後，當她回到英國和愛德蒙談起這趟冒險的種種經歷時，他們想出一個理由，我認為這理由最接近真實情況。在大海裡，愈深的地方，愈黑暗也愈冷，在那些黑暗和寒冷中，通常生活著烏賊、海蛇和海怪之類的生物。谷地是荒野，是不友善的地方。海人對谷地的感覺大概和我們對崇山峻嶺的感覺一樣，而他們對高山的感覺和我們對谷地的感覺一樣。在高處（或按我們的說法：「在低處」）是溫暖和平靜的。海中那些不顧一切的獵人和勇敢的騎士會深入海底深處執行任務和冒險，但是他們會回到位在高處的家，安心休息，和別人禮尚往來、開會議事、運動、舞蹈和唱歌。

他們的船經過了這座城市，海床還在繼續上升，此時距離船底只有幾百英尺。那條路已經消失了。他們航行在一個開闊、像公園一般的鄉野上方，那裡到處點綴著一叢叢色彩鮮豔的植物。接著——露西激動得差點大叫出聲——她看見人了。

大約有十五到二十個人，全都騎在海馬上——不是你在博物館裡看到的那種小海馬，而是比他們的身材更高大的海馬。露西想，那些人一定是王公貴族，因為她能瞥見他們當中有些人的額頭上金光閃爍，他們肩上有翠綠色的飾帶和鮮橙的東西在海流中起伏飄動。

這時，露西氣惱地說：「噢，這些魚真討厭！」因為有一大群肥碩的小魚遊近了水面，擋在她和海人中間。不過，雖然這群魚擋住了她的視線，卻帶來最有趣的事。突然，一條她從未見過的凶猛小魚從下方猛衝上來，張口一咬，攫緊一條肥碩的魚，迅速沉了下去。所有的海人都坐在馬背上翹首注視著這一幕，似乎有說有笑的模樣。在這條獵魚帶著獵物還沒回到他們身邊之前，另一條同樣的獵魚又從海人那裡竄上來。露西差不多可以確定，是那群人中間一個騎在海馬上的大個子海人派牠出來或者說放牠出來的；他似乎一直把獵魚握在手上或放在手腕上。

「哎呀，我敢說，」露西說：「這是一個狩獵隊伍。或者更像一個帶著獵鷹出來打獵的隊伍。沒錯，就是這樣。他們手腕上拴著這些凶猛的小魚，騎著海馬出來打獵，就像很久以前，我們還在凱爾帕拉維爾當國王和女王的時候，騎馬出去打獵時手腕上架著獵鷹一樣。然後放牠們飛——我想我該說放牠們**游**——向獵物。怎麼……」

她突然住了口，因為景象變了。海人發現了黎明踏浪號。魚群拚命往四面游開，海人親自上前，想弄明白這個擋在他們和太陽之間的黑色龐然大物是什麼。這時，他們距離水面很近了，如果他們是在空氣中而不是水底下，露西恐怕已經開口和他們說話了。他們有男有女，都戴著某種樣式的頭冠，許多人戴著珍珠項鍊。他們身上沒穿衣服，皮膚是古象牙色，頭髮是深紫色。位於中間的國王（他一看就是國王，不會有人認錯的）傲慢又凶猛地瞪著露西的臉，揮了揮手中的長矛。他的騎士們也做了同樣的動作。幾位女士則是滿臉驚訝的神情。露西確信他們以前從未見過船隻或人類——他們身在世界盡頭之外的海洋中，在這個從來沒有船隻來過的地方，他們怎麼可能見過？

「你在看什麼，露西？」她身邊冒出一個聲音說。

露西一直全神貫注於她所看見的事物，這聲音讓她嚇了一大跳。她一轉身，才發現因為長時間靠在欄杆上維持同一個姿勢，手臂已經發麻了。站在她身邊的是德里尼安和愛德蒙。

「看。」她說。

他們倆都探頭望去，但是德里尼安幾乎是立刻壓低聲音說：

「馬上轉過身來，兩位陛下……沒錯，背對著大海，不要看，就假裝我們正在談重要的事。」

「為什麼，怎麼回事？」露西一邊順從地轉身，一邊問。

「航海人絕不可以看到**這一切**。」德里尼安說：「有人會愛上女海人，或者愛上那個海底王國家，然後不顧一切跳下海。我以前聽過在陌生的海域裡發生過這樣的事。見到**這種人**總是要倒楣的。」

「可是我們以前認識這樣的人。」露西說：「從前在凱爾帕拉維爾，我哥哥彼得成為最高王的時候，他們來到水面上，唱歌慶祝我們的加冕典禮。」

「我想那一定是另一種海人，露西。」愛德蒙說：「他們既可以生活在空氣中，也可以生活在水下。我倒覺得這些人不行。從他們的樣子來看，如果做得到，他們早就到水面上來攻擊我們了。他們看起來很凶猛。」

「無論如何，」德里尼安開口正要說話，這時，他們聽到兩個聲音，先是撲通一聲，接著是從桅頂傳來的大喊聲：「有人落水了！」接著所有人一陣忙亂。有些水手急忙爬上去收帆，另一些急忙跑到船底去搖槳；在船尾負責掌舵的萊因斯開始拚命轉舵，以便掉頭回到那人落水的地方。不過，這時所有人都知道落水的不是人了。是銳脾氣。

「該死的老鼠！」德里尼安說：「比船上所有人加起來還麻煩。如果有任何麻煩在等我們掉進去，牠就一定會進去！應該把牠扣上腳鐐——綁在龍骨上拖著——放逐到孤島上——剪掉牠的鬍鬚。有誰看見那個小混蛋了嗎？」

德里尼安罵這一串話，意思並不是他討厭銳脾氣。恰恰相反，他非常喜歡他，因此擔心他出事。他因為受到驚嚇而大發脾氣——就像你跑到馬路上差點被車撞上，你母親會比陌生人更對你大發雷霆。當然，沒有人擔心銳脾氣溺水，因為他是個優秀的游泳好手，但是知道水底下是什麼狀況的三個人，都害怕海人手中那些又長又殘酷的長矛。

幾分鐘後，黎明踏浪號掉過頭了，所有人都看到有一團黑乎乎的東西在水裡，那就是銳脾氣。他興奮得一直開口說話，但是水不停灌滿他的嘴，所以誰也聽不懂他在說些什麼。

「如果我們不讓他閉嘴，他會什麼都說出來的。」德里尼安叫道。為了避免這種事，他衝到船邊，自己動手放下繩子，並對水手們喊道：「沒事，沒事。都回你們自己的崗位去。拉一隻老鼠上來，我想我還不需要人幫忙。」銳脾氣開始爬上纜繩，動作不是很俐索，因為身上濕透的毛皮使他變重了——德里尼安彎下身子，壓低聲音對他說：

「別說出來。一個字也別說。」

可是等渾身滴水的老鼠上到甲板上，他竟然對海人一點也不感興趣。

「甜的！」他吱吱叫道：「甜的，甜的！」

「你在說什麼？」德里尼安生氣地問，並說：「還有，別把你身上的水甩得**我**一身都是。」

「我告訴你，水是甜的。」老鼠說：「又甜，又新鮮。不是鹹水。」

有好一陣子，沒有人意識到這句話的重要性。於是，銳脾氣把那古老的預言又唸了一遍：

海浪變甜之地，

別懷疑，銳脾氣，

就是極東之地。

然後，所有人終於明白了。

「給我一個水桶，賴尼夫。」德里尼安說。

水桶遞過來給他，他把水桶放下，再拉上來。桶裡的水晶瑩閃爍如玻璃。

「陛下要不要先嚐嚐？」德里尼安對凱斯賓說。

國王雙手接過水桶，舉到唇邊啜了一小口，接著大大喝了一口，才抬起頭來。他的臉色不同了。他不但眼睛變亮了，整個人似乎都變亮了。

「是的，」他說：「水是甜的。這才是真正的水。我不確定喝這水會不會要了我的命，但是如果喝了會死，我也要喝——要是我能早點知道就好了。」

「你這話是什麼意思？」愛德蒙問。

「它……它比任何東西都更像光。」凱斯賓說。

「正是這樣。」銳脾氣說：「可以喝的光。我們現在一定離世界的盡頭很近了。」

眾人沉默了一會兒，接著露西也跪在甲板上，從桶裡捧起水來喝。

「這是我嚐過的最香甜的東西。」她倒抽一口氣說：「不過，啊……它很濃。這下我們應該不需要**吃**任何東西了。」

一個接一個，船上的每一個人都喝了這個水。之後所有人沉默了很久沒說話。他們覺得這水簡直太好太濃，幾乎無法忍受；不久，他們開始察覺喝這水的另一個結果。我之前說過，自從他們離開拉曼杜的島以後，光就愈來愈強——太陽太大（雖然不太熱），大海太亮，天空太耀眼。這時，光並未減弱——如果有變化，那也是增強了——但是他們能承受強光了。他們可以直視太陽不用瞇眼。他們可以看到比以前更多的光。甲板、船帆、他們自己的臉和身體，都變得愈來愈亮，愈來愈亮，每一根纜繩都在閃閃發光。第二天早晨，當太陽升起時——這時太陽比過去大了五、六倍——他們緊盯著太陽，連從太陽裡飛出來的白鳥的羽毛都看得清清楚楚。

那天一整天，船上幾乎沒有人說話，直到晚飯時間（沒有人想吃晚飯，喝水就夠飽了），德里尼安說：

「我不明白。沒有一絲風。帆掛著動也不動。大海平靜得像池塘一樣。可是我們前進的速度就像背後有大風狂吹一樣。」

「我也一直在想這件事。」凱斯賓說：「我們一定是遇上強大的洋流了。」

「嗯，」愛德蒙說：「如果這個世界真的有邊，我們正在接近它，那可不太妙。」

「你是說，」凱斯賓說：「我們也許會……呃……從邊緣衝下去？」

「好吔，好吔，」銳脾氣拍著手爪叫道：「那正是我一直以來所想像的——世界像個巨大的圓桌，所有海洋的水無休無止地從邊緣傾瀉而下。船到那裡會豎起來，頭下腳上——上一刻我們還看到世界的邊緣——下一刻我們就一頭扎進去，往下衝，往下衝，一直高速往下衝——」

「你覺得在底下等著我們的會是什麼，嗯？」德里尼安說。

「也許是阿斯蘭的國度，」老鼠說，雙眼閃閃發亮，「或者可能根本沒有底。也許就永遠一直這麼往下墜。可是，不管是什麼情況，只要能到達世界的邊緣往外看一下，豈不就什麼都值得了嗎？」

「但是，聽我說，」尤斯塔斯說：「這全是胡說八道。世界是圓的……我是說，像球一樣圓，而不是像桌子一樣圓。」

「**我們的**世界是圓的，」愛德蒙說：「但這裡也是嗎？」

「你的意思是說，」凱斯賓問：「你們三個是從一個（像球一樣）圓圓的世界來的？

你從來沒有告訴過我！你們真是太壞了。因為我們有些童話故事裡就有圓圓的世界，我一直很喜歡那些故事。我從來不相信真有這樣的世界，但是我一直希望有，而且一直渴望能住在一個圓圓的世界裡。噢，我願意付出一切——我很納悶，為什麼你們能進入我們的世界，而我們卻始終不能進入你們的世界？我要是有這樣的機會就好了！生活在一個像圓球一樣的東西上一定很好玩。你們去過那些人們倒過來行走的地方嗎？」

愛德蒙搖搖頭。「事實並非如此。」他又加了一句：「等你到了那裡，就會發現一個圓圓的世界並沒有什麼特別好玩的。」

16 世界的盡頭

除了德里尼安和佩文西兄妹，船上只有銳脾氣看見了海人。他一見海人國王揮舞著長矛，便認為那是一種威脅或挑戰，立刻跳下水，想當場把事情解決了。但是，發現海水鮮甜的興奮分散了他的注意力，在他再度想起海人之前，露西和德里尼安已經把他拉到一旁，警告他不要提剛才看見的景物。

事實證明他們根本不需要擔心，因為這時黎明踏浪號已經滑行到一片似乎無人居住的海域。除了露西，再也沒有人見過海人，即使露西看見了，也只是驚鴻一瞥。第二天整個上午，他們都在很淺的水上航行，海底長滿了海草。接近中午時，露西看見一大群魚在啃食海草。牠們全都朝同一個方向前進，穩穩地啃食著。露西想：「就像一群羊一樣。」突然，她在魚群中間看見一個和她年齡相仿的小海女——一個安靜、臉上神情孤獨的小姑娘，手裡拿著一根曲柄手杖。露西確信這姑娘必定是個牧羊女——或者說，牧魚女——而且那群魚就是一群在牧場上嚼食的牲口。魚群和姑娘都離水面很近。正當那姑娘在淺水中滑行時，露西也正好靠在船舷邊往下望，雙方打了個照面，那姑娘抬起頭來正好直視著露西的臉。雙方都無法和對方說話，不一會兒，海女就落到船尾後方去了。但是露西永遠忘不了她的臉。那張臉看上去不像其他海人那樣害怕或憤怒。露西一見就喜歡，她相信那個姑娘也喜歡她。在那麼短短一瞬間裡，她們已經成為朋友。她們不大可能在那個世界或任何其他地方再見面了。可是，如果她們能再見面，她們一定會張開雙手朝對方奔去。

之後許多天，船的支桅索上不見風，船頭也不見泡沫，黎明踏浪號穿過沒有一點波濤的大海，平順地向東滑行。每一天，每一小時，光線都愈來愈耀眼，但他們仍然能夠忍受。沒有人吃飯，沒有人睡覺，也沒有人想吃想睡，不過他們從海裡提上一桶桶令人眼花目眩的海水，這水比酒更濃郁，比普通的水更滋潤，更清澈，他們互相默默舉杯祝願，大口大口地喝。船上有一、兩個水手在啟航時都已經有些老態了，此時卻一天比一天年輕。船上每個人都充滿了喜悅和興奮，但不是那種會讓人一直講話的興奮。他們航行得愈遠，說的話就愈少，並且幾乎都是低聲耳語。最後之海的這股寧靜鎮住了他們。

「爵爺，」有一天凱斯賓對德里尼安說：「前方你看到什麼了嗎？」

「陛下，」德里尼安說：「我看見一片白。整個地平線從北到南，我放眼望見的淨是白色。」

「我也是看見一整片的白，」凱斯賓說：「我想像不出來那會是什麼。」

「陛下，如果我們是在緯度更高的地方，」德里尼安說：「我會說那是冰，但是在這裡那不可能是冰。儘管如此，我們最好還是讓大家去划槳，讓船減速對抗這股洋流。不管那是什麼東西，我們都不希望以這樣的速度撞上它！」

他們照德里尼安說的去做了，於是，船走得愈來愈慢。他們逐漸接近那片白，但它依舊神祕難解。如果它是陸地，那一定是一片非常奇怪的陸地，因為它看起來像水一樣光滑，並且和水面一樣高。等到他們非常接近的時候，德里尼安使勁急轉舵柄，讓黎明踏浪號轉向南，讓船側身對著洋流，沿著那片白色的邊緣向南划了一小段。在這麼做的過程中，他們意外獲得了重大的發現，就是那股洋流只有四十英尺寬，大海其餘的地方靜止如池塘。這對全體船員來說是個好消息，他們已經開始想，如果要一路逆流划回拉曼杜的島，那將是相當艱苦的工作。（這也解釋了為什麼牧魚姑娘那麼快就落到船尾後方去了。她不在那股洋流中。如果她在洋流中，她就會以和船一樣的速度向東移動。）

不過還是沒人能看出那片白色的東西是什麼。於是，他們放下小船去探查。那些留在黎明踏浪號上的人看見小船筆直划入那片白茫茫的東西裡。然後，他們聽見小船上的人在說話（從靜止的水面上傳過來，非常清楚），聲音很尖銳，也很驚訝。接著，說話聲停頓了片刻，只見賴尼夫在船頭測量水深。之後，小船開始往回划，船上似乎堆了很多白色的東西。大船上每個人都擠到船舷邊來聽消息回報。

「蓮花，陛下！」賴尼夫站在船頭喊道。

「你說**什麼**？」凱斯賓問。

「是盛開的蓮花，陛下。」賴尼夫說：「就像在家鄉水塘裡或花園裡那種蓮花。」

「看！」船尾的露西說著，舉起她濕漉漉的雙臂，懷裡是一滿捧的白色花瓣和寬大扁平的葉子。

「水有多深，賴尼夫？」德里尼安問。

「滑稽得很，船長，」賴尼夫說：「水還挺深的。有三噚半深。」

「這不是真正的蓮花——不是我們平常說的那種蓮花。」尤斯塔斯說。

也許它們真不是蓮花，但是很像蓮花。經過一番商議之後，黎明踏浪號返回了洋流中，開始向東滑行穿過「蓮花湖」或「銀海」（他們試了這兩個名稱，但是「銀海」沿用了下來，至今凱斯賓的地圖上就是用這個名稱），他們旅程中最奇特的部分開始了。很快，他們才離開的寬闊海洋只成西方地平線上一條細細的藍色鑲邊。除了船身排開蓮花，在船尾留下一條像深綠色玻璃一樣閃閃發光的水道之外，從四面八方望去，環繞著他們的整片茫茫的白，都泛起了最淡的金色光芒。這片最後之海看起來很像北極；若不是他們的眼睛已經進化得像老鷹的雙眼那般強健，那麼太陽照在這一大片白蓮上——尤其是清晨太陽看起來最大的時候——的反光，就會讓人受不了了。每天傍晚，同樣這片白使天光延長得更久。蓮花似乎沒有盡頭。一天又一天，這些綿延千里的花海還散發出一種氣味，露西覺得這味道很難形容。沒錯，很香甜，但不是令人昏昏欲睡或吃不消的香，而是一種清新、狂野、孤獨的氣味，似乎鑽進你的大腦，讓你感覺自己奔上山去，或者和大象摔跤。她和凱斯賓彼此都說：「我覺得我再也受不了了，可是我又不願意它消失聞不到了。」

他們經常測量水深，但是才過了幾天，水就變淺了。之後水就變得愈來愈淺。有一天，他們終於不得不划出洋流，用蝸牛般的速度摸索前進。不久，黎明踏浪號顯然不能再向東前進了。事實上，他們全憑操作巧妙，才避免擱淺。

「把小船放下，」凱斯賓喊道：「然後所有的人到船尾集合。我有話對他們說。」

「他要幹什麼？」尤斯塔斯低聲對愛德蒙說：「他的眼神很古怪。」

「我想我們看起來大概都一樣。」愛德蒙說。

他們都到船尾凱斯賓那裡集合，不久，所有人員都擠在梯子底下聽國王發表談話。

「朋友們，」凱斯賓說：「我們探險的任務，也就是你們參與的工作，如今已經完成了。七位勳爵都找到了，而銳脾氣爵士也發過誓永不回頭，等你們回到拉曼杜的島嶼時，你們一定會發現雷威廉勳爵、阿爾戈茲勳爵和馬拉蒙勳爵都醒了。至於你，德里尼安勳爵，我將這艘船託付給你，盡你所能以最快速度返回納尼亞，千萬記住，不要在死水島登陸。請轉告我的攝政王，矮人特朗普金，將我承諾要賞賜給所有這些航海夥伴的報酬全數賜給他們。他們理當得到這樣的回報。如果我不再回來，我的遺願是：讓攝政王、柯尼留斯博士、那隻獾——松露獵手，以及德里尼安勳爵一同協議，推選出一位納尼亞的國王……」

「可是，陛下，」德里尼安插嘴說：「你這是要退位嗎？」

凱斯賓說：「我要和銳脾氣一起去看世界的盡頭。」

水手當中響起一片驚愕又沮喪的喃喃低語。

「我們會搭乘小船過去，」凱斯賓說：「在這片平靜的海域，你們不需要小船，等你們回到拉曼杜的島，再建一艘新的。現在……」

「凱斯賓，」愛德蒙突然嚴厲地說：「你不能這麼做。」

「沒錯，」銳脾氣說：「陛下絕對不能這麼做。」

「確實不能。」德里尼安說。

「不能嗎？」凱斯賓厲聲道，神情有那麼片刻像極了他叔叔米拉茲。

「請陛下恕罪，」賴尼夫站在下方的甲板上說：「如果我們當中有人這麼做，那就叫逃兵。」

「賴尼夫，你為我效勞多年，但這話說得太放肆了。」凱斯賓說。

「不，陛下！他說的完全正確。」德里尼安說。

「阿斯蘭在上，」凱斯賓說：「我原以為你們都是我的臣民，不是我的老師。」

「我不是你的臣民，」愛德蒙說：「我說你不能這麼做。」

「又說不能，」凱斯賓說：「你是什麼意思？」

「如果陛下不見怪的話，我們的意思是**不應該**，」銳脾氣深深鞠了一躬說：「陛下是納尼亞的國王。你若不回去，你就是背棄你所有的臣民，尤其失信於特朗普金。你不應該像個平民一樣，以冒險來自得其樂。如果陛下不肯講理，那我就要船上所有的人隨從我採取最忠誠的行動，解除你的武裝並把你綁起來，直到你恢復理智為止。」

「完全正確，」愛德蒙說：「就像尤利西斯要接近女妖賽蓮[6]時那樣。」

凱斯賓的手已經按在劍柄上，這時露西說：「而且你對拉曼杜的女兒保證了你會回去的。」

凱斯賓頓了一下。「嗯，是的。我是說過。」他躊躇不定地站了一會兒，然後對全體船員喊道：

「好吧，就照你們的意思吧。任務結束了。我們全體返航。把小船拉上來。」

「陛下，」銳脾氣說：「我們不是**全體**返航。我，像我之前說過的……」

「閉嘴！」凱斯賓怒吼道：「我已經被教訓過了，不會再上當。難道沒人能讓那隻老鼠閉嘴嗎？」

「陛下答應過的，」銳脾氣說：「要做納尼亞能言獸的好君主。」

「能言獸，對，」凱斯賓說：「但我沒對聒噪不休的能言獸做過任何保證。」他怒氣沖沖地奔下梯子，進入艙房，用力砰地甩上了門。

過了一會兒之後，他們進艙房去找他時，發現他變了，他臉色蒼白，兩眼含淚。

「都沒用了。」他說：「我本該控制我的脾氣，讓自己的言行舉止更得體，而不是趾高氣昂才對。阿斯蘭跟我談過了。不……我的意思不是他真的出現在這裡。這艙房太小，根本裝不下他。是牆上那個金獅頭活過來對我說話了。他的眼睛好嚇人。他並不是凶我——就是一開始時有點嚴厲而已。可是那還是很可怕。他說……他說……噢，我真受不了。他說的話當中沒有比這個更糟糕的了。你們——銳脾氣、愛德蒙、露西和尤斯塔斯——要繼續往前走；而我必須回航。獨自一人，而且是立刻回航。這一切**還有**什麼

6 尤利西斯（Ulysses）是荷馬史詩《奧德賽》中主角奧德賽（Odysseus）的希臘名。在《奧德賽》中，賽蓮女妖（Sirens）居住在西西里島附近海域一座白骨遍地的島嶼上，她們用天籟般的歌聲使過往的水手傾聽失神，航船觸礁沉沒。

用呢？」

「凱斯賓，親愛的，」露西說：「你知道我們遲早要回我們自己的世界裡去。」

「是的，」凱斯賓哽咽著說：「但這來得太快了。」

「等你回到拉曼杜島以後，就會覺得好過一點了。」露西說。

一會兒之後，他的心情才轉好，但是這場別離對雙方而言都很傷心痛苦，我就不多說了。下午兩點鐘左右，小船裝足了食物和飲水（雖然他們認為不需要帶食物和飲水），並把銳脾氣的小筏也裝上後，小船離開了黎明踏浪號，在一望無際的蓮花海中繼續划槳前進。黎明踏浪號懸起所有的旗幟，掛出所有的盾牌，隆重地為他們送行。從他們被蓮花圍繞著的低矮小船上望去，黎明踏浪號又高又大，又像個家。直到快要脫離視線，他們才看見它轉了個彎，開始慢慢向西划去。露西還是忍不住流下一些眼淚，不過她沒有你所想的那麼難過。這片銀海的光芒，那股寂靜，那撲鼻的香氣，甚至（古怪的是）孤獨本身，都太令人興奮了。

沒必要划槳了，因為水流穩穩地將他們往東推送。他們都沒吃也沒睡。那一整夜和第二天一整天，他們都向東滑行，到了第三天破曉時——光線明亮到即使你我戴上墨鏡都受不了——他們看見前方出現了奇景。彷彿有一道灰藍色、顫動的、閃閃發光的高牆立在他們和天空之間。然後太陽升起了。太陽剛升起時，他們透過這面牆看見它轉變成奇妙如虹的七彩。接著，他們明白過來，這道牆實際上是一道又長又高的波浪——一道永遠固定在一個地方的波浪，就像你經常在瀑布旁邊看見的水簾一樣。它大約三十英尺高，洋流正載著他們迅速朝它滑去。你可能以為他們會想到自己的危險。他們沒有。我不認為任何處於他們位置的人會想到。這時，他們看見在波浪後方，也就是在太陽後方，有某種東西存在。如果不是最後之海的水增強了他們雙眼視力的話，他們甚至無法直視太陽。可是現在他們可以直視升起的太陽，把它看得很清楚，並且看見太陽後方的東西。他們看見的東西——東方，遠在太陽之外——是一片山脈。山脈極高，他們若不是看不見山頂，就是忘了有山頂。他們當中沒有人記得當時在這個方向看到過天空。而且這些高山一定是在世界之外。因為，哪怕任何一座比它們矮得多的山，山頂也該覆有冰雪，但那些山看起來很溫暖，蓊蓊鬱鬱，而且無論往上看多高，都遍布著森林和瀑布。突然間，從東方吹來一陣微風，將波浪頂端吹成一片泡沫，也吹皺了他們周圍那片平靜的海水。風只持續了一、兩秒鐘，但這一、兩秒鐘帶給他們的，這三個孩子終身難忘。那風帶來一陣香氣和聲音，音樂似的聲音，愛德蒙和尤斯塔斯此後再也不曾提起過。露西只說：「它會使你心碎。」我問：「為什麼，它那麼悲傷嗎？」露西說：「悲傷？才不是。」

小船上無人懷疑，他們看見了世界盡頭之外的阿斯蘭的國度。

這時，嘎吱一聲，小船擱淺了。這時水已經淺得小船都沒法動了。銳脾氣說：「這裡是我獨自往前走的地方了。」

他們甚至沒有試圖阻止他，因為眼前的一切都讓人感覺像是命運早已安排好，或以前曾經發生過的一樣。他們幫他卸下小筏，然後他摘下他的劍（他說：「我不再需要它了。」），將劍遠遠扔向遍布蓮花的大海。劍落下時筆直插進水裡，只有劍柄露在水面上。接著他向他們道別，並為了他們而努力裝得很悲傷，但其實他快樂得直顫抖。露西第一次，也是最後一次，做了一件她一直想做的事，她把銳脾氣抱進懷裡，溫柔地撫摸他。然後，他匆匆上了小筏，拿起槳，水流一下就把它帶走了，雪白的蓮花將他的身影襯得更黑了。那道聳立的波浪上沒有蓮花；它是一道光滑的綠色斜坡。小筏愈來愈快，以優美的姿態衝上了波浪的這一面。在那幾分之一秒中，他們看見小筏和銳脾氣衝上浪頂的身影。接著他就消失了。在這之後，再也沒有人敢肯定地說見過那隻老鼠銳脾氣，但我相信他已經平安抵達了阿斯蘭的國度，生活在那裡，直到今日。

隨著太陽升起，世界盡頭之外的那些山脈就消失了。那道波浪還在，但是後方只有藍天。

三個孩子下了小船，涉水而行——不是朝那道波浪走，而是向南走，那堵水牆在他們左邊。他們也說不出為什麼朝這個方向走；這是他們的命運。雖然他們感覺自己在黎明踏浪號上已經長大了——事實確實如此，但現在的感覺正好相反。當他們涉水穿過蓮花時都把手牽得緊緊的。他們從不覺得累。水很溫暖，而且愈來愈淺。最後，他們走到乾燥的沙地上，接著走上草地——一片一望無際的平原，草很細很短。這平原差不多和銀海的海平面一樣高，向四面八方延展，連一個稍微突出的鼴鼠堆都沒有。

當然，沒有樹木的平地總給人這種感覺，看起來就像天空落了下來，和草地接連在一起。不過，隨著他們繼續往前走，他們看到了最奇特的景象，這裡的天空真的落下來與大地相連了——一堵藍色的牆，非常明亮，但很真實，而且堅固，非常、非常像玻璃。很快的，他們就更確定了。這時已經很接近相連的地方了。

不過，在他們和天空的底部之間，在青綠的草地上有一團雪白的東西，那東西白得即使是他們的鷹眼也很難直視。他們走上前，發現那是一隻羔羊。

「過來吃早餐吧。」羔羊用甜美滑潤的聲音說。

他們這才注意到草地上生著一堆火，上面烤著魚。他們坐下來吃魚，這麼多天來第一次感到肚子餓。這是他們生平吃過最美味的食物。

「小羊，請問，」露西說：「這是前往阿斯蘭國度的路嗎？」

「不是給你們走的。」羔羊說：「對你們來說，進入阿斯蘭國度的大門，要從你們自己的世界裡走。」

「什麼！」愛德蒙說：「從我們的世界裡也有路進入阿斯蘭的國度？」

「所有的世界裡，都有一條通往我的國度的路。」羔羊說。他的話音剛落，一身雪白的羊毛就變成了金褐色，他的體型也變了，他就是阿斯蘭，高高聳立在他們面前，身上的鬃毛散發出一片金光。

「噢，阿斯蘭，」露西說：「你能告訴我們，如何從我們的世界進到你的國度裡？」

「我會每時每刻都告訴你，」阿斯蘭說：「但我不會告訴你那條路有多長或多短；我只會告訴你，那條路就在河對岸。可是，不要害怕，因為我是偉大的橋樑建築師。現在，跟我來吧，我要打開天門，把你們送回你們自己的地方。」

「請等一下，阿斯蘭，」露西說：「在我們回去之前，你能告訴我們，我們什麼時候可以再回到納尼亞？噢，拜託你，一定要讓我們早點回來。」

「最親愛的孩子，」阿斯蘭溫和地說：「你和你哥哥都不能再回到納尼亞來了。」

「**噢，阿斯蘭！！**」愛德蒙和露西絕望地叫起來。

「孩子們，你們太大了，」阿斯蘭說：「現在，你們必須開始接近你們自己的世界了。」

「我們不是為了納尼亞，你知道的，」露西抽泣著。「是為了**你**。我們不會在那見**你**的。要是再也見不到你，我們要怎麼活？」

「但是，親愛的孩子，你會遇見我的。」阿斯蘭說。

「先生，你也會到我們的世界去？」愛德蒙說。

「我會去，」阿斯蘭說：「但是我在那裡有另外一個名字。你必須學會藉由那個名字來認識我。這就是你們被帶到納尼亞來的真正原因，只要你們在這邊能對我有些許認識，你們在那邊就能對我有更好的認識。」

「尤斯塔斯也不會回來了嗎？」露西說。

「孩子，」阿斯蘭說：「你真的需要知道嗎？來吧，我要打開天門了。」過了一會兒，那堵藍色的牆壁裂開一道縫（就像窗簾被拉開），從天外射進一道極強的白光，他們感覺到阿斯蘭的鬃毛撲面而來，獅子的親吻落在他們的額頭上，接著……他們已經置身在劍橋艾貝塔姨媽的客房裡了。

只有兩件事要交代。一是凱斯賓和他的部下都安全返回了拉曼杜的島。三位勳爵都從睡夢中醒來了。凱斯賓娶了拉曼杜的女兒，最後他們一同回到了納尼亞，她成了王后，也是許多偉大的國王的母親和祖母。另一件事是，回到我們自己的世界以後，沒多久大家都開始說尤斯塔斯很有長進，而且「變得判若兩人」。只有艾貝塔姨媽說他變得非常平庸，而且令人厭煩，這一定是受到佩文西家那兩個孩子的影響。

納尼亞傳奇・出版 75 周年經典全譯版
【合輯二】《凱斯賓王子》、《黎明踏浪號的遠航》

作　　者　C. S. 路易斯 (Clive Staples Lewis)
譯　　者　鄧嘉宛
封面設計　倪旻鋒
封面插畫　Agathe Xu
內頁排版　高巧怡
行銷企劃　蕭仰浩、江紫涓
行銷統籌　駱漢琦
業務發行　邱紹溢
責任編輯　溫芳蘭、周宜靜
總 編 輯　李亞南
出　　版　漫遊者文化事業股份有限公司
地　　址　台北市103大同區重慶北路二段88號2樓之6
電　　話　(02) 2715-2022
傳　　真　(02) 2715-2021
服務信箱　service@azothbooks.com
網路書店　www.azothbooks.com
臉　　書　www.facebook.com/azothbooks.read
發　　行　大雁出版基地
地　　址　新北市231新店區北新路三段207-3號5樓
電　　話　(02) 8913-1005
傳　　真　(02) 8913-1056
二版二刷(1)　2024年8月
定　　價　台幣1500元　套書不分售

國家圖書館出版品預行編目 (CIP) 資料

納尼亞傳奇 / C.S. 路易斯(Clive Staples Lewis) 著 ; 鄧嘉宛譯. -- 二版. -- 臺北市 : 漫遊者文化出版 : 大雁文化發行, 2023.09
冊；　公分
出版75周年經典全譯版
ISBN 978-986-489-850-3(全套 : 平裝)
873.57　　112013581

ISBN　978-986-489-850-3